SON ENGOUEMENT AUX COURBES GÉNÉREUSES

UNE ROMANCE DE PETITE VILLE AVEC UNE HÉROÏNE AUX COURBES VOLUPTUEUSES

À LA RECHERCHE DU HÉROS LITTÉRAIRE PARFAIT
TOME TREIZE

MARY E THOMPSON

À LA RECHERCHE DU HÉROS LITTÉRAIRE PARFAIT

L'automne s'installe, et le plaisir pointe à l'horizon. L'amour vient frapper à la porte des habitants de L'anse MacKellar, qu'ils soient prêts ou non. Merci de nous rejoindre pour une nouvelle histoire de À la Recherche du Héros Littéraire Parfait. Ne manquez plus rien en vous inscrivant à la newsletter de Mary.

LIVRE 13

Son Engouement aux Courbes Généreuses

Brantley

Combien de temps fallait-il attendre après l'éclatement du mariage de la femme que vous aimez avant de l'inviter à sortir ? Une semaine ? Un mois ? Plus longtemps ?

Son divorce était finalisé, et je n'allais pas manquer ma seconde chance avec Valentina. L'aider dans sa soi-disant « quête du plaisir » était un bonus. Oh, toutes les choses que je voulais lui montrer. Mais il ne s'agissait pas seulement d'un type de plaisir. Je voulais l'aider à trouver tout ce qui lui apportait de la joie.

En tant qu'ami, bien sûr. Parce que c'est ce que nous étions. Meilleurs amis. Mais si je ne lui disais jamais que je voulais plus, je le regretterais pour toujours. C'était un risque. Cela pourrait mettre fin à notre amitié. Mais pas de risque, pas de récompense. Être avec elle serait la plus grande récompense possible, alors je devais prendre ce risque. Valentina en valait la peine.

Valentina

Une quête du plaisir ? Pourquoi diable pas ? Je n'avais rien à perdre. Ma dignité et ma vie privée avaient volé en éclats le jour où la petite amie de mon ex-mari s'était présentée chez moi. Le mettre à la porte était la meilleure décision que j'avais jamais prise. Et ça faisait du bien.

Peut-être que je connaissais déjà quelque chose qui m'apportait du plaisir. Mais j'en voulais plus. De préférence sans la douleur avant le plaisir.

Brantley s'était porté volontaire pour être mon partenaire dans cette expérience. Me poussant à essayer de nouvelles choses. Il était la personne parfaite pour explorer. Patient, gentil et... sexy ? Avais-je le droit de penser ainsi à mon meilleur ami ?

Nous avions toujours été amis. Mais le plaisir a tendance à brouiller les limites. Apprendre à connaître Brantley était amusant. Édifiant. Enivrant. Mais plus nous passions du temps ensemble, plus je me demandais si la meilleure chose dans ma vie avait été juste devant moi depuis le début.

Aux mamans qui ont inspiré cette histoire... vous m'inspirez chaque jour par votre force, votre gentillesse et votre amour pour vos enfants. J'espère que vous ne cesserez jamais d'être les femmes extraordinaires que vous êtes, et que vous continuerez toujours à choisir la joie, l'amour et le plaisir.

BRANTLEY

Mon jour préféré de l'année était le premier jour d'entraînement de cross-country. Je ne l'avouerais jamais à l'équipe de baseball que j'entraînais, mais j'adorais le cross-country. Courir de longues distances était exaltant. Et voir de nouveaux jeunes le faire, les regarder accomplir quelque chose qu'ils pensaient ne pas pouvoir faire, c'était ce qu'il y avait de mieux.

J'ai garé mon véhicule utilitaire sport sur le parking du lycée près de la route pour que les parents et les élèves sachent où se retrouver. Il y avait déjà un petit groupe de terminales près d'un ensemble de véhicules. J'ai levé le bras et fait un signe, et ils m'ont tous répondu. Ils ont fermé leurs portières et attrapé leurs sacs, se dirigeant vers moi.

—Bonjour, leur ai-je dit alors qu'ils approchaient.

—Salut, Coach P. Prêt pour cette année ? Andrew était l'un des meilleurs coureurs de la région. Il menait constamment le peloton, la plupart du temps courant seul puisque personne d'autre ne pouvait suivre son rythme. Des offres de bourses étaient arrivées tout l'été d'écoles qui l'observaient depuis sa première année.

—Je suis prêt. Et vous ? Vous vous êtes entraîné ?

Andrew a hoché la tête. —Oui. J'ai besoin d'une bourse. Andrew était l'aîné de quatre garçons. Il avait toujours de bon équipement, mais son frère, qui était en seconde, portait généralement les vêtements qu'Andrew lui passait.

—Il paraît que vous avez reçu plusieurs offres. Y en a-t-il une que vous envisagez sérieusement ?

Andrew a haussé les épaules. C'était un garçon discret, qui n'aimait pas être au centre de l'attention, et il s'est rendu compte que les autres écoutaient notre conversation. —Pas encore sûr.

J'ai acquiescé, le libérant de cette conversation délicate. Choisir une université n'était pas facile, et avoir plus d'options ne rendait pas la décision plus simple. Je le prendrais à part plus tard pour discuter davantage de ce qu'il envisageait. Quand les autres n'écouteraient pas.

—Comment ça va pour le reste d'entre vous ? ai-je demandé.

—Bien, Coach P, ont-ils tous répondu.

—Comment s'est passé l'été ? Tout le monde a suivi son programme d'entraînement ?

Tout d'un coup, les bavardages se sont nettement calmés.

J'ai ri doucement. —Les premières semaines vont être difficiles pour se mettre dans le rythme. Les terminales, assurez-vous de bien accueillir les plus jeunes.

Ils ont marmonné leur accord tandis que Jana McCloud, ma collègue entraîneuse, sortait de sa voiture.

—Salut, Coach M !

Jana était nouvelle dans le coaching et dans le district. Elle avait une vingtaine d'années et était la jeune coach sympa à laquelle les lycéens pouvaient s'identifier. Elle était aussi magnifique et faisait baver tous les adolescents, mais elle restait professionnelle et jamais déplacée. Elle courait toujours avec son t-shirt, au lieu de se mettre en brassière de sport comme certaines filles, et elle ne passait jamais de temps seule avec un élève. Nous passions tellement d'heures avec les jeunes qu'il pouvait être difficile de maintenir une distance émotionnelle, mais Jana était formidable.

—Salut tout le monde. On est prêts à courir ?

—Oui ! Leurs acclamations enthousiastes pour Jana m'ont fait sourire. Aucun d'entre eux ne lui avait avoué qu'ils n'avaient pas assez entraîné pendant l'été.

D'autres voitures arrivaient et d'autres élèves étaient déposés. J'essayais de ne pas guetter le minivan de Valentina Hayes, mais en vain. Valentina était l'une de mes plus proches amies depuis le lycée, et j'étais amoureux d'elle presque depuis aussi longtemps. Elle était également récemment divorcée et pas prête pour une relation. Elle me l'avait répété à maintes reprises ces derniers mois. Le travail, les enfants et les amis étaient désormais sa priorité. Ce qui signifiait que je devais garder mon intérêt pour elle pour moi-même.

L'histoire de ma vie. Mais c'était pour le mieux. M'impliquer avec elle n'était pas une bonne idée. J'avais passé la majeure partie de ma vie à la désirer, et la majeure partie de ma vie à fantasmer sur ce que ce serait de l'embrasser, de la toucher ou de lui dire que je l'aimais. Il était grand temps de passer à autre chose.

C'est du moins ce que je me disais quand ses filles sont descendues de la voiture d'un autre parent.

Jana et moi avons parlé brièvement, confirmant le plan que nous avions établi pour l'entraînement. Nous avions la chance que notre école primaire, collège et lycée soient tous regroupés, et les élèves pouvaient faire un bon tour autour de tous les bâtiments et parcourir leur distance sans avoir à quitter l'enceinte de l'école.

Une fois tout le monde présent, Jana et moi avons rassemblé tous les jeunes. Nous avons fait l'appel pour nous assurer que tout le monde était là et avons passé en revue les règles de course. Même si l'école n'avait pas encore commencé, les jeunes devaient faire attention à la circulation et courir par deux ou en groupes.

—Nous allons commencer par un contre-la-montre pour avoir une idée de votre niveau de départ. Vous êtes uniquement en compétition contre vous-mêmes, alors ne vous inquiétez pas de votre temps. Cela nous aidera à vous constituer des binômes par la suite pour que vous ayez quelqu'un avec qui courir. Pour aujourd'hui seulement, votre parcours fait le tour du lycée. Nous l'avons balisé hier avec des drapeaux, donc il devrait être facile à suivre. Coach M. et moi serons positionnés de part et d'autre de l'école en cas d'urgence. Allons à la ligne de départ et faisons notre échauffement avant que vous ne couriez.

Jana dirigea les jeunes dans des étirements et des sprints rapides pour assouplir leurs muscles, puis leur dit de prendre de l'eau avant de courir. C'était une journée chaude pour commencer la saison.

Les jeunes se mirent tous en ligne et se préparèrent à courir. Jana fit le tour du coin pour aller de l'autre côté de l'école, me laissant surveiller la ligne de départ et d'arrivée.

Je les comptai et soufflai dans le sifflet, lançant l'équipe dans leur course. Premier jour. J'adorais ça. Le meilleur jour qui soit.

JANA et moi avons souri et fait au revoir de la main aux derniers jeunes qui se faisaient récupérer. Elle se tourna vers moi et éclata de rire.

—Je ne pense pas qu'aucun d'entre eux n'ait pratiqué cet été, dit-elle. Peut-être Andrew.

J'acquiesçai. —Il a dit qu'il l'avait fait, mais les autres ? Non. Ils n'ont clairement pas pratiqué. Ça va être des semaines difficiles pour les amener à un niveau où ils pourront gérer une course de cinq kilomètres sans avoir envie de mourir.

Jana pouffa. —Ouais. Beaucoup de travail à faire. Mais on y arrivera. Superbe journée, Coach. À demain.

—Ouais. Repose-toi bien, Jana. Et bois beaucoup d'eau.

—Toi aussi.

Jana partit dans sa voiture, filant hors du parking et tournant vers la ville. Comme L'anse MacKellar était comme un moulin à rumeurs sous stéroïdes, je savais que Jana vivait dans les appartements près de l'eau avec son petit ami qui, d'après la rumeur, deviendrait bientôt son fiancé. Rien n'était secret à L'anse MacKellar.

J'entrai chez moi et verrouillai la porte derrière moi. Ça sentait encore le café puisque j'avais oublié de jeter le marc avant de partir. J'attrapai une bouteille d'eau et en bus la moitié avant de m'occuper du café.

Avant de perdre le fil de mes pensées, j'ai saisi ma tablette et ouvert le document où je conservais toutes mes notes sur l'équipe. J'ai ajouté les temps que j'avais enregistrés pour chaque coureur et je les ai classés selon leur vitesse. Comme prévu, Andrew a terminé la course de cinq kilomètres avec deux minutes d'avance sur l'étudiant suivant. Paul Spear, le fils de Goldie, l'amie de Valentina, n'était qu'en seconde, mais il était le deuxième plus rapide de l'équipe. Paul allait dominer tout comme Andrew quand il serait en terminale.

Il y avait quelques nouveaux élèves, dont un qui serait dans mon cours de physique. Son nom ne m'était pas familier. Il s'était bien débrouillé à l'entraînement, terminant troisième derrière Andrew et Paul, mais son bulletin n'était pas brillant. Le seul moyen pour lui de rester dans l'équipe serait de réussir tous ses cours, ce qui semblait être un défi pour Kevin.

J'ai terminé mes notes sur tous les élèves et commencé à

former des groupes qui seraient bons pour courir ensemble. Une fois les groupes constitués, j'ai envoyé le tout à Jana pour qu'elle le révise avant l'entraînement du lendemain matin.

Cela fait, j'ai regardé autour de moi dans ma cuisine les projets que j'avais prévus pour la journée. Ma maison était la définition même de la « à rénover » quand je l'ai achetée. J'y habitais depuis presque une décennie et j'avais rénové chaque espace sauf la cuisine. Cela m'avait toujours semblé une tâche trop importante, et je n'étais pas prêt à m'y attaquer, mais j'ai bêtement cassé une porte de placard la semaine dernière. Mon lave-vaisselle était tombé en panne il y a un an. Et mon frigo semblait moins froid que d'habitude. Le carrelage en damier, avec des motifs de poulets, que les propriétaires précédents avaient installé s'écaillait et tombait du mur presque depuis que j'avais acheté la maison. Il était temps. Je savais qu'il était temps. Mais je ne voulais pas que ce soit le moment.

Même pendant que je me tenais là, essayant de décider si j'allais vraiment faire ça, un autre carreau s'est détaché du mur. Il a claqué sur le comptoir sans se briser et m'a nargué en tournoyant.

—Merde.

J'avais une bonne idée de ce à quoi je voulais que la cuisine ressemble. J'y réfléchissais depuis des années. Bien sûr, c'était aussi la cuisine de rêve de Valentina, mais nous n'avions pas besoin d'en parler. C'était juste une cuisine. Avec un immense îlot où les gens pourraient s'asseoir et manger, une cuisinière à six feux, une nouvelle porte coulissante vers le jardin qui pourrait être ouverte largement pour des fêtes que je n'organisais jamais, et une simple table à manger pour quatre personnes.

Ne me jugez pas.

Commencer un projet comme celui-là le premier jour de cross-country, juste avant la fin de l'été et alors que j'allais retourner en classe tous les jours, était presque aussi stupide que de présenter mon meilleur ami à mon colocataire à l'université et de rester sur la touche pendant qu'ils tombaient amoureux, se mariaient et construisaient une vie ensemble. Mais clairement, je n'étais pas très doué pour prendre des décisions intelligentes.

J'ai pris le petit marteau de démolition et fait face au carrelage. —Désolé, les poulets, mais il est temps de dire adieu.

J'ai à peine eu besoin de frapper les carreaux pour qu'ils se détachent de l'adhésif qui ne faisait plus son travail. J'ai ramassé tous les morceaux et les ai jetés dans la poubelle du garage. Si j'allais faire ça, j'avais besoin d'une benne à ordures, d'un plan et d'aide.

Bon sang.

Vingt minutes plus tard, encore en sueur après l'entraînement avec en prime l'odeur des rénovations sur moi, je suis entré chez Al's Hardware. Knox Randall et moi étions devenus amis au fil des années. C'est ce qui arrive quand tu dépenses la moitié de ton salaire dans le magasin d'un homme.

—Mon expert en rénovation préféré est de retour, dit Knox avec un rire dans la voix. Qu'est-ce qu'on répare maintenant ?

Je lui ai lancé un regard noir, et il a hésité.

—Non. Tu plaisantes ? Tu'es enfin en train de faire la cuisine ?

S'il y avait bien un homme adulte qui pouvait s'enthousiasmer pour quelque chose comme la rénovation, c'était Knox. J'étais presque certain qu'il avait plus d'idées pour ma cuisine que moi.

J'ai grogné en réponse, un bruit qui a élargi le sourire de Knox et l'a fait contourner le comptoir pour me guider vers toutes les choses sur lesquelles j'allais dépenser mes prochains salaires.

—La démolition est la première étape. Mais si tu veux y vivre pendant les travaux, tu dois procéder par phases. Je pense-

—J'ai besoin d'y vivre. Et j'ai besoin de manger.

—D'accord, compris, dit Knox tout en continuant de s'éloigner de moi. Tu'vas avoir besoin d'une benne à ordures, ou peut-être d'un de ces grands sacs. Ils sont assez pratiques. Et si tu'le fais par phases, ça aura plus de sens que de garder une énorme benne dans ton allée. On doit parler des armoires et des plans de travail. Tu gardes tes appareils élec-troménagers ?

Il s'est retourné pour me regarder, puis a secoué la tête.

—Non, bien sûr que non. Ils sont horribles. Donc, on en a besoin aussi. Crédence ? Il a jeté un autre coup d'œil en arrière, puis a continué. Ouais. Ton revêtement de sol pour-rait être correct, mais si tu changes la disposition, tu'vas devoir faire des raccords qui ont généralement l'air pourri, donc je'dirais aussi le sol. Il y a ce revêtement en lames de vinyle qui'est vraiment durable et parfait pour des zones comme la cuisine. Je pense que tu'vas l'aimer. Surtout si tu adoptes enfin un chien comme tu'le dis depuis toujours. Et qu'en est-il-

—Mec ! Respire un peu, ai-je aboyé.

Knox gloussa et secoua la tête. —Désolé. Je veux juste te faire commencer avant que tu ne changes encore d'avis. Ça fait des années que tu parles de ta cuisine.

—Ouais, et me balancer tout ça ne me donne pas plus envie de le faire.

—Ça ira. —Knox revint vers moi et me donna une tape dans le dos. Il me dépassait bien de dix centimètres et était plus large, avec environ vingt kilos de muscles de plus que moi. Une tape dans le dos de Knox me coupait presque le souffle.

—Merde, soufflai-je.

—Désolé. —Ses joues devinrent rouges, un trait accentué par sa peau claire et ses cheveux blond foncé. Il détestait ça.

—Pas grave. Mais allons-y doucement. La crédence est partie. Je pense que tout va être à refaire, mais je ne peux pas tout arracher et tout remettre en place en un jour ou deux. Je dois procéder par étapes. Peut-être une section à la fois.

Knox se frotta la barbe et fixa un point au-dessus de ma tête. Il plissa le nez. —Je ne suis pas sûr que tu puisses faire ça. Je te conseille de poser le revêtement de sol sous tes placards pour qu'il n'y ait pas de différence de hauteur avec tes appareils. Ça signifie que tu dois pratiquement vider tout l'espace et repartir de zéro.

Je soupirai lourdement. —C'est bien ce que je craignais.

—Ce n'est pas grave. On va trouver une solution. Si on peut tout vider et installer de nouveaux appareils, tu pourras les utiliser pendant qu'on fait les travaux. Ou tu peux utiliser ce que tu as et tout remplacer à la fin. C'est comme tu veux.

J'acquiesçai lentement. Ce n'était pas l'idéal, mais ça allait devoir marcher. J'avais mis de l'argent de côté pour que le budget soit possible, tant que Knox ne devenait pas trop fou, mais le temps était un plus gros problème.

—D'accord. Il faut que ce soit fait, alors trouvons une solution. Tu crois qu'on peut tout boucler d'ici la fin de l'année ?

Knox hocha la tête. —Probablement en moitié moins de temps si tu veux, mais trois mois ? Certainement. Mettons-nous au travail.

J'AURAIS DÛ SAVOIR que Knox était si méthodique, mais jusqu'à ce qu'il s'assoie avec moi et m'explique tout étape par étape, je ne le savais pas. Je suis sorti de la quincaillerie Al's une heure plus tard avec un trou dans ma carte de crédit et un plan pour rénover ma cuisine.

La première étape consistait à tout arracher. Ce qui signifiait vider les placards.

Je me suis mis au travail en rentrant chez moi, en déplaçant tout le contenu des placards dans le placard de la chambre d'amis. Ma maison avait quatre chambres, ce qui m'a toujours semblé excessif, mais quand je l'ai achetée, je me suis dit que j'étais prêt à m'installer et à fonder une famille. J'ai toujours voulu des enfants. Ayant grandi avec une mère enseignante et un père pasteur, la famille était importante pour nous. Ma sœur aînée était l'une de mes meilleures amies quand j'étais enfant, et l'est toujours, même si elle vit dans le Maryland et que nous ne nous voyons que quelques fois par an.

En parcourant le couloir entre la cuisine et la quatrième chambre, j'ai ressenti la même douleur que j'éprouve toujours quand je pense à fonder une famille. À quarante-cinq ans, je pourrais encore avoir des enfants, mais savoir que j'aurais largement dépassé la soixantaine quand ils termineraient le lycée signifiait que ce rêve était moins envisageable. Ça faisait mal. Surtout parce que j'avais toujours imaginé une vie avec Valentina. Elle était ma référence absolue, et j'étais célibataire parce que personne n'avait jamais été à sa hauteur.

Je n'ai pas le droit de me plaindre. Je ne lui ai jamais dit ce que je ressentais, et je n'ai jamais vraiment donné une chance à d'autres femmes. D'ailleurs, j'ai eu des centaines d'enfants. Voir mes étudiants et mes athlètes réussir année après année est une source de fierté permanente. Je ne les ai pas élevés, mais j'ai contribué à les façonner. Une petite contribution, certes, mais une contribution quand même.

Quand j'ai finalement vidé le dernier de mes placards, j'ai poussé un soupir. Ça allait vraiment se faire. J'allais vraiment m'attaquer à la cuisine.

Mon téléphone a sonné, signalant un message. Je l'ai pris et j'ai ri doucement en lisant ce que Valentina avait envoyé.

Premier entraînement et tu vas rénover ta cuisine ? Journée chargée ! Les filles ont dit que l'entraînement était super. Elles sont enthousiastes pour la saison. Moi, je suis enthousiaste pour la cuisine. Besoin d'aide ?

L'entraînement s'est bien passé. Ça va être une saison amusante. Et je suis toujours ouvert à ton aide. Knox est devenu un peu fou aujourd'hui.

Fou comment ? Il t'a convaincu d'opter pour quelque chose de bizarre comme des placards néon ? Dis-moi que oui. Je mourrais d'envie de voir ça !

J'ai ri doucement et me suis installé sur le canapé. J'ai allumé la télé et j'ai tapé une réponse.

2

VALENTINA

J'ai regardé les trois bulles en attendant la réponse de Brantley. Il m'a manqué à l'entraînement aujourd'hui. Goldie a déposé les filles, et Xavier est venu les chercher. Le fils de Goldie, Paul, sortait avec ma cadette, Samantha. La fille de Xavier, McJenna, était la meilleure amie de mon aînée, Bianca. Tous les trois, nous élaborions un planning pour emmener les enfants à leurs entraînements et les ramener, tout en continuant à travailler.

> Pas de néon. À quoi penses-tu, ma pauvre ?
> Tu me connais, non ? Le tartan jusqu'au
> bout.

J'ai éclaté de rire en lisant sa réponse. Brantley Pierce était la seule raison pour laquelle j'étais encore saine d'esprit, bien que certains puissent contester ce fait. Il avait été mon meilleur ami pendant la majeure partie de ma vie, mais ces derniers mois, il était devenu la seule personne avec qui je n'avais pas l'impression de devoir faire semblant.

Mes amies étaient formidables, ne vous méprenez pas,

mais Brantley était celui que j'appellerais si j'avais besoin de cacher un cadavre.

Et c'était lui que j'appelais pour tout le reste. Il était toujours là pour moi, et j'en étais infiniment reconnaissante.

> Ah, j'aurais dû m'en douter. Toutes ces chemises à carreaux que tu portes étaient un énorme indice.

> Exactement. Sans ce fichu métier d'enseignant, je serais bûcheron.

J'ai pouffé de rire. Brantley avait certainement le physique pour ça. Non pas que je le reluquais. Mais je le connaissais depuis toujours. C'était un homme robuste.

Avant que je puisse répondre, un autre texto est apparu.

> Je crois que Knox prévoit de rénover ma cuisine depuis aussi longtemps que moi. Il avait plus d'idées sur ce qu'il fallait faire que je n'en ai jamais envisagé.

> MDR. C'est l'expert après tout.

> Dommage qu'il ne soit pas aussi la banque. Je vais peut-être devoir prendre un deuxième emploi pour payer tout ça. Heureusement que j'ai quelques économies de côté.

> N'est-ce pas ton coaching ton deuxième emploi ?

> Un troisième emploi alors.

> Ce n'est pas bon. Tu nous manqueras trop.

> Ça ira. Je plaisante en grande partie. On va y aller doucement pour que je puisse tout gérer. Je vais juste commander beaucoup de plats à emporter et faire des grillades.

On dirait ce que tu fais déjà, de toute façon.

Méchant. Exact, mais méchant.

Je ne voulais pas être méchant. Peut-être que tu devrais venir ici pour dîner. On a toujours plein de nourriture.

Tu as juste besoin que je répare quelque chose, n'est-ce pas ?

J'ai laissé échapper un petit rire et secoué la tête. Mon ex-mari, Dawson, n'avait jamais été très bricoleur. Dragueur ? Oui. Beaucoup trop dragueur avec des femmes qui n'étaient pas moi, apparemment. Mais bricoleur ? Non. Je demandais à Dawson de réparer des choses, et après des semaines d'attente, j'abandonnais et demandais à Brantley, pour ensuite avoir Dawson en colère contre moi quand il voyait que le projet était déjà terminé. Puis il me faisait me sentir mal à ce sujet.

Manipulation psychologique 101.

Je plaisante. Je suis toujours heureux de t'aider pour tout ce dont tu as besoin, Vee. N'en doute jamais. Aucun paiement nécessaire. Bien que je ne refuserai pas non plus un dîner avec mes personnes préférées.

Je ne savais pas comment il avait deviné que je remettais l'idée en question, mais il semblait toujours savoir ce que je pensais, généralement avant même que je ne le sache.

Merci. Je ne sais pas ce que je ferais sans toi.

Bien sûr que si. Tu trouverais une solution comme tu l'as toujours fait. Tu es la personne la plus forte que je connaisse. Ne doute pas de toi.

Merci. Bon, assez parlé de tout ça. Qu'as-tu pensé du premier entraînement ?

J'ai attendu sa réponse, les bulles dansant pendant que j'imaginais Brantley adossé à son canapé en souriant. Il adorait être entraîneur. Quand il parlait des enfants, il avait toujours un énorme sourire sur le visage. C'est parce qu'il était l'entraîneur que mes deux filles ont rejoint l'équipe. Bianca a encouragé McJenna à s'inscrire aussi, et cette année, Sam a décidé d'essayer. Si elles n'avaient pas connu Brantley, et su à quel point il était extraordinaire, elles n'auraient jamais essayé le cross-country.

L'entraînement s'est bien passé. Peu d'enfants ont couru pendant l'été, mais ce n'est pas grave. L'été est censé être leur moment pour se détendre et s'amuser. Il y a quelques enfants qui sont des surprises et quelques-uns qui vont détester la saison, mais dans l'ensemble, c'est un super groupe. Ce n'est pas étonnant puisque MCHS est une école incroyable avec des professeurs spectaculaires.

Surtout le prof de physique.

J'ai entendu dire qu'il peut être un vrai dur à cuire.

Je pense qu'il a un cœur tendre sous ses airs. Un homme formidable qui se surpasse pour les personnes dans sa vie.

Tendre n'est pas le terme que la plupart des hommes veulent entendre d'une femme pour les décrire.

MDR ! Je n'arrive pas à croire que tu viennes de dire ça.

C'est toi qui l'as dit. Je m'assure juste que tu comprennes que la plupart des hommes seraient vexés par ça.

Alors je m'excuse. Tu es fort et viril et pas du tout tendre.

Mieux.

Bien. Tout pour améliorer la situation.

Voilà une offre bien trop tentante. Tout ?

Mon corps s'échauffa à ce sous-entendu involontaire. Je savais que Brantley ne suggérait rien de ce genre, mais mon esprit y était allé quand même. Je savais ce qu'il en était. C'était Brantley. Mon meilleur ami au monde. Je n'allais pas l'entraîner au milieu du désastre qu'était ma vie. Même si j'étais prête à envisager de sortir à nouveau avec quelqu'un, sortir avec Brantley était une idée désastreuse.

J'adorais Brantley. Je ferais n'importe quoi pour lui. Et le perdre comme meilleur ami serait insupportable. Je n'étais pas sûre d'être prête à sortir avec quelqu'un. J'en avais plus que fini avec Dawson, ça n'avait rien à voir, mais j'étais tellement épuisée. Épuisée d'essayer d'être tout pour tout le monde. J'avais besoin d'une pause, ce qui signifiait que sortir avec quelqu'un était une mauvaise idée.

Mais un partenaire me manquait. Quelqu'un vers qui rentrer. Quelqu'un à qui parler de ma journée et qui me prendrait dans ses bras la nuit. Cela faisait longtemps que Dawson n'était plus cette personne pour moi.

> Est-ce que des tartelettes au citron sont envisageables ?

Je pouffai de rire en lisant son message et secouai la tête. Il ne pensait pas au sexe. Il pensait à la nourriture. C'était pour ça que je n'avais pas besoin de penser à sortir avec quelqu'un. J'avais mes vibromasseurs, y compris le nouveau que je venais d'acheter pour la douche. C'était toute la romance dont j'avais besoin. C'est-à-dire aucune. Je n'avais pas eu de romance dans ma vie depuis des années, alors pourquoi commencer maintenant ? Non. J'allais oublier les hommes et me concentrer sur mes filles.

> Toujours. J'en ferai ce soir et les enverrai avec les filles à l'entraînement demain.

> Non, tu n'as pas à faire ça.

> Je sais, mais j'en ai envie. Je te dois tant. Tellement. Je n'aurais pas survécu à ces derniers mois sans toi. Merci pour ça.

> Je serai toujours là pour toi, Vee. Rien ne changera jamais ça. Même si je n'ai pas de tartelettes au citron demain.

> Tu es vraiment un charmeur.

—Maman, le dîner est presque prêt ? Je meurs de faim, demanda Bianca en arrivant dans la cuisine par le couloir.

—Oui, presque, lui répondis-je. —Ta sœur est prête à manger ?

—Je vais voir. Bianca repartit dans le couloir. Une minute plus tard, j'entendis un coup à la porte, puis des voix étouffées alors que les filles parlaient entre elles.

Mon téléphone vibra avec un autre message de Brantley.

Je suis juste sincère. Je t'aime, Vee. Si tu as besoin de quoi que ce soit, je suis là. Je te le promets.

Merci. Ça compte énormément pour moi. Et pareil pour moi. J'espère que tu le sais.

Je le sais. Ma pizza vient d'arriver, mais on se reparle plus tard. Si les filles ont besoin qu'on les conduise quelque part, fais-moi signe.

Je n'y manquerai pas. Jusqu'à présent, Goldie, Xavier et moi nous en sortons bien. Je pense qu'on est couverts pour cette semaine.

Bien. Ravi d'aider si tu en as besoin.

Merci, Bee. À plus tard.

Ouais. Bon appétit. Je suis sûr que c'est délicieux.

Toi aussi.

J'ai glissé mon téléphone dans ma poche alors que les filles descendaient le couloir. J'ai sorti les côtelettes de porc du four. Ça sentait bon. Tout semblait parfaitement cuit. Je n'avais jamais essayé une de ces recettes parce que Dawson refusait, mais je ne cuisinais plus pour Dawson et j'avais décidé de tenter ma chance.

— Ça sent bon, maman, dit Sam.

— Oui, c'est vrai. Qu'est-ce que c'est ? demanda Bianca.

— Des côtelettes de porc avec des choux de Bruxelles et de la courge.

Les filles ont échangé un regard et haussé les épaules.

— Si c'est aussi bon que ça en a l'air, il faut que tu refasses ça, dit Bianca.

— Goûtons. Je leur ai tendu une assiette chacune. Dawson détestait qu'on se serve au comptoir pour porter les assiettes à table, mais ça ne m'avait jamais dérangée. Les filles et moi avions pris l'habitude de le faire ces derniers temps. Beaucoup de choses avaient changé depuis que la petite amie de Dawson s'était présentée chez nous pour lui faire une surprise, et que je l'avais mis à la porte.

Nous avons toutes pris nos boissons et nous sommes assises pour manger. Nous avons échangé des regards. Chacune a piqué quelque chose de différent et nous avons mangé nos bouchées ensemble.

Et gémi.

— Oh, wow, gémit Sam. C'est trop bon.

— Mm hmm, approuva Bianca.

J'ai acquiescé avec elles. Les assaisonnements se mariaient parfaitement. Les légumes avaient une tendreté une fois passé l'extérieur croustillant. Le porc était juteux et tendre, un complément incroyable aux légumes.

— C'est à garder, dit Bianca.

J'expérimentais de nouvelles recettes depuis un mois. Une par semaine seulement, en gardant nos plats familiaux préférés en rotation régulière. Jusqu'à présent, nous avions eu un succès, un échec cuisant qui nous avait fait commander une pizza, et deux plats qui étaient corrects mais pas extraordinaires. Celui-ci était un deuxième succès.

— Je suis d'accord, dit Sam. Papa aurait détesté ça. Elle plissa le nez avec dédain.

—Papa détestait tout, cracha Bianca.

—Les filles. Je m'efforçais de ne pas dire du mal de leur père devant elles. Je n'avais jamais voulu qu'elles aient une mauvaise opinion de lui. Bien sûr, l'arrivée de sa petite amie pendant le dîner n'avait pas aidé. Elles savaient exactement ce qui s'était passé entre nous, et elles étaient certainement assez âgées pour comprendre. Et le fait que Dawson ait à peine gardé contact avec elles depuis son départ ne jouait pas en sa faveur.

—Tu n'as pas à le défendre, maman, dit Bianca. —C'est un connard.

—Ton langage.

—C'est toujours notre père, Bianca, mais je ne peux pas dire que je ne ressens pas la même chose, intervint Sam. Elle se tourna vers moi. —Papa t'a trompée, plus d'une fois. Comment peux-tu être de son côté ?

—Je ne suis pas de son côté. Pourquoi penserais-tu que je suis de son côté ?

—Parce que quand on est honnêtes à son sujet, tu te fâches contre nous. Bianca croisa mon regard. Regarder ma fille de seize ans, c'était comme me regarder dans un miroir, mais avec des boucles aux épaules au lieu de ma coupe pixie. J'avais tant d'espoirs pour mes filles, mais la colère qu'elles éprouvaient à cause de leur père assombrissait tout cela.

—Je ne suis pas en colère contre vous, soufflai-je. —Je ne veux pas que vous détestiez votre père. Ce qu'il a fait n'avait rien à voir avec vous deux.

—Vraiment ? Parce que ça ne donne pas cette impression. On lui parle à peine. Il est parti—

—Je lui ai dit de partir.

Bianca soupira et secoua la tête. —C'est exactement de ça que je parle. Tu prends le blâme pour l'avoir mis à la porte. Où est sa part de responsabilité ? C'est lui qui était avec quel-qu'un d'autre. C'est à cause de lui que j'ai dû dire non à Andrew quand il m'a invitée au bal de promo l'année dernière. C'est lui qui—

—Attends, quoi ? Je regardai tour à tour mes filles. Sam étudiait son assiette, et Bianca avait l'air de ne pas avoir voulu admettre ce qu'elle venait de dire. —De quoi parles-tu ? Quelqu'un t'a invitée au bal et ton père t'a dit de ne pas y aller ?

Bianca regarda Sam, mais Sam haussa simplement les épaules. Bianca soupira. —Papa ne m'a pas interdit d'aller avec Andrew, mais c'est à cause de lui que j'ai dit non. Comment suis-je censée sortir avec quelqu'un ? Comment puis-je regarder un garçon et croire qu'il ne va pas me tromper et me briser le cœur ? C'est tout simplement impossible.

—Oh, Bianca, je suis tellement désolée. Je me suis levée et j'ai pris mon aînée dans mes bras, sentant la colère et la douleur vibrer en elle. —Je ne savais pas que tu vivais si mal cette situation. Tu sais que tous les hommes ne vont pas tromper leur partenaire, n'est-ce pas ? Tous les hommes ne sont pas comme—

—Comme Papa, dit Samantha. Typique de cette adolescente de quinze ans d'être aussi directe. —Mais certains le sont. Paul a dit que son père avait une liaison avant de quitter sa mère. Et une fille de mon cours de maths a dit que la même chose était arrivée à ses parents. J'aime beaucoup Paul, mais quand je le vois parler à une autre fille... Je suis d'accord avec Bianca.

J'ai soupiré profondément et j'ai attiré les deux filles sur le canapé, une de chaque côté. J'ai passé un bras autour de chacune d'elles et embrassé le sommet de leurs têtes. —Votre père n'était pas heureux. Je ne peux pas expliquer pourquoi parce que je ne le sais pas vraiment moi-même. Mais votre père n'est pas le modèle de tous les hommes. Il y a tant d'hommes qui sont bons et fidèles. Des hommes qui n'envisageraient même pas de tromper une femme.

—Ouais, mais comment savoir qui est qui ? demanda Sam.

J'ai inspiré profondément et leur ai dit la vérité. —Parfois, on ne sait pas. J'aimais votre père. Quand nous nous sommes rencontrés, je le trouvais drôle, et il me faisait me sentir spéciale. J'avais envie d'être avec lui. Il m'a invitée à sortir, et j'aimais l'idée qu'un homme que d'autres filles trouvaient séduisant s'intéresse à moi. C'était peut-être superficiel de ma part, mais c'est la vérité. Je n'ai jamais pensé qu'il finirait par me tromper. Même quand Haley s'est présentée ici, j'étais encore sous le choc. Mais si je pouvais revenir en arrière et tout recommencer, je le ferais. Je choisirais toujours d'épouser votre père parce que même si ça s'est mal terminé, nous avons eu de bons moments. Vous avoir toutes les deux, emménager dans cette maison, vous voir grandir. J'aimais votre père.

—Je ne pense pas être aussi forte que toi, maman, chuchota Bianca. —Je ne pense pas que j'y arriverai.

—Je ne suis pas forte. Je fais simplement ce que je pense être le mieux pour l'instant.

—Est-ce que tu vas recommencer à sortir avec quelqu'un ? demanda Sam.

Cette question. Celle-là faisait mal. Je pouvais tout leur raconter sur Dawson. Comment nous nous étions rencontrés, comment nous étions tombés amoureux, comment nous avions construit une vie ensemble. Mais après vingt-deux ans avec un seul homme, un homme qui m'avait brisée et m'avait fait tout remettre en question, j'étais plutôt du côté de mon aînée. Je n'étais pas sûre de pouvoir faire confiance à un autre homme. Ou d'être prête à essayer.

—Tu ne l'es pas. Je peux le voir sur ton visage, dit Bianca. —Tu as peur aussi. Alors pourquoi devrions-nous sortir avec quelqu'un ?

—Je ne dis pas que tu devrais. J'ai repoussé les cheveux du visage de Bianca en essayant de ne pas me laisser briser par la douleur dans ses yeux bruns. —C'est à toi de décider si tu veux sortir avec quelqu'un. Mais je ne veux pas que tu arrêtes de vivre ta vie. Je ne veux pas que tu refuses d'aller au bal de promo avec quelqu'un que tu aimes bien parce que tu as peur qu'un jour il puisse ne pas t'être fidèle.

—N'est-ce pas ce que tu fais ? demanda Bianca.

J'ai pris une profonde inspiration et forcé un sourire. —Je guéris. J'ai été mariée à ton père pendant longtemps, et nous avons été ensemble pendant des années avant cela. J'ai passé plus de la moitié de ma vie avec lui. Ce n'est pas facile de faire demi-tour et de laisser entrer quelqu'un de nouveau. De changer d'avis et d'être prête à sortir avec quelqu'un à nouveau.

—Penses-tu que tu le feras à nouveau un jour ? demanda Sam.

J'ai haussé les épaules. —Je ne sais pas. J'ai un travail que j'aime et je vous ai toutes les deux. Je n'ai pas l'impression qu'il me manque quoi que ce soit dans ma vie en ce moment. Je ne sais pas non plus si je suis prête à faire de la place dans ma vie pour quelqu'un d'autre.

—Pourquoi oncle Brantley n'est-il pas marié ? demanda Bianca.

—Brantley ? Euh, je... Je ne sais pas. L'idée que Brantley se marie me faisait plus mal qu'elle n'aurait dû. Je n'avais aucun droit sur lui. Aucun droit de souhaiter qu'il reste célibataire pour que j'aie un ami.

—Je me demandais juste s'il est comme Papa. Ou s'il est un homme bien, dit Bianca.

—Oncle Brantley est un homme extraordinaire. Il ne tromperait jamais personne. La fermeté dans ma voix était quelque chose que mes filles n'entendaient pas souvent, et elles savaient que cela signifiait que j'étais sérieuse.

—C'est ce que je pensais aussi. Mais il est célibataire. Pourquoi n'est-il pas marié ou en couple avec quelqu'un ? demanda Sam.

—Je ne sais pas. Il faudrait lui demander. Je me suis levée, ayant besoin de mettre fin à la conversation sur Brantley. Parler de ses fréquentations ne devrait pas me déranger, mais c'était le cas.

— Est-ce qu'il vient dîner cette semaine ? demanda Bianca.

Je ramassai nos assiettes sur la table et haussai les épaules.
— Probablement. Il est en train de rénover sa cuisine, donc il va avoir du mal à cuisiner. Il pourrait venir plusieurs fois. Si ça vous va.

Elles hochèrent toutes les deux la tête.
— Oui, on adore Tonton Brantley, dit Bianca.
— Moi aussi.

Les filles m'ont aidée à débarrasser la table et à ranger les restes. Je leur ai demandé si elles voulaient m'aider à faire des carrés au citron pour les apporter à Brantley à l'entraînement demain, et elles ont toutes les deux accepté. Pendant que les carrés au citron étaient au four, nous nous sommes entassées sur le canapé et avons commencé un film. Une comédie romantique où le héros ne trompait certainement pas sa partenaire.

La minuterie a sonné pour les carrés au citron, et je les ai sortis du four. Ils avaient l'air parfaits. Et ils sentaient encore meilleur. J'ai pris rapidement une photo et je l'ai envoyée à Brantley. J'ai reçu une réponse presque immédiatement.

Tu me tortures. Je ne suis pas sûr de pouvoir attendre jusqu'à demain pour en goûter un.

Ils sortent tout juste du four.

J'en salive.

Tu peux venir. On regarde juste un film.

Je ne veux pas interrompre votre soirée.

Tu ne déranges pas. On parlait justement de toi tout à l'heure. Les filles n'y verront pas d'inconvénient.

Devrais-je m'inquiéter ? Pourquoi parliez-vous de moi ?

Les filles demandaient si tous les hommes trompent leur partenaire. On était toutes d'accord pour dire que tu es quelqu'un qui n'y penserait même pas.

D'accord. Jamais de la vie. Vous méritez toutes mieux que ça.

Merci. Elles ont aussi demandé pourquoi tu n'es pas marié ou en couple. Je leur ai dit qu'elles devaient te poser la question directement.

Tu me jettes dans la fosse aux lions. Je vois.

Pas volontairement. C'est juste que je ne connais pas la réponse.

La question la plus difficile de l'existence.

J'ai souri. Je me suis posée la même question au fil des années, mais je n'avais jamais eu le courage de lui demander. Maintenant que je l'avais fait, je ne savais toujours pas.

Je ne saurai peut-être jamais pourquoi Brantley Pierce était encore célibataire. Mais je n'étais pas sûre que ça importait vraiment.

Tu es sérieuse quand tu dis que je peux passer ? Parce que je suis en route si c'est le cas.

Tu es toujours le bienvenu ici.

À tout de suite.

J'ai serré mon téléphone contre ma poitrine en essayant

de ne pas être trop excitée. Il était mon ami. Juste un ami. Sa visite n'avait rien à voir avec moi et tout à voir avec les carrés au citron.

Mais ce n'est pas du tout pour ça que je les ai faits. Pas du tout.

3

BRANTLEY

Une semaine d'entraînement était terminée, tout comme une semaine de rénovation de cuisine. Je n'étais pas sûr de savoir lequel était le plus difficile. Les halètements des coureurs à la fin de la semaine suffisaient pour voter en faveur de l'entraînement, mais mes propres souffles lorsque j'ai porté les derniers placards de ma cuisine à la poubelle me laissaient penser que la rénovation méritait peut-être la première place.

De toute façon, les deux étaient pénibles.

Tout comme passer mon vendredi soir, le dernier de l'été, seul dans ma cuisine vide. Ma vie n'était pas ce que j'avais toujours espéré qu'elle soit. C'était ma faute, mais c'était difficile de savoir que rien ne s'était passé comme je l'avais espéré.

J'ai mis ces pensées mélancoliques de côté et examiné l'espace vide. C'était immense sans tout le mobilier. Un problème agréable à avoir. Et avec toute la cuisine démolie, jusqu'aux montants, j'étais prêt à tout reconstruire.

Tout s'est démonté plus facilement que je ne l'avais prévu, c'est pourquoi j'ai aussi enlevé les plaques de plâtre. J'avais fait assez de rénovations pour savoir qu'il y avait toujours une raison quand les choses étaient faciles. Dans mon cas, c'était une vieille fuite d'eau derrière le frigo qui était passée inaperçue pendant longtemps. La pourriture était suffisamment importante pour qu'il soit logique de remplacer l'isolation et de renforcer la structure des murs. Je devais de toute façon en enlever une partie pour les nouvelles portes coulissantes, donc ce n'était pas un gros coup pour le budget, mais cela changerait le calendrier.

Knox insistait toujours sur le fait que je pourrais terminer d'ici le Nouvel An.

J'étais sur le point de commander à dîner quand j'ai reçu un SMS de Valentina.

> Tu vas au cinéma ce soir ?

> Quel cinéma ?

> La ville organise un grand événement tout le week-end. Il y a quelque chose de prévu pendant tout le week-end. Ce soir c'est une projection de film au parc Catherine.

> J'étais justement sur le point de commander à dîner et de sauter dans la douche. J'ai l'air d'avoir passé la journée à la plage avec toute cette poussière sur moi.

> Tu devrais venir avec nous ce soir. J'allais préparer un dîner pique-nique pour le film.

Valentina m'invitait à passer la soirée avec elle. Pourquoi hésitais-je ?

> Ça a l'air sympa. Je dois être prêt pour quelle heure ?

> Le film commence dans une heure. On allait y aller à pied bientôt.

Je peux être chez toi dans vingt minutes si vous pouvez m'attendre.

Ça marche. Tu es sûr ?

Toujours, Vee. À tout de suite.

Je me déshabillai en traversant ma maison, transportant mes vêtements sales et poussiéreux jusqu'à la salle de bain. Je jetai mes habits dans le panier à linge, puis j'ouvris l'eau chaude. Je posai mon téléphone sur le comptoir et me glissai sous le jet brûlant.

Je n'avais pas couru autant cet été que d'habitude, et mes muscles étaient endoloris. Tous les autres étés, je n'avais rien à faire et personne avec qui passer du temps. Je voyais toujours Valentina et le reste de sa famille, mais pas autant que cet été. Sans Dawson dans les parages, j'avais passé plus de temps avec eux que n'importe quel autre été. Je ne me plaignais pas, mais entre ses douceurs sucrées et mon manque d'exercice, j'en souffrais.

Pas que j'allais le dire à mon équipe. Ou à Jana.

Je pris une douche rapide, me lavant les cheveux deux fois pour m'assurer que toute la poussière était partie, puis je coupai l'eau et attrapai ma serviette. Je me séchai tout en traversant ma chambre jusqu'au placard, choisissant un boxer, un short et un t-shirt pour la soirée.

Mes cheveux mi-longs étaient encore mouillés quand j'eus fini de m'habiller, alors je les attachai en chignon et pris mes clés, désireux d'arriver chez Valentina le plus vite possible.

Elle ouvrit la porte une minute après que j'eus sonné et me lança un regard réprobateur. —Je t'ai déjà dit que tu n'as pas besoin d'attendre que je te laisse entrer. Tu as une clé pour une raison.

—Ce n'est pas ma maison, Vee. Je ne voudrais pas te

surprendre dans une position compromettante. Je remuai les sourcils pour la taquiner tandis que mon sexe durcissait à cette pensée.

Valentina leva les yeux au ciel et s'éloigna. —S'il te plaît. Je ne m'inquiète pas du tout pour ça. Il n'y a rien à compromettre par ici.

—Tu pourrais commencer à sortir avec quelqu'un un jour.

Elle ricana. —Pas de sitôt.

Je l'ai suivie dans la cuisine, laissant tomber le sujet. Je ne voulais pas penser à elle sortant avec quelqu'un, de toute façon. Ni Dawson, ni personne. C'était déjà assez douloureux de la voir tomber amoureuse de lui. La regarder tomber amoureuse d'un autre homme pourrait me tuer.

—Les filles ont déjà commencé à marcher. Elles voulaient retrouver leurs amies. Tu peux porter ça pour moi ? —Elle se retourna et me tendit un petit sac de bouteilles d'eau et une bouteille de vin.

—Je m'en occupe. Qu'est-ce que tu as d'autre ?

Elle saisit l'énorme panier du comptoir et hocha la tête. —C'est tout.

—Laisse-moi porter ça, —lui dis-je. Elle pouvait à peine tenir le truc, sans parler de le porter.

—Je peux le faire.

—Vee, je suis là. Laisse-moi t'aider.

Elle hésita, puis me tendit le panier. —Merci.

Sa voix douce était un indice suffisant, mais la façon dont elle évitait mon regard me disait que j'avais fait un faux pas. —Pourquoi es-tu contrariée que je porte le panier ?

Elle secoua la tête et se dirigea vers la porte.

Je l'ai suivie, panier et sac en main. Quoi qu'il se passe, cela semblait important, et je n'allais pas la laisser m'ignorer. —Parle-moi, Vee. Qu'est-ce que j'ai fait ? La dernière chose que je voulais, c'était de te contrarier.

Elle laissa échapper un petit rire et secoua la tête. —Tu ne l'as pas fait. C'est juste... Elle leva les yeux vers moi avec des yeux larmoyants. —J'ai été mariée pendant vingt-deux ans. Dawson et moi sommes sortis ensemble pendant cinq ans avant ça. J'ai passé vingt-sept ans de ma vie avec lui. Sais-tu combien de fois il m'a proposé de tout porter pour moi ? Combien de fois il a essayé d'aider quand nous allions à des événements comme celui-ci ? Et, bon sang, combien de fois il a assisté à ces événements ?

J'étais à peu près sûr que ses questions ne nécessitaient pas de réponse, alors j'ai simplement attendu qu'elle finisse d'exprimer ses pensées. Surtout quand j'étais également certain de pouvoir deviner la réponse.

— Aucune. En vingt-sept ans, Dawson ne m'a aidée zéro putain de fois. Nada. Vingt-sept ans. Chaque fois qu'il y avait un événement, il disait qu'il était trop fatigué à cause de ses voyages. Bien sûr, maintenant je sais qu'il était trop fatigué d'avoir baisé d'autres femmes. Il n'a jamais rien fait avec moi. Pas les choses que je voulais faire. Pourquoi est-ce que je l'ai épousé ?

Encore une fois, je n'étais pas sûr qu'elle voulait une réponse, mais elle a levé les yeux vers moi avec ces grands yeux bruns qui me faisaient sentir simultanément comme l'homme le plus important au monde et le plus insignifiant. J'avais de l'importance si elle me regardait, mais c'était Valentina Hayes. La femme qui détenait mon cœur et faisait tourner le monde pour moi. Les gens l'aimaient. Elle était spéciale, elle était magnifique et elle n'était pas mienne. Ce qui me faisait sentir comme si je n'étais rien.

— Quand tu nous as présentés, j'avais le plus gros béguin pour toi. Je voulais t'inviter à sortir, mais j'avais trop peur. Je suis contente de ne jamais l'avoir fait parce que ça aurait simplement été un désastre. Mais Dawson était là, et j'ai un peu pensé que tu espérais que je l'aimerais pour que je ne sois pas tout le temps accrochée à toi. J'étais si timide, et j'avais tellement peur de l'université, et je sais que j'étais énervante. Je me suis toujours sentie coupable de t'avoir étouffé quand nous sommes partis. De t'avoir empêché de sortir avec des filles.

Tout ce qu'elle disait s'embrouillait dans mon esprit comme si elle l'avait craché dans un mixeur réglé à pleine puissance. Je ne pouvais pas assimiler tout ça assez rapidement. Je savais que je devais répondre, lui dire qu'elle avait mal interprété tout, mais il y avait tellement dans ce qu'elle disait que je n'arrivais pas à trouver comment lui expliquer tout ça.

— En tout cas, je voulais juste te dire que je suis désolée pour tout ça il y a des années, et je voulais m'assurer que je ne recommence pas. Quand les filles ont demandé l'autre jour pourquoi tu ne t'étais jamais marié, j'ai réalisé que je faisais la même chose qu'à l'époque. J'ai monopolisé ton temps et je t'ai empêché de coucher avec des filles. Ce n'est pas mon intention.

— Tu ne m'empêches pas de coucher avec qui que ce soit, ai-je finalement réussi à articuler.

Elle a ricané. — Eh bien, je t'empêche de draguer la fille aux carrés au citron, ou quoi que ce soit. Je ne veux pas que tu aies l'impression de devoir tout laisser tomber pour moi. Je sais que je suis la pathétique divorcée, mais je te promets que je vais me ressaisir bientôt.

— Tu n'es pas pathétique. Et tu n'as pas du tout à te ressaisir. Tu es incroyable. Et je suis ici parce que je veux y être. Je t'aime, Vee. Tu es la personne la plus importante dans mon monde. Je ferais n'importe quoi pour toi. À n'importe quel moment.

Elle m'a souri, ses yeux brillant de joie au lieu des larmes qu'ils contenaient quelques minutes auparavant. — Merci, Bee. Je ne sais vraiment pas ce que je ferais sans toi. Mais ça ne veut pas dire que je ne trouverais pas de solution. Désolée. Je recommence. Ugh.

— Tu ne fais rien de mal. Maintenant, dis-moi encore comment tu avais ce grand béguin pour moi quand nous sommes allés à l'université.

Elle a ri. —Oh, tu savais très bien que c'était le cas. J'étais tellement évidente. Elle m'a fait sortir de la maison et a verrouillé la porte avant de se diriger vers la ville. Elle a passé le sac de boissons sur son épaule et m'a laissé porter le panier. Elle a glissé sa main sur mon bras, marchant près de moi.

—Je te promets que je ne savais pas que tu m'aimais bien.

Elle a secoué la tête. —Je ne vois pas comment c'est possible. Je t'ai aimé pendant presque toutes mes années de lycée, et quand on a choisi la même université, j'avais peur que tu penses que j'y allais uniquement parce que je savais que tu y serais.

—Je savais que tu y allais avant de la choisir, ai-je avoué.

—Ah, c'est rassurant. Je ne voulais pas que tu me prennes pour une harceleuse ou quelque chose du genre. Mais bon, je ne sais pas... Je t'ai toujours trouvé mignon, et tu as toujours été gentil avec moi. J'imagine que j'espérais qu'une fois loin de L'anse MacKellar, les choses seraient différentes et que je trouverais un moyen de te dire que tu me plaisais. Puis tu m'as présentée à Dawson, et il s'est précipité et m'a fait sentir que je te dérangeais si je demandais ce que tu faisais quand on sortait.

—Il a fait quoi ? Mon sang n'a fait qu'un tour à cette idée.

—Ce n'était pas grave. Il m'a dit que tu sortais beaucoup et que tu allais à des fêtes. Je veux dire, c'est à ça que servait l'université, non ? Tout s'est arrangé. Je suppose. Si on peut dire que le fait qu'on soit tous les deux célibataires à quarante-cinq ans est un arrangement. Merde, c'est déprimant.

J'ai ri nerveusement.

—Pas toi. Merde. Je ne parlais pas de toi. Je parlais de moi. C'est moi qui suis déprimante. Tu es incroyable, et n'importe quelle femme aurait de la chance de t'avoir.

—Même toi ?

—Bon sang, oui, moi. Je suis la plus chanceuse de toutes parce que je t'ai déjà dans ma vie. Tu es mon meilleur ami, Bee.

—Et tu avais un énorme béguin pour moi.

Elle a gémi. —Je n'aurais jamais dû avouer ça. Bon sang ! Mais je sais que c'est mieux qu'on n'ait jamais été ensemble. J'aurais tout gâché, et on ne serait même plus amis maintenant.

—Tu n'en sais rien.

Elle haussa les épaules. —Peut-être pas. Mais je sais que si je n'avais pas épousé Dawson, je n'aurais pas mes filles, et c'est impossible à imaginer.

—Oui, oui, c'est vrai, —ai-je admis. Même si j'aurais aimé connaître son béguin des décennies plus tôt, je n'aurais jamais souhaité que Bianca ou Samantha n'existent pas.

Le bruit de la foule a explosé lorsque nous avons tourné au coin et aperçu le parc. C'était bondé. Pas juste animé, mais envahi de gens. Chaque carré d'herbe était couvert par une couverture ou une serviette. Les chaises étaient toutes occupées. Les trottoirs étaient bordés de personnes assises sur des chaises. Même les rues autour du parc étaient remplies de monde à perte de vue.

—Bon sang. C'est plus important que je ne le pensais. Comment allons-nous trouver les filles ?

—On les trouvera, —lui ai-je assuré.

Valentina ouvrit de grands yeux à mesure que nous nous approchions de la foule. Elle n'avait jamais été à l'aise dans les grands rassemblements, et cette foule était immense. Quelqu'un l'a bousculée, puis s'est excusé et lui a dit bonjour.

Encore et encore, nous étions bousculés par d'autres personnes qui se déplaçaient, essayant de trouver leur place et leurs proches.

—Valentina ! —a crié quelqu'un au-dessus du bruit.

Nous nous sommes tous les deux retournés et avons vu Goldie nous faire signe depuis une grande couverture. Karissa était à côté de Goldie sur une autre couverture. Nous nous sommes approchés d'elles et avons trouvé Bianca et Samantha.

—C'est dingue, —a soufflé Valentina en embrassant ses amies.

—C'est vrai, —a confirmé Goldie. —Patrick est arrivé tôt et a posé nos couvertures pour qu'on ait une place. Xavier a dit que c'était le meilleur endroit pour regarder le film.

Patrick était l'assistant de Goldie et son petit ami. Xavier dirigeait le cinéma de L'anse MacKellar et était marié à Karissa. Je ne connaissais pas très bien ces deux hommes, mais les quelques fois où j'avais participé à la soirée entre hommes chez O'Kelley's, ils avaient été sympathiques et gentils. J'appréciais cela, surtout de la part de Xavier, puisque j'étais sorti avec Karissa il y a quelque temps.

—Les enfants ont fait un tour pendant un moment, mais c'est presque difficile de se déplacer ici. C'est beaucoup plus grand que ce à quoi je m'attendais, —a dit Karissa.

Karissa concevait des applications, notamment la principale application de rencontres en ligne de la région. Un grand nombre de couples locaux avaient commencé leur histoire sur Book Boyfriends Wanted. J'avais eu quelques rendez-vous grâce à cette application, y compris celui avec Karissa, mais aucun n'avait abouti, comme tout ce que j'avais essayé.

—Personne n'est prêt à dire au revoir à l'été, déclara Goldie. En tant que Directrice du Tourisme de L'anse

MacKellar, elle était chargée de s'assurer que des événements comme celui-ci soient une réussite.

—Je ne suis pas prête à retourner à l'école, dit McJenna. La fille de Xavier avait seize ans, comme Bianca, et faisait partie de l'équipe de cross-country. Elle était intelligente, bonne coureuse, et une gentille gamine.

Les autres jeunes hochèrent la tête avec McJenna avant de reprendre leurs conversations.

Valentina s'assit près de Goldie, puis tapota la couverture à côté d'elle pour que je m'y installe. Je posai le panier devant elle et m'assis face à elle, car l'espace qu'elle essayait de me faire prendre était trop petit.

Valentina me sourit, avec une légère déception dans son regard. Je n'étais pas sûr de savoir pourquoi, mais je n'eus pas le temps d'y réfléchir avant qu'elle ne commence à vider le panier de nourriture qui aurait facilement pu nourrir tout notre groupe et la moitié des autres habitants de la ville.

Nous nous sommes passé du fromage et des crackers, des tranches de charcuterie, des noix et des fruits frais. Valentina avait des bouteilles d'eau pour tout le monde, mais les autres avaient apporté leurs propres boissons. Ils partageaient leur nourriture, Valentina partageait la sienne, et tout le monde parlait de l'automne, de l'école et du retour aux routines habituelles.

J'étais le seul à ne pas vivre avec un adolescent, du moins à temps partiel. Pendant que tous discutaient, je me contentais d'écouter. Je voyais toujours l'autre côté des choses, le côté enseignant. Je n'avais à me préoccuper que de moi-même. J'établissais mes routines sans l'influence ou l'avis de qui que ce soit.

Tout à coup, la solitude de ma vie me parut insupportable. Je m'excusai et quittai la couverture. Je me promenai à travers la foule, passant devant des familles et des couples, et me demandai ce que je faisais là, bon sang.

J'en ris intérieurement. Je savais très bien ce que je faisais là. Je jouais à la petite maison avec ma meilleure amie. Je me mentais à moi-même en espérant qu'elle pourrait me remarquer. Je souhaitais que le béguin qu'elle avait avoué avoir il y a plus de vingt ans soit toujours en train de mijoter quelque part.

J'étais un parfait idiot.

Si elle me voulait, elle n'aurait pas dit que nous deux ensemble aurait été une mauvaise idée. Si elle me voulait, elle me l'aurait dit. Ce n'était pas le cas. Ça ne l'avait pas été depuis très longtemps.

—Tu vas bien ? demanda-t-elle juste derrière moi, une seconde avant que sa main ne touche mon épaule.

Je résistai à l'envie de me dégager. Je désirais son contact, mais pas celui de ma meilleure amie. Je voulais le toucher de la femme que j'aimais. Cette femme que j'essayais de toutes mes forces de ne pas aimer. Cette femme dont je réalisais enfin que je ne pourrais jamais me remettre, peu importe combien de fois je me disais que c'était stupide de l'aimer.

—Ouais, tout va bien, me suis-je forcé à dire en me tournant vers elle.

Sa main est retombée quand je me suis retourné, mais son regard était perçant. Elle a plissé les yeux et m'a observé attentivement. —La conversation sur les parents te dérange ?

J'ai secoué la tête. —Non. J'ai toujours voulu des enfants.

—Tu ne me l'as jamais dit.

J'ai haussé les épaules. —Il y a beaucoup de choses qu'on ne s'est jamais dites, je suppose. Comme toi qui avais le béguin pour moi.

Elle a levé les yeux au ciel et a ri, comme je l'espérais. Elle s'est appuyée contre moi et a enroulé son bras autour de ma taille. J'ai posé le mien sur son épaule et l'ai laissée me guider vers la couverture où ses amies et ses filles nous attendaient.

Elle a indiqué l'endroit où elle s'était assise avant et a

attendu que je m'installe, puis s'est assise à une trentaine de centimètres devant moi. Mes cuisses encadraient les siennes. C'était intime sans être déplacé. Elle était ma meilleure amie. Nous nous étions déjà assis comme ça. Mais pas depuis des années.

Et en un instant, j'ai compris pourquoi je ne pourrais jamais oublier Valentina. Parce qu'il était impossible de ne pas l'aimer. Et je n'avais aucun espoir de m'éloigner d'elle.

4

VALENTINA

Mon corps s'échauffait tandis que je m'efforçais de me concentrer sur le film qui commençait à l'écran. Pourquoi avais-je pensé que c'était une bonne idée de m'asseoir devant Brantley ?

Je ne réfléchissais pas. Voilà pourquoi. Comme Goldie et Patrick et Karissa et Xavier étaient assis ensemble, j'étais simplement retombée dans le comportement d'une moitié de couple. Peu importait que nous ne soyons pas vraiment ensemble, nous étions là ensemble.

J'étais complètement perturbée.

Je regardais le film sans vraiment y prêter attention du tout. Chaque fois que Brantley bougeait, je le sentais. Chaque frôlement de sa cuisse contre la mienne, chaque mouvement de son corps, chaque longue expiration, je les ressentais. Et tout cela ne faisait que réchauffer mon corps davantage.

Dès que le film fut terminé, je bondis de mon siège. D'autres personnes autour de nous commençaient à se déplacer, donc je n'avais pas l'air trop folle. Je regardai autour de moi, cherchant une excuse puisque tout notre groupe était assis.

—Je dois aller aux toilettes. Je reviens tout de suite.

—Je viens avec toi, dit Goldie. J'ai beaucoup trop bu pendant la séance.

Nous nous sommes dirigées vers les toilettes temporaires alignées à l'arrière du bâtiment le plus proche. Je détestais les utiliser, mais avec un public, je ne pouvais pas simplement me promener pendant une minute et faire semblant.

—Qu'est-ce qui se passe entre toi et Brantley ? siffla Goldie une fois que nous nous sommes un peu éloignées des autres.

—Rien, lâchai-je. Trop vite.

Goldie haussa les sourcils et son visage prit l'une de ces expressions qui criait au mensonge. Elle me connaissait trop bien.

—C'est mon meilleur ami. N'était-ce pas une explication suffisante ?

—Et alors ?

J'ai secoué la tête. —Il est simplement là. Il a été là pour nous. Il a toujours été présent, mais depuis que Dawson est parti, il a été tellement plus qu'un ami.

Ses sourcils ont de nouveau bondi vers le ciel, et j'ai réalisé ce que je venais de dire.

—Pas comme ça. Il ne s'est rien passé, et il ne se passera rien. Brantley n'est pas intéressé par une relation avec une femme divorcée d'âge moyen dont il entraîne les enfants.

—Peut-être pas n'importe quelle femme divorcée d'âge moyen dont il entraîne les enfants, mais je pense qu'il pourrait être intéressé par une relation avec toi.

J'ai pouffé et levé les yeux au ciel. Nous avons avancé dans la file d'attente pour les toilettes tandis que plus de personnes se massaient derrière nous. —Il n'est pas intéressé par moi.

—Est-ce la seule raison pour laquelle il ne s'est rien passé ?

—Non. Je ne cherche pas à sortir avec quelqu'un. Je ne suis pas prête.

—Ma chérie, je ne pense pas qu'on soit jamais vraiment prête. C'est un peu comme avoir des enfants. Tu t'accroches et tu pries pour ne pas les abîmer plus que ce que la thérapie pourra réparer.

Un rire m'a échappé. —C'est bien vrai. Je me suis mordu la lèvre. J'avais toujours eu un faible pour Brantley, mais sortir avec lui ? Je n'étais pas prête pour ça. Pas quand le seul homme que j'envisageais était celui que je ne pouvais pas me permettre de perdre dans ma vie. Et si tout tournait mal et que je le perdais définitivement ? Pas envisageable.

—Je dis simplement que vous aviez l'air plutôt complices ce soir.

—Nous sommes juste amis, ai-je dit.

Heureusement, la personne devant moi est sortie de la file d'attente des toilettes et j'ai pu échapper à la conversation. J'ai retenu ma respiration et utilisé les toilettes, reconnaissante que le distributeur de gel hydroalcoolique soit bien approvisionné à l'intérieur pour que je puisse à peu près me nettoyer les mains.

J'ai attendu Goldie sur le côté, soulagée qu'elle ne dise rien d'autre à propos de Brantley pendant notre retour vers les autres. Quand nous sommes arrivées, les couvertures et les paniers étaient tous emballés, et tout le monde nous attendait.

—Prêtes à rentrer ? a demandé Brantley.

J'ai acquiescé. Nous nous sommes tous dit au revoir et sommes partis dans différentes directions.

Les filles marchaient un peu devant Brantley et moi, bavardant à propos du film et de l'entraînement. Leur première compétition n'était que dans deux semaines, et d'après ce que j'entendais, elles étaient enthousiastes.

—Tu fais un excellent travail avec l'équipe, ai-je dit doucement pour que les filles ne m'entendent pas.

—Merci. J'adore ça. Courir est ce qui me maintient sain d'esprit la plupart du temps.

J'ai ri. —Avec deux adolescentes, je peux à peine imaginer combien il est épuisant d'en avoir vingt ou plus à la fois. Les enseignants sont incroyables.

—Ouais, a-t-il dit d'une manière qui m'a fait penser que ce n'était pas la source de son stress.

—Ça va ?

Il a jeté un coup d'œil vers moi et a souri, puis a baissé son regard vers le sol. —Tout va bien.

—Hé. J'ai posé ma main sur son bras pour l'arrêter et j'ai attendu que les filles s'éloignent un peu plus. —Qu'est-ce qui se passe ?

Il a inspiré profondément, sa poitrine se soulevant. Il a expiré lentement et a rencontré mon regard. Le sien était ardent, enflammé, comme s'il retenait un désir que je n'avais jamais vu chez lui auparavant.

J'étais attirée par cela, comme un papillon de nuit vers une flamme. Je n'avais jamais compris cette expression auparavant, mais en regardant dans les yeux de Brantley et en voyant cette passion réciproque, j'ai ressenti un désir pour lui d'une manière que je n'avais jamais connue.

Un rire derrière moi m'a sortie de ma transe. —Content de vous voir, coach. Ally m'a dit qu'elle s'amusait beaucoup aux entraînements. J'ai hâte de vous voir en action.

Même si on m'avait versé un seau d'eau glacée sur la tête, je n'aurais pas été plus choquée. Brantley ne me regardait pas comme ça. Il regardait la mère d'Ally, Becky. Becky était jeune et jolie, avec un corps mince et ferme dont j'étais instantanément jalouse. Je n'avais jamais eu de raison d'être jalouse d'elle, ou de n'importe quelle femme, auparavant, mais voir le sourire se dessiner sur les lèvres de Brantley quand il lui parlait me donnait envie d'arracher les yeux de l'autre femme.

J'étais tellement bête. Et moi qui imaginais que Brantley me désirait, alors qu'il ne faisait que reluquer la mère sexy derrière moi.

J'ai forcé un sourire et me suis retournée pour partir. Les filles étaient déjà à un pâté de maisons devant nous, et Brantley parlait avec Becky, alors je devais y aller.

Durant le reste de ma promenade, je me suis réprimandée d'avoir perdu mon temps dans ce fantasme où Brantley pourrait me désirer. J'avais obtenu ma réponse sur place quant à pourquoi il n'était pas marié. Pourquoi s'engagerait-il quand il pouvait coucher avec n'importe quelle femme de la ville ? Ou toutes les femmes de la ville.

Peu importait, après tout. Je n'avais aucun droit sur lui. Je n'en ai jamais eu. Je n'en aurais jamais. M'énerver à ce sujet alors que c'était moi qui étais mariée et indisponible pendant la majorité du temps où nous nous connaissions ne faisait que me rendre hypocrite.

Brantley m'a rattrapée alors que je tournais dans ma rue. Il s'est excusé de s'être arrêté pour parler à Becky, mais je lui ai fait signe de laisser tomber.

—Tu n'as pas à m'expliquer quoi que ce soit. Tu es célibataire et elle est séduisante.

Il m'a arrêtée dans l'allée pendant que les filles entraient dans la maison. —Tu penses sérieusement que je m'intéresse à Becky ?

J'ai haussé les épaules. —Ce ne sont pas mes affaires, Bee. Je t'aime et je veux que tu sois heureux. Si elle te rend heureux, même si ce n'est que pour une nuit, alors vas-y. Je ne te juge pas. Je te le promets.

Il m'a regardée fixement pendant une bonne minute sans dire un mot. Quand j'ai commencé à m'agiter, il a finalement parlé. —Parfois, je suis stupéfait de voir à quel point nous nous connaissons peu.

—Qu'est-ce que tu veux dire ?

—Je veux dire que tu avais un faible pour moi au lycée, et maintenant tu penses que je vais coucher avec la mère d'une de mes élèves.

—Je ne pense pas ça. Je dis simplement que je ne veux pas me mettre en travers de ton chemin.

—Crois-moi, Vee, tu n'es jamais en travers de mon chemin. Je te choisirai plutôt que n'importe quelle autre femme de cette ville, à chaque fois, sans exception.

Ses mots ont envoyé une spirale de chaleur au creux de mon ventre. Il ne le pensait pas comme je l'avais interprété, mais je n'allais pas le pousser à clarifier. Au lieu de cela, je l'ai taquiné et j'ai ramené les choses à ce qu'elles avaient toujours été entre nous. —C'est juste parce que je te garde approvisionné en carrés au citron.

Il a souri, puis laissé échapper un rire qui semblait forcé. —Ce n'est pas du tout la seule raison. Je t'aime, Vee.

—Je t'aime aussi, ai-je dit en me blottissant dans ses bras ouverts et en le laissant me serrer contre lui. La chaleur de son corps réchauffait ma peau dans l'air nocturne qui se rafraîchissait lentement. Mon cœur battait fort, sa proximité me détendant et m'excitant en même temps.

Cela faisait longtemps que je n'avais pas été étreinte. Bien sûr, Brantley me faisait des câlins, mais être tenue comme il le faisait en ce moment était différent. Si différent que ça m'a fait monter les larmes aux yeux et m'a fait souhaiter que les choses soient différentes.

J'ai reniflé, et il s'est immédiatement reculé. Son regard beaucoup trop observateur a scruté mon visage avant qu'il ne m'enveloppe à nouveau et embrasse le sommet de ma tête. —J'aimerais pouvoir effacer toute ta douleur.

Je n'ai pas répondu. Je ne pouvais pas lui en parler.

Comment le ferais-je ? Il savait déjà que Dawson et moi ne couchions plus ensemble longtemps avant notre divorce. Lui dire que non seulement mon mari avait cessé de désirer des relations sexuelles, mais qu'il avait complètement arrêté de me toucher était une honte que je n'étais pas sûre de pouvoir exprimer. Parle d'un sentiment d'indésirabilité.

Et ce n'était pas seulement ça, c'était le fait que je sois restée avec lui après cela. Je pensais qu'en préparant le dîner et en étant une bonne épouse, il changerait. Il m'aimerait à nouveau. Je croyais que c'était possible.

J'étais une idiote.

Et c'est pourquoi je ne risquerais pas de sortir à nouveau avec quelqu'un. Pas de sitôt. Je ne pouvais pas me soumettre à cela. Je ne le ferais pas.

—Rentrons tout ça, ensuite je te laisserai tranquille, a dit Brantley, en se reculant mais en gardant son bras autour de moi.

—Tu ne me déranges jamais.

—Très bien, alors je ne te laisserai pas tranquille.

J'ai ri avec lui. Il a ouvert la porte d'entrée et s'est reculé pour me laisser entrer en premier. Il est allé directement à la cuisine, déballant le panier et rangeant les affaires. Quand il a eu terminé, il a mis le panier au-dessus du garde-manger, là où je le gardais.

Dawson n'aurait jamais su où ranger les choses. Et il n'aurait jamais aidé à tout ranger. Il serait allé directement dans la chambre pour prendre une douche, me laissant tout faire.

— Tu veux regarder un film ? demanda Brantley.

J'ai souri. — Bien sûr. Normal. C'était comme ça avec Brantley. Parfaitement normal.

J'avais besoin d'un peu de ça.

— LES FILLES ! Le bus sera là d'une minute à l'autre !

C'était le premier jour d'école. Aucune de nous n'était prête. J'avais dit aux filles de préparer leurs affaires la veille, et l'avaient-elles fait ? Non. Bien sûr que non.

Alors, nous étions pressées. J'avais travaillé tard hier soir pour qu'il y ait des pâtisseries fraîches à la Cove Bakery pour commencer la journée. Ma patronne, Harriett, me permettait toujours d'arriver après que les filles soient à l'école. Elle gérait seule la clientèle du matin, sachant que les gens étaient patients avec elle et que personne à L'anse MacKellar ne serait impoli.

— J'arrive ! cria Bianca. Des pas se précipitèrent vers moi. Au moins l'une d'elles bougeait.

— Moi aussi ! hurla Samantha.

Le bus était généralement en retard le premier jour d'école, mais je ne pouvais pas prendre de risques. Je devais aller travailler.

— Le bus est là ?

J'ai secoué la tête. — Pas encore. Mais on devrait sortir pour l'attendre. Vous voulez que j'attende avec vous ou que je fasse semblant que vous n'avez pas de mère ?

Bianca ricana et leva les yeux au ciel. Samantha regarda sa sœur.

— Maman, tous nos amis te connaissent et t'adorent, dit Bianca.

— Ça ne veut pas dire que vous voulez que je sois dehors quand vous montez dans le bus.

—Ça va, maman, a dit Bianca. Son téléphone a sonné. — Ashley dit que le bus vient de la prendre.

—Allons-y, leur ai-je dit. Ashley habitait au coin de la rue, donc le bus était presque arrivé chez nous.

Nous sommes sorties au moment où le bus tournait dans notre rue. Je n'étais pas sûre qu'elles avaient tout ce dont elles avaient besoin pour le premier jour, mais j'avais bon espoir.

Les deux filles m'ont enlacée. Nous avons ri toutes les trois. —Je vous aime, les filles.

—Nous t'aimons aussi, maman, ont-elles dit en chœur.

Elles m'ont lâchée et ont descendu l'allée jusqu'au trottoir. Le bus s'est arrêté, j'ai fait un signe au chauffeur, puis elles sont montées et le bus est parti.

Je me suis tournée vers ma droite et j'ai réalisé que c'était leur première rentrée scolaire sans Dawson. Malgré tous ses défauts, il était toujours là pour les voir monter dans le bus le premier jour d'école.

Jusqu'à aujourd'hui.

Je suis rentrée dans la maison et me suis assise sur le canapé. Il y aurait beaucoup d'autres premières fois sans lui. Je n'étais pas triste pour moi, mais mes filles allaient manquer leur père.

Malheureusement, je n'étais pas sûre qu'elles lui manquaient vraiment.

Et cela me brisait le cœur.

Je ne pouvais pas aller travailler en me sentant si déprimée, alors j'ai fait ce que je faisais toujours le premier jour d'école et j'ai envoyé un texto à Brantley pour lui souhaiter une bonne journée.

> Joyeuse première journée de lycée ! Que tes élèves soient intelligents, tes mots soient sages, et tes collègues soient délicieux.

> MDR ! Merci. Je ne sais pas pourquoi, mais je me sens un peu bizarre aujourd'hui.

> Ça doit être dans l'air. Je ressens la même chose. C'est la première fois que Dawson n'est pas là pour la rentrée.

> Merde. Je suis désolé. Tu aurais dû me le dire. J'aurais pu passer.

C'est bon. Je ne peux pas te laisser jouer au papa pour mes filles tout le temps. C'est déjà assez grave que tu sois la seule influence masculine positive dans leur vie.

Je suis heureux d'être là pour vous tous quand vous avez besoin de moi. Je vous aime.

Nous t'aimons aussi. Tu es prêt pour aujourd'hui ?

Je crois. Je me suis rendu compte que c'est ma vingtième année d'enseignement. Dingue.

Ça me fait me sentir vieille !

Oui, moi aussi. Beaucoup de choses que je voulais dans ma vie et que je n'ai pas encore. Plein de réflexions aujourd'hui.

Tu obtiendras tout ce que tu veux. Tu es un homme trop incroyable pour qu'il en soit autrement.

J'espère bien, un jour.

Je croise les doigts.

Tu travailles aujourd'hui ?

Ouais.

Qu'est-ce que vous faites pour le dîner ?

Pas sûre. Je pensais faire quelque chose de spécial, comme commander à emporter. Tu veux te joindre à nous ?

J'ai souri en regardant mon téléphone. J'avais hâte de dîner avec Brantley. Cela distrairait les filles du fait que leur père n'avait pas appelé ce matin et qu'il n'était pas à la maison pour les accompagner à l'école pour leur premier jour.

Je n'allais pas penser aux autres raisons pour lesquelles j'attendais avec impatience un dîner avec Brantley. Il était mon ami. C'est tout.

LE RESTE de la semaine s'est déroulé beaucoup plus facilement. Les filles étaient prêtes, aucun professeur n'a donné de devoirs les premiers jours, et personne n'a parlé de Dawson. Tout allait bien.

Dimanche soir, j'ai frappé à la porte de Book Boyfriends Unlimited et j'ai attendu. Goldie était à côté de moi, lisant un email sur son téléphone.

Finley MacKellar, la propriétaire et notre amie, nous a fait signe en s'approchant de la porte. Finley était mariée à Trent MacKellar, l'homme dont la famille avait fondé L'anse MacKellar. Ils avaient un adorable fils de quinze mois, George.

—Salut les filles, a dit Finley. Comment allez-vous ? Elle

nous a toutes les deux prises dans ses bras et nous a conduites vers l'arrière de la librairie où un groupe d'entre nous se réunissait chaque dimanche soir pour le club de lecture.

Le club de lecture étant en réalité une excuse pour parler d'amour, de vie et de relations. Et manger du gâteau. C'était pour ça que je venais.

—Bien, dis-je, sachant que Finley n'en demanderait pas plus. Nous ne nous connaissions pas très bien, et en tant que nouvelle divorcée, personne ne plongeait trop profondément dans l'horreur de mon mariage. Ils étaient tous rayonnants, heureux et aimés. Ils ne voulaient pas voir leur propre relation reflétée dans mon désastre.

—Je vais bien aussi. Je gère juste un problème qu'Omar m'a envoyé, dit Goldie, son attention toujours fixée sur son téléphone.

—Est-ce qu'il est aussi bon patron que tu l'espérais ? demanda Finley.

Omar Knight était le nouveau maire de L'anse MacKellar. Il avait aidé Goldie et Patrick à obtenir la démission du maire précédent. C'est une longue histoire, mais elle a eu une fin heureuse.

—Il est formidable, répondit Goldie sans hésitation. La ville va passer un été incroyable l'année prochaine avec lui aux commandes. Il est créatif et intelligent, mais il est aussi ouvert aux idées et prêt à investir pour faire de L'anse MacKellar ce que je sais qu'elle peut devenir.

—C'est passionnant, dit Karissa. Le groupe avait déjà commencé à manger les gâteaux que quelqu'un avait apportés. Elles prenaient toutes leur tour pour cuisiner quelque chose chaque semaine. Karissa nous avait expliqué qu'au début de leurs rencontres, elles n'étaient que quelques-unes et un seul gâteau était plus que suffisant, mais maintenant elles pouvaient être jusqu'à vingt femmes, donc deux personnes apportaient un gâteau chaque semaine.

Peu m'importait le nombre de gâteaux tant que je n'avais pas à les faire. Quand c'était mon tour, j'en achetais un à mon travail. J'adorais pâtisser, mais je n'avais pas réussi à créer de nouvelles recettes dernièrement et acheter quelque chose signifiait que rien n'était gaspillé.

Goldie et moi avons pris des places et accepté avec reconnaissance les parts de gâteau offertes par Trinity et Elise. Nous avons toutes discuté de la rentrée scolaire et de l'ambiance plus calme en ville maintenant que la saison touristique touchait à sa fin. Nous avions presque fini notre gâteau quand Finley a dit qu'elle ne pensait pas que quelqu'un d'autre viendrait.

—Est-ce que quelqu'un a vraiment lu ce livre ? demanda Elise, en tenant le livre de poche que nous avions toutes accepté de lire.

—Je l'ai lu, dit Finley.

—Bien sûr que tu l'as lu. Tu les as tous lus. Quelqu'un d'autre ? demanda Elise.

—Moi aussi, dit Anna. C'était incroyable.

—N'est-ce pas ? demanda Elise. Je n'ai pas pu le poser.

Mes joues se sont réchauffées tandis que je regardais autour de la pièce. Je n'avais pas eu le temps de prendre le livre, et encore moins de le lire.

—De quoi ça parle ? —Karissa a demandé. —Je ne l'ai pas lu.

—Ça parle de trouver la joie dans les choses simples. Savoir ce qui te rend heureuse et vivre ta vie dans cet espace, —a dit Elise. —Ça m'a vraiment fait réfléchir à toutes ces années où j'étais malheureuse après Andy et avant Colin. Je n'étais pas prête à creuser assez profondément pour voir ce qui me faisait du bien.

—On sait toutes ce qui te fait du bien, —Willow a taquiné Elise.

Elise a souri d'un air narquois. —Eh bien, oui, mais il y a tellement plus que le sexe.

Willow a haleté. —Je n'aurais jamais pensé t'entendre dire une chose pareille.

Elise a ri. Ces deux-là étaient celles qui ramenaient toujours chaque conversation au sexe. Non pas qu'il fallait beaucoup d'encouragement dans ce groupe, mais ces deux-là commençaient généralement.

—Le sexe était la seule chose que je m'autorisais dans ma vie à cette époque. Je gardais tout le reste à distance, —a expliqué Elise.

—Comme quoi ? —a demandé Goldie.

J'étais reconnaissante pour sa question parce que je me le demandais aussi.

—Tout, —a dit Elise. —Je ne me permettais pas de trouver du plaisir dans quoi que ce soit. L'air frais, la bonne nourriture, le temps passé avec des amis, rien. J'avais oublié ce que j'aimais dans la vie jusqu'à ce que je rencontre Colin et qu'il fasse ressortir tout ça en moi.

—J'ai vécu la même chose après mon divorce, —a dit Goldie. —Je trouvais de la joie dans certaines choses, mais le plaisir était plus difficile à atteindre. Je devrais peut-être lire ce livre.

—Tu devrais, —a dit Anna. —C'était comme un guide pour se retrouver. J'aurais aimé l'avoir lu avant de rencontrer Hudson. Il va faire une quête du plaisir avec moi.

—Une quête du plaisir ? —j'ai lâché.

Anna hocha la tête. —Oui. On est vraiment excités à ce sujet.

— Je le serais aussi, dit Elise avec un sourire espiègle.

Anna rit doucement. —Pas de sexe.

— Quoi ? demanda Willow. —Comment diable peut-on éprouver du plaisir sans sexe ?

Je voulais aussi connaître la réponse à cette question.

5

*A*nna pouffa. —Tu n'as vraiment jamais éprouvé de plaisir qui n'était pas lié au sexe ?

Willow haussa un sourcil et regarda Anna comme si elle avait trois têtes. —Du bonheur ? Bien sûr. Mais du plaisir ? Je pense que tu confonds tes termes.

Anna secoua la tête. —Non. Plaisir. Ça signifie simplement être content, trouver de la joie ou de la satisfaction. Ça n'a pas besoin d'être lié au sexe.

—Et tu n'as pas de relations sexuelles ? demanda Willow.

Anna rit. —Je n'ai pas dit ça. Je voulais juste dire qu'on ne cherche pas le plaisir uniquement dans le sexe. Allez. Personne d'autre n'a jamais réfléchi aux autres choses qui vous procurent du plaisir ?

—Voir George sourire, dit Finley.

—Quand Ian termine un bateau. L'expression sur son visage, ajouta Blake.

—Un des desserts de Valentina, dit Goldie. —Ça me procure beaucoup de plaisir.

—Une journée sur l'eau au grand air, dit Elise.

—Vous êtes toutes folles, insista Willow.

Je trouvais qu'elles étaient brillantes. —Il faut que je fasse ça.

—Tu devrais vraiment, dit Anna.

—Tu plaisantes, dit Willow.

Je secouai la tête. —Je suis divorcée. C'est un désert aride dans mon pantalon en ce moment. Par choix. Je n'ai aucun intérêt pour le sexe.

—Pas même quand tu es seule ? demanda Elise.

—Parfois, mais je crois que je ne sais même pas qui je suis en ce moment. Tu parles de tout ça, et je suis comme Elise avant Colin. Je ne peux pas penser à une seule chose en dehors du sexe qui me procurerait du plaisir. Pas une seule. Après tout ce qui s'est passé avec Dawson, sans parler du fait d'avoir deux adolescentes, je ne sais plus ce que j'aime faire.

—Tu devrais faire une quête du plaisir, suggéra Anna. — Hudson s'amuse à trouver des idées. On peut en partager quelques-unes avec toi.

—Ouais, peut-être, dis-je. L'idée me tentait, mais je ne me souvenais pas de la dernière fois où j'avais fait quelque chose uniquement pour le plaisir. Je ne savais même pas par où commencer.

—Eh bien, je pense que vous êtes toutes folles. Contentez-vous d'avoir plus de sexe. Ça me procure du plaisir tout le temps, dit Willow avec un clin d'œil coquin.

—Un jour, tu te froisseras un muscle en essayant de sortir du lit et tu comprendras pourquoi je fais ça, lui dit Anna.

—Tu t'es froissé un muscle ? demanda Willow.

—Plus de fois que tu ne peux l'imaginer, soupira Anna avec un gémissement.

Elise et Willow échangèrent un regard. —On ne vieillit pas, affirma Elise.

Anna, Goldie et moi avons pouffé de rire.

—Vous savez que l'alternative, c'est de mourir jeune, non ? dit Goldie.

—Bon sang, siffla Willow. —Eh bien, dans ce cas, je ferais mieux de profiter de pouvoir avoir du sexe pour le plaisir maintenant. Je pourrai faire une quête du plaisir quand j'aurai votre âge.

Celles d'entre nous qui avaient dépassé la quarantaine ricanèrent en secouant la tête. Ah, la jeunesse.

La conversation continua autour de moi tandis que je réfléchissais à cette quête du plaisir. Je pris une bouchée du gâteau que j'avais et me calai en arrière, ralentissant mon rythme. C'était bon. Vraiment bon. La façon dont les saveurs se fondaient et dansaient dans ma bouche me donnait envie d'en reprendre. Cela éveillait aussi une étincelle de créativité. Une créativité que je n'avais pas ressentie depuis longtemps. Des années.

Je refusais de rejeter tout ce qui n'allait pas dans mon mariage sur Dawson. Il était la raison pour laquelle tout a finalement pris fin, mais au fil des années, beaucoup de choses se sont produites. Je lui suis restée fidèle et j'ai travaillé dur pour arranger les choses, et lui n'a fait ni l'un ni l'autre, mais cela ne signifie pas que si il n'avait pas trompé, notre mariage aurait duré.

J'ai mis du temps à l'accepter. Non pas qu'un mariage imparfait soit une excuse pour être infidèle. Il n'y avait aucune excuse. Je ne pardonnerais jamais à Dawson pour cela. Mais je savais que nous portions tous les deux une part de responsabilité dans le début de la fin de notre mariage.

Après tant d'années de malheur et à faire tout mon possible pour rendre heureuses les trois autres personnes de ma famille, j'avais perdu de vue les choses que j'aimais faire. J'avais l'habitude de créer constamment de nouveaux produits pour la boulangerie. Je le faisais toujours, mais la plupart du temps je recyclais des idées que j'avais déjà eues. Ou je me tournais vers Internet pour trouver de l'inspiration.

Ma saveur préférée a toujours été le chocolat, mais je ne

me rappelais pas la dernière fois que j'y avais ajouté quelque chose d'inattendu. Quelque chose de nouveau et différent. Quelque chose de-

— Valentina, redescends sur terre, dit Goldie.

J'ai levé les yeux et j'ai constaté qu'elles me regardaient toutes. — Hmm ?

— À quoi pensais-tu ? demanda Blake.

— Au chocolat.

— Oh, je peux en avoir ? demanda Finley.

J'ai souri. — Bien sûr. Qu'est-ce que j'ai manqué ?

— Anna essayait de te demander si tu voulais partager des idées pour la quête du plaisir, mais tu étais tellement perdue dans tes pensées que tu ne l'as pas entendue, expliqua Goldie.

— Désolée. J'ai adressé un sourire à Anna. — J'essaie de réfléchir à de nouvelles recettes.

— Je me porte volontaire comme goûteuse, déclara Elise, en se levant et en levant la main.

J'ai ri doucement. — Parfait. Dès que j'aurai de bons échantillons à essayer, je te ferai signe.

—Tu devrais apporter quelque chose ici le week-end prochain, suggéra Finley. —Comme ça, on pourra tous y goûter.

Elise tira la langue à Finley, qui lui rendit la pareille.

—J'ai priorité, dit Elise.

—Marché conclu, accepta Finley.

Je secouai la tête et ricanai. J'aimais bien l'idée d'essayer de nouvelles recettes. Mais d'abord, je devais en créer. Ça ne pouvait pas être si difficile. N'est-ce pas ?

Pourquoi diable avais-je pensé qu'il serait facile de créer de la magie à partir de rien ? Merde. J'étais tellement à court d'idées que je me suis mise à faire défiler les réseaux sociaux.

Je suivais beaucoup de pâtissiers, et l'eau me venait à la bouche devant les photos qu'ils publiaient de leurs dernières créations. Des créations que j'aurais dû partager moi aussi.

Puis je me suis arrêtée. Il y avait une photo de Dawson avec une autre femme. Jeune, mince et magnifique. Dawson avait toujours été séduisant, mais c'était difficile de croire qu'une femme aussi stupéfiante que celle-ci voulait vraiment de Dawson.

Ça faisait aussi un peu mal.

D'accord, plus qu'un peu.

Mon cerveau savait que nous étions divorcés. Et ce depuis des mois, et séparés pendant des mois avant cela. Notre mariage n'était pas passé d'incroyable à désastreux du jour au lendemain. Il avait fallu des années de non-communication, d'absence d'efforts et de manque de collaboration pour en arriver là où nous avions fini.

Mais ça faisait toujours mal de le voir avec quelqu'un d'autre.

Oui, même si sa petite amie s'était présentée chez nous.

Je ne pouvais pas l'expliquer à mon cerveau rationnel. Ça n'avait pas de sens. Ça n'en aurait jamais.

Un message de Brantley apparut en haut de mon écran, me distrayant de Dawson et de sa nouvelle femme.

> Est-ce que je peux utiliser ton four par hasard ?

> Bien sûr. Tu peux aussi te joindre à nous pour le dîner.

> Je ne veux pas m'imposer.

> Tu es toujours la bienvenue.

> Qu'est-ce que je peux apporter ?

> Juste ton sourire.

> Je n'ai pas demandé ce que je devrais
> porter.

J'ai étouffé un rire quand l'image de Brantley en maillot de bain cet été m'est venue à l'esprit. Mon corps entier s'est embrasé. Mes seins se sont alourdis à l'idée de lui retirer ce maillot pour découvrir le plaisir qui se cachait dessous.

Non ! Je ne pouvais pas penser à lui et au plaisir. Il était mon ami le plus proche. Nous n'allions pas échanger de plaisir. Ni maintenant. Ni jamais.

> Je plaisante. À bientôt.

> Habillée ?

> Désolée de te décevoir, mais oui.

Je ne savais pas comment répondre, alors je n'ai rien dit. C'était décevant, mais je ne pouvais pas lui avouer ça.

J'ai fermé l'application de messagerie et j'ai hésité. Je n'avais pas vraiment envie de voir Dawson et sa nouvelle femme. Je voulais fermer cette application et ignorer sa nouvelle vie. Il n'était plus l'homme qu'il était autrefois. Je n'étais plus la femme que j'étais non plus, mais je n'avais pas abandonné ma famille.

Avec un gémissement, j'ai fermé l'application. Dawson était célibataire. Il pouvait faire ce qu'il voulait. Tout comme moi.

Je me suis levée du canapé et je suis allée à la cuisine. Si Brantley venait, je devais cuisiner. Il pourrait commander une pizza lui-même ou prendre à emporter. Il ne venait pas chez nous pour ce genre d'options.

J'ai scruté le frigo à la recherche de quelque chose que je pourrais préparer rapidement. Mon regard s'est arrêté sur les hot-dogs et les saucisses que j'avais achetés sur un coup de tête. Je détestais utiliser le gril, mais j'adorais les aliments grillés. Je me disais que je devais surmonter ma peur et me lancer.

J'ai fixé la nourriture d'un regard noir pendant une minute, puis j'ai claqué la porte du frigo. C'était quelque chose que j'aimais. Mais j'étais trop trouillarde pour le faire. Est-ce que c'était comme ça pour tout dans ma vie ? Trop effrayée pour aller chercher ce que je voulais ?

Avant que je ne puisse trop creuser cette pensée, la sonnette a retenti. Je savais que c'était Brantley et j'ai crié que la porte était ouverte. Une seconde plus tard, il est entré. Il a retiré ses lunettes de soleil et m'a lancé un regard noir dès qu'il a été à l'intérieur.

Sa fureur me faisait bouillir. Je ne savais pas pourquoi il était en colère, mais j'aimais Brantley énervé. Ses muscles saillaient sur ses bras et son cou. Sa posture large était à la fois protectrice et dangereuse. Et ces yeux... Ses yeux me faisaient craquer à chaque fois. La façon dont ils prenaient en compte tout ce qui nous entourait puis se concentraient sur ce qui comptait.

Moi.

—Pourquoi ta porte n'est pas fermée à clé ? a demandé Brantley.

J'ai penché la tête sur le côté.—Quoi ?

—Vous êtes trois belles femmes vivant seules. Vous ne devriez pas laisser votre porte déverrouillée.

—C'est L'anse MacKellar. Je ne m'inquiète pas.

—Moi si. Et si quelque chose t'arrivait ? Ou aux filles ? Et si Dawson décidait de se pointer et de faire son con ?

À ces mots menaçants, mon corps s'est lentement refroidi. J'aurais peut-être dû penser à tout ça, mais la vérité, c'est que je vivais à L'anse MacKellar parce que c'était sûr. Il n'y avait jamais eu de meurtre dans la ville, ni de cambriolage. Les crimes graves n'arrivaient pas. Mais je ne voulais pas être la première victime de ce genre. Je ne voulais pas non plus que mes filles le soient.

—D'accord, tu as raison. Je devrais garder la porte verrouillée. Je vais faire un effort pour y penser.

—Merci. Brantley a exhalé bruyamment, toute sa colère l'abandonnant.

Je lui ai tiré la langue, et il a ri. —Je n'ai pas encore commencé le dîner. J'essaie toujours de déterminer quoi cuisiner.

—Tu sais que tu n'as pas besoin de cuisiner pour moi. Il est tard à cause de l'entraînement. On peut simplement commander quelque chose.

J'ai secoué la tête. —Je ne vais pas te laisser venir ici sans cuisiner. C'est la raison même pour laquelle tu as demandé à utiliser ma cuisinière.

—J'aurais dû apporter quelque chose. Je ferai les courses la semaine prochaine. Donne-moi simplement une liste de ce que vous voulez manger. Je ferai les courses dimanche.

—Tu n'as absolument pas à faire ça.

—Et toi, tu n'as pas à me nourrir tout le temps. Mais tu le fais quand même.

Il a souri, et je n'ai pas pu m'empêcher de lui rendre son sourire. Il s'est approché de moi et m'a entourée de ses bras. Je me sentais en sécurité avec lui. Comme si personne ni rien ne pouvait me faire de mal.

—Es-tu prêt à me montrer comment utiliser le gril ? ai-je demandé après un moment.

Brantley s'est reculé et a penché la tête sur le côté. —Bien sûr, mais je suis surpris que tu ne saches pas comment faire.

—Dawson-

—Ah, je n'y avais pas pensé. D'accord, bien sûr. Qu'est-ce que tu as à griller ? Tu veux commencer aujourd'hui ?

Je me suis mordu la lèvre et j'ai acquiescé. Est-ce que ça comptait comme une partie de ma Quête du Plaisir si Brantley m'aidait ? Est-ce que ça m'importait ?

—J'ai des hot-dogs et des saucisses.

—Parfait. Commençons.

Brantley a pris la viande dans le frigo et m'a guidée vers la terrasse. Mon jardin n'était pas immense, mais il était agréable. Il était entièrement clôturé avec de grands arbres dans les coins arrière. Un hamac était installé devant un arbre, une vieille aire de jeux près d'un autre. Nous avions un jeu de cornhole au centre de la cour, et de nombreuses compétitions tout l'été.

La terrasse disposait d'un barbecue standard et d'une grande table qui pouvait accueillir huit personnes. Nous avions un foyer au bord de la terrasse avec des chaises tout autour. Mon jardin était mon havre de paix. En plus de tous les souvenirs qu'il renfermait, bons et mauvais.

—Tu sais comment allumer le barbecue ? demanda Brantley en posant les paquets sur la table à côté.

J'ai secoué la tête.

—D'accord, viens ici. Je vais te montrer. Celui-ci est facile. Ce n'est pas différent d'allumer ta cuisinière. Chaque bouton contrôle une partie du barbecue. J'utilise généralement tous les brûleurs pour éviter les zones froides. Donc, tu appuies et tu tournes.

Le brûleur a fait un clic, puis s'est allumé quand il l'a relâché. C'était exactement comme la cuisinière à gaz que nous avions dans la maison. —Pourquoi avais-je si peur de ça ?

Brantley haussa les épaules. —Parce que tu ne l'as jamais fait avant. On a toujours peur des choses nouvelles.

J'ai acquiescé, adorant la façon dont il me comprenait et ne me jugeait pas. J'ai allumé les autres brûleurs, et il les a tous ajustés pour s'assurer qu'ils cuiraient à la même température.

—Mettons les saucisses en premier puisqu'elles sont plus grosses. Ça prendra un peu plus de temps. Il a fermé le barbecue. —On va laisser chauffer quelques minutes pendant qu'on va chercher les ustensiles.

Nous sommes retournés dans la cuisine, et il m'a expliqué pourquoi il utilisait tel ou tel ustensile et m'a montré ceux qu'il utiliserait pour d'autres préparations. J'ai souri devant ses explications simples qui rendaient si facile quelque chose qui me faisait peur.

J'ai mis la viande sur le gril, sous sa supervision, et nous avons bavardé pendant que nous cuisinions. Quand tout a été terminé, il m'a montré comment éteindre le barbecue, et nous avons rapporté la nourriture à l'intérieur pour manger.

Les filles étaient sur le canapé et ont bondi quand elles nous ont vus revenir. Toutes les deux ont gémi en sentant l'odeur.

—Merci Oncle Brantley, dit Bianca.

—Ouais, ça a l'air délicieux, approuva Samantha.

—C'est votre mère qui a tout cuisiné. Je n'ai fait que superviser, leur dit Brantley.

Les deux filles ont tourné vers moi leurs regards stupéfaits.

J'ai souri. —J'ai pensé qu'il était temps d'apprendre à utiliser le barbecue.

—Est-ce qu'on pourra avoir des steaks la prochaine fois ? a demandé Samantha.

J'ai pouffé de rire. —On verra.

Tous les quatre, nous avons préparé rapidement une salade verte pendant que la viande reposait. Quand tout était prêt, nous avons garni nos assiettes et les avons portées à table.

—Comment se passent les entraînements ? ai-je demandé à la cantonade.

Ils se sont tous échangé des regards, puis ont hoché la tête, la bouche pleine. Ils souriaient tous.

—Puisque vous vous empiffrez tous avec le sourire, je suppose que c'est bon signe. La première compétition, c'est ce week-end, c'est ça ?

Brantley a finalement avalé sa bouchée et a acquiescé. —Ouais. Vendredi soir. Ça devrait être sympa. Il y a généralement une cinquantaine d'écoles, donc ce n'est pas court, mais c'est très amusant. Ils font un énorme feu de camp avec de la nourriture, et ça se transforme en fête après les courses.

—Papa a dit qu'il viendrait, a chuchoté Samantha.

—Quoi ? ai-je lâché. —Quand lui as-tu parlé ?

Samantha a haussé les épaules en fixant son assiette. —Je lui ai envoyé un message. Je voulais qu'il sache que je suis dans l'équipe.

—Pourquoi ne me l'as-tu pas dit ?

—Je ne voulais pas que tu sois fâchée contre moi.

Et voilà la culpabilité maternelle. Merde. J'avais fait en sorte que mes enfants aient peur de me dire qu'ils parlaient à leur propre père. Ce n'était pas correct. —Je veux que tu lui parles. C'est ton père. Tu devrais avoir une relation avec lui. Je suis contente d'apprendre qu'il vient. Ce sera bien de le voir.

Brantley's main chaude se posa sur ma cuisse sous la table. Je ne sais pas comment il avait deviné que je tremblais, mais son contact m'a immédiatement apaisée.

J'ai glissé ma main dans la sienne et l'ai serrée. Il a entrelacé nos doigts et maintenu sa prise, mangeant de sa main gauche.

—Je suis nerveuse pour ma première course.

—C'est normal, a dit Brantley. Tout le monde l'est. Je suis toujours nerveux au début de la saison. Mais une fois que tu auras fait une course, ce sera plus facile.

Samantha a acquiescé. Bianca a demandé si elle pouvait

dormir chez McJenna après la course, et nous avons commencé à parler d'autres choses que de Dawson.

Mais Brantley tenait toujours ma main.

Quand le dîner s'est terminé, les filles nous ont aidés à nettoyer, puis sont parties dans leurs chambres pour faire leurs devoirs. Brantley s'est adossé au comptoir et a croisé les bras sur sa poitrine.

—Je suis désolé de m'être énervé contre toi quand je suis arrivé ce soir.

J'ai secoué la tête. —Tu avais raison. Je sais qu'on est en sécurité ici, mais ce n'est pas une raison pour prendre des risques. Quand je rentre, je dois simplement prendre l'habitude de fermer la porte à clé. Pas de quoi en faire toute une histoire.

—Je ne supporterais pas qu'il t'arrive quelque chose. À aucune d'entre vous.

J'ai hoché la tête. Le regard dans ses yeux m'a coupé le souffle.

—Comment s'est passée ta première expérience au barbecue ? a-t-il demandé, changeant de sujet et détournant son regard du mien.

—C'était bien. Plus facile que je ne m'y attendais. Je me suis battue avec moi-même pendant si longtemps et maintenant ça me semble ridicule d'avoir fait tant de sacrifices.

—Qu'as-tu sacrifié ? Ses sourcils se sont froncés et ses yeux se sont plissés.

—Le plaisir.

Brantley s'étouffa. La surprise se lisait sur son visage. —Tu as bien dit plaisir ?

—Ouais. On parlait au club de lecture l'autre jour de trouver du plaisir dans des choses qui ne sont pas le sexe. Et comme je n'ai absolument aucune vie sexuelle, j'ai décidé d'essayer. De faire des choses qui me procurent du plaisir.

—Et les hot-dogs te procurent du plaisir ? demanda-t-il avec un sourire narquois.

—Tu as l'esprit mal tourné, mais oui. J'adore les hot-dogs et les saucisses au barbecue. J'adore un bon steak grillé. J'adore le chocolat frais et un ganache riche et onctueuse et de la glace froide sur un brownie tout juste sorti du four. Mais je ne me suis jamais autorisée à en manger. Dawson faisait toujours des commentaires sur le poids que j'avais pris depuis la fac. Surtout après la naissance des filles.

Brantley grogna. —Quel putain d'enfoiré. Tu es aussi belle que tu l'as toujours été. Même plus à mon avis. Tu as le corps d'une femme qui a vécu sa vie. Tes courbes exciteraient n'importe quel homme avec un cerveau, même si elles lui feraient aussi perdre tout le sang qu'il a dans la tête. Tu es magnifique, Vee. Ne laisse plus jamais Dawson te faire douter de ça.

Mes joues s'empourprèrent et mon corps s'échauffa. Si n'importe quel autre homme m'avait dit ces choses, j'aurais pensé qu'il me disait qu'il était attiré par moi. Mais c'était Brantley. Mon ami, mon meilleur ami. Nous nous aimions, mais ce n'était pas comme ça. Pas de son côté, du moins.

—Merci, murmurai-je, ne sachant pas quoi répondre.

Il prit mon visage en coupe et plongea son regard dans le mien. —Je le pense vraiment. Tu es absolument magnifique. Assume-le.

Je lui souris. Il me faisait y croire. —Merci.

—Je t'en prie. Bon, alors tu essaies de trouver du plaisir dans la nourriture ?

—Pas seulement dans la nourriture. Mais dans des choses qui ne sont pas le sexe.

—Et tu commences par la nourriture. Compréhensible.

Je haussai les épaules. Je ne voulais pas lui avouer que très peu de choses en dehors de la nourriture m'avaient jamais procuré du plaisir. Y compris le sexe, bien que je n'envisageais pas de l'inclure dans ma quête.

— As-tu besoin d'aide pour cette quête de plaisir ? Parce que je suis plus que disposé à venir ici et manger tout ce que tu décideras de cuisiner.

J'ai ri. — Je pourrais bien te prendre au mot.

— J'attends ça avec impatience.

6

BRANTLEY

L'énergie dans le bus pour notre première compétition était électrique. Les enfants étaient prêts, Jana et moi étions prêts. Ça allait être une soirée incroyable. Complètement géniale.

La compétition avait lieu dans une école à une heure au nord de chez nous, le trajet en bus était donc long, mais les enfants ont gardé le moral grâce à la musique et aux discussions. Une fois arrivés, ils sont devenus sérieux.

Andrew a été le dernier à descendre du bus, comme toujours. Quand il est descendu, comme les autres, il avait son visage de compétiteur. Il était prêt à écraser la concurrence.

Jana a conduit l'équipe vers l'espace ouvert où toutes les équipes s'installaient. Nous avions une tente pliable avec le nom de notre école qui servait de base pour les athlètes. Jana et moi avons travaillé avec deux des enfants les plus grands pour monter la tente afin que tout le monde puisse poser ses affaires et commencer l'échauffement.

Jana a guidé l'équipe pour un jogging lent autour du parcours. C'était bon pour les enfants, surtout les nouveaux, de voir à quoi il ressemblerait. Des drapeaux marquaient les virages et de la peinture blanche délimitait la piste de course. Une fois la nuit tombée, la peinture serait presque impossible à voir, mais les drapeaux guideraient les enfants sur le bon chemin.

Nous nous sommes enregistrés auprès des officiels de la course, et les enfants ont reçu leurs numéros et leurs puces pour enregistrer leur parcours. Ensuite, nous étions prêts.

L'école hôte a commencé les annonces dix minutes avant le début de la course. Les coureurs étaient prêts. Des équipes de quatre couraient un relais prolongé, chaque enfant parcourant trois kilomètres. Les premières équipes ont été appelées à la ligne de départ, et dès que les annonces ont été terminées, elles sont parties.

—Ils ont l'air prêts, a dit Jana.

J'ai hoché la tête tandis que notre premier groupe s'éloignait de la ligne de départ. Nous les avions encouragés à gérer leur rythme, et les premiers coureurs étaient bien au milieu du peloton. Exactement là où je voulais qu'ils soient.

Un tour est passé, puis le second, et le deuxième coureur est parti. Deux tours, et le troisième coureur est parti. Les derniers coureurs s'agitaient autour de moi, impatients de courir et excités de commencer.

La première course s'est terminée et nos enfants ont bien fait. Notre meilleure équipe a terminé sixième au général, ce qui était un énorme succès.

La deuxième course a commencé. Jana et moi regardions les enfants partir. J'étais tellement concentré sur eux que je n'ai pas remarqué Samantha derrière moi jusqu'à ce qu'elle me tape sur l'épaule.

—Salut, Sam. Quoi de neuf ? ai-je demandé.

Son visage était crispé, comme si elle essayait de ne pas être contrariée.

J'ai regardé autour de la piste, me demandant qui avait dit

ou fait quelque chose qui l'avait contrariée. —Qu'est-ce qui ne va pas ?

—Mon père ne m'a pas vue courir.

Oh, merde. J'avais oublié que Dawson était censé être à la course. Qu'il lui avait promis qu'il la regarderait courir.

—Ah, mince. Ça craint. Peut-être qu'il peut encore traîner dans le coin et manger quelque chose avec toi.

Elle a secoué la tête, et les émotions ont commencé à déborder. —Il ne vient pas du tout.

—Quoi ? Ce connard. —Pourquoi pas ?

Samantha a haussé les épaules, paraissant plus vulnérable que je n'avais l'habitude de la voir. Elle avait quinze ans, mais elle semblait beaucoup plus jeune à ce moment-là. Un moment où l'homme qui aurait toujours dû être là pour elle l'avait déçue. Encore une fois.

—Il a dit qu'un imprévu était survenu.

—Qu'est-ce qui pourrait bien être plus important que toi ? ai-je lancé.

—Coach, a sifflé Jana.

J'ai regardé autour de nous et réalisé que nous commencions à attirer l'attention. La dernière chose que je voulais était que Samantha se sente encore plus mal à propos de la situation.

—Tu t'en charges ? ai-je demandé à Jana.

Jana a hoché la tête.

J'ai fait un signe de tête sur le côté pour que Samantha me suive. Elle a facilement tenu mon rythme alors que je me dirigeais vers l'autre côté du terrain de football, où peu de gens traînaient.

—Je m'excuse de m'être énervé. Je n'aurais pas dû.

—Je suis en colère aussi. Pourquoi a-t-il fait ça ? Pourquoi a-t-il trompé ma mère ? Ma mère est la femme la plus incroyable au monde.

—Oui, elle l'est. Et je ne peux pas expliquer les actions de ton père. Je ne les comprendrai jamais moi-même. Je ne comprends pas comment quelqu'un pourrait jeter quelque chose d'aussi formidable qu'une femme comme ta mère. Elle est parfaite.

Samantha m'examina attentivement. —Tu penses qu'elle est parfaite ?

Je me raclai la gorge, réalisant ce que je venais d'admettre. —Bien sûr. Elle est gentille et intelligente, et elle a deux enfants formidables. Pourquoi un homme ne voudrait-il pas faire partie de votre famille ? En plus, c'est une cuisinière incroyable. Je me frottai le ventre en espérant que ma plaisanterie cacherait la vérité derrière mes mots. Que je donnerais tout ce que j'ai pour avoir la chance de les appeler ma famille.

—Pourquoi mon père n'a pas pu voir tout ça ? demanda Samantha d'une voix qui portait toute la douleur d'une enfant dont la famille avait été déchirée par un comportement négligent et égoïste.

—Je ne sais pas, Sam. J'aurais aimé qu'il le puisse.

Elle hocha la tête et croisa les bras autour de sa taille. À l'entraînement, nous gardions nos distances pour éviter de donner l'impression que je choisissais des favorites, mais à ce moment-là, je m'en fichais. Je ne pouvais pas faire autrement.

Je fis un pas en avant et la pris dans mes bras. J'avais serré Samantha et Bianca dans mes bras plus de fois que je ne pouvais compter. J'étais la première personne en dehors de la famille à les tenir chacune après leur naissance. J'étais leur parrain, leur oncle adoptif et leur ami. Et je n'allais pas rester là et laisser son père, ce salaud de première classe, la faire se sentir encore plus mal quand je pouvais faire une petite chose pour qu'elle se sente légèrement mieux.

Elle entoura ma taille de ses bras et tourna son visage sur

le côté, sa tête contre ma poitrine. Elle tremblait juste assez pour me faire comprendre qu'elle pleurait. Nous étions dans l'obscurité, loin de la foule, mais elle ne voulait toujours pas que quiconque sache à quel point elle était bouleversée.

Je l'ai tenue jusqu'à ce que j'entende quelqu'un demander à Jana s'ils l'avaient vue, puis je me suis reculé et baissé. —Quelqu'un te cherche. Ça va ?

Elle hocha la tête et s'essuya les joues. Si quelqu'un regardait d'assez près, il serait évident qu'elle avait pleuré, mais avec un peu de chance, personne ne le remarquerait.

Je me suis déplacé sur le côté et j'ai regardé en direction de Jana. Paul était avec elle, et ils nous observaient tous les deux. —Tu veux que je lui fasse signe de venir ?

Samantha acquiesça. —Oui. Il est au courant de tout.

Je levai la main et vis Jana hocher la tête.

Paul a sprinté la courte distance vers nous, rejoignant Sam en quelques secondes. Il nous a regardés tour à tour, elle et moi, puis est revenu à Sam. —Ça va ?

—Mon père n'est pas venu. Il a dit que quelque chose s'était présenté.

—Quel connard, —a lâché Paul.

Les deux enfants m'ont regardé avec des yeux écarquillés. J'avais une politique stricte contre les gros mots pendant les entraînements et les compétitions. Le regard dans leurs yeux disait qu'ils attendaient la sanction que je ne pouvais me résoudre à donner. —Je suis d'accord. —Sans un mot de plus, je me suis éloigné, laissant Sam et Paul discuter.

—Tout va bien ? —a demandé Jana.

J'ai secoué la tête en la rejoignant. —Son père était censé venir aujourd'hui, mais il s'est défilé. Elle est juste contrariée.

—Aïe. Ça craint. Tu es proche de la famille, non ?

J'ai acquiescé. —Oui. Valentina et moi nous connaissons depuis le lycée. Ils m'appellent Tonton Brantley quand on n'est pas à l'école.

—Je suis contente que tu aies pu être là pour elle. Je n'aurais pas su quoi dire.

—Moi non plus, mais ce n'est pas difficile. Ils savent ce que je pense de leur père.

—C'était aussi ton ami, non ?

—Il l'était, oui. Je ne lui ai pas parlé.

Elle m'a regardé et a hoché la tête. —Je ne te blâme pas. Ma mère a trompé mon père. Je ne m'en suis jamais vraiment remise. Je ne comprendrai jamais pourquoi quelqu'un promettrait d'aimer une autre personne pour ensuite piétiner cette promesse et s'impliquer avec quelqu'un d'autre, même juste une fois.

—Ouais. Et désolé. Ça craint. Tu aurais peut-être su quoi dire à Sam. Tu es passée par là.

Jana a secoué la tête. —Oui, mais je suis toujours cette gamine qui veut savoir ce qui s'est passé, bordel. Je n'aurais pas su comment arranger les choses.

—Elle avait juste besoin de quelqu'un qui l'écoute. J'ai jeté un coup d'œil en arrière et j'ai vu Sam et Paul qui parlaient encore. Il lui tenait la main et la regardait comme si elle était la seule chose qui comptait pour lui.

Tant mieux pour elle.

—Est-ce qu'il va pouvoir courir ? Jana a fait un signe de tête vers Paul.

J'ai hoché la tête. —Il ira bien. Sam restera probablement ici avec nous, par contre.

—Ça ne me pose aucun problème.

Nous avons regardé les derniers de nos coureurs terminer la course en cours, puis Bianca et son équipe se sont alignées avec les autres équipes féminines. Le sourire sur le visage de Bianca me laissait penser qu'elle ne savait pas que Dawson n'était pas là et ne viendrait pas. Je n'allais pas briser sa bulle.

Leur course a commencé, et nous avons encouragé nos

élèves qui couraient. Quand elles ont terminé, les garçons se sont alignés, y compris Paul, Kevin et Andrew.

Sam se tenait un peu à l'écart, observant Paul et jetant de temps en temps un coup d'œil vers Jana et moi. J'ai croisé son regard à un moment et lui ai fait signe de s'approcher.

—Tu veux regarder avec nous ? ai-je demandé.

Sam a hoché la tête. —Je n'étais pas sûre d'être autorisée à rester ici avec vous.

—Bien sûr que si. Tant que tu n'interfères pas avec la course, tout va bien, a dit Jana.

—Je promets que je ne ferai pas ça.

—On le sait, lui a dit Jana.

Toutes les trois, nous sommes restées là à regarder les coureurs faire leurs tours. Paul et Andrew étaient dans la même équipe. Paul était le troisième coureur et Andrew le quatrième. Étant les deux plus rapides de l'équipe, ils étaient en position de rattraper toute équipe qui les devançait au départ.

Quand ce fut le tour de Paul, Sam l'a acclamé. Il a souri en s'élançant, entendant manifestement les encouragements de Sam.

—C'était correct ?

—Absolument, lui répondit Jana.

Paul passa devant nous en courant, sa foulée régulière et rapide. Il était déjà proche de la tête du peloton et pourrait sans doute rattraper les premiers avant de terminer son deuxième tour.

Paul termina à quelques secondes seulement de la première place. Andrew démarra comme une fusée, comme s'il avait un moteur dans le dos.

Jana et moi avons échangé un regard complice. Il était impossible qu'Andrew ne gagne pas. Surtout avec l'avance que Paul avait déjà creusée pour eux.

Paul faisait du jogging autour du terrain derrière nous

pendant que Jana et moi nous concentrions sur le dernier tour de la course. Sam s'approcha de Paul, marchant près de lui tandis qu'il trottinait en cercles autour d'elle.

—Ils sont mignons, dit Jana.

—Oui. C'est un bon gamin. Il a l'air de lui faire du bien.

Elle me sourit. —Tu sais que tu parles comme un père, n'est-ce pas ?

—Je ne suis pas leur père.

—On dirait que leur père n'était pas très doué pour ce rôle.

J'ai grogné en guise de réponse. Je ne pouvais pas la contredire, mais je ne pouvais pas non plus me permettre d'imaginer faire partie de leur famille.

Andrew termina son premier tour avec quinze secondes d'avance sur l'élève en deuxième position. Jana et moi avons souri et l'avons encouragé. Andrew n'a pas ralenti, accélérant même un peu quand il a réalisé qu'il était à mi-parcours.

Ce gamin savait courir. Je n'avais jamais vu quelqu'un avec ses capacités.

Jana et moi avions du mal à rester en place. Nous savions qu'il reviendrait dans environ quatre minutes. Nous faisions les cent pas entre la ligne d'arrivée et le début des drapeaux. Dès que nous avons vu Andrew prendre le dernier virage, nous nous sommes regardés avec des sourires identiques.

—Allez Andrew ! Vas-y ! Tu peux le faire !

Nous l'encouragions, criant par-dessus le bruit de la foule. Paul, Sam et les deux autres élèves de leur équipe de relais, ainsi que la moitié de l'équipe de MCHS, sont venus encourager Andrew.

Il sprinta, augmentant encore l'écart avec l'étudiant derrière lui. Lorsqu'il franchit la ligne d'arrivée, avec quarante secondes d'avance sur la deuxième place, il leva les bras en l'air.

Paul et les deux autres garçons de l'équipe rejoignirent

Andrew pour célébrer la victoire de leur équipe. Sam restait en retrait avec les autres enfants venus les féliciter.

Jana et moi nous sommes retournés vers le reste de la course, échangeant un check du poing en signe de célébration avant d'encourager notre équipe suivante, menée par Kevin.

Une fois tous les coureurs arrivés, le feu de camp a commencé. L'air nocturne fraîchissait, et les enfants, tous en sweat-shirts, se regroupaient avec leurs s'mores et leurs bouteilles d'eau.

Je gardais un œil sur Samantha, m'assurant qu'elle souriait et qu'elle allait bien. Je ne faisais pas attention aux autres jusqu'à ce que je sente un coup d'épaule.

—Salut, dit Valentina.

—Salut. J'ai souri et j'ai passé mon bras autour de son épaule. —Je me demandais si tu étais là.

—Je n'aurais pas manqué ça. Ils se sont bien débrouillés.

—C'est vrai. Tous. Tu as parlé aux filles ?

—Oui. Sam m'a parlé de Dawson. Et de ce que tu as dit, qu'un homme aurait de la chance de nous avoir comme famille. Merci pour ça. Ça lui a fait beaucoup de bien.

—Je ne pouvais pas vraiment lui dire que c'est une ordure sans valeur qui ne mérite même pas de lécher les semelles de ses baskets.

Valentina ricana. —Mais tu peux me le dire à moi ?

—Je peux presque tout te dire.

—Presque ?

J'ai acquiescé.

—Pourquoi presque ? Qu'est-ce que tu me caches ?

J'ai secoué la tête. —Rien que je ne révélerai.

Elle s'est dégagée de mon bras et m'a fait face. Elle a croisé les bras, sa veste zippée MCHS XC violette et blanche tendue sur sa poitrine. La veste s'évasait largement sur ses hanches et se terminait sous la fermeture éclair de son jean. —Qu'est-ce que tu caches, Coach Pierce ?

—Tu aimerais bien savoir, n'est-ce pas ? J'ai imité sa posture et lui ai lancé un sourire narquois.

—Ah, on joue à ça. Et si je devine ? Tu as une famille secrète ? Non, je serais au courant. Tu détestes coacher ? Non. Ha, pas possible. Tu adores ça. Tu es amoureux de quelqu'un ? Non, je... Attends une minute. Pourquoi cette tête ?

—Quelle tête ? Merde.

—Tu es amoureux de quelqu'un. Sérieusement ? Qui est-ce ? Comment se fait-il que je ne sois pas au courant ?

—Tu délires.

—Dis-moi, dis-moi, dis-moi. J'ai besoin de vivre par procuration. Tu vas l'inviter à sortir ?

—Non.

—Ha ! Je le savais. Tu aimes bien quelqu'un. Attends, pourquoi je ne suis pas au courant ? Pourquoi tu ne voulais pas me le dire ? Merde. C'est parce que je viens de divorcer. Tu vois quelqu'un ? Tu peux me parler de ton bonheur, tu sais. Je n'essaie pas de te rendre malheureux.

—Crois-moi, tu ne veux pas savoir.

—Alors pourquoi tu ne m'as pas parlé de cette femme ?

—Il n'y a rien à dire.

—Alors-

—Laisse tomber. S'il te plaît, Vee.

Elle m'a étudié pendant un long moment. Son sourire s'est lentement évanoui. Elle a rentré ses lèvres et a mordu celle du bas. Puis elle a hoché la tête, juste une fois. —D'accord. Désolée. Je ne voulais pas dépasser les limites.

Merde. Tu n'as pas dépassé les limites. Je sais simplement que ce n'est pas une option. Elle ne s'intéresse pas à moi.

—Ce n'est pas possible. Tu es un bon parti, Bee. Tu es tout ce qu'une femme pourrait vouloir chez un homme. Comment peut-elle ne pas te vouloir ?

—Vee, s'il te plaît. C'était difficile de rester là et de l'écouter. Je savais qu'elle essayait d'être une bonne amie, mais ce n'est pas comme si ça allait changer quoi que ce soit.

—Eh bien, qu'elle aille se faire foutre. Elle n'est pas assez bien pour toi, de toute façon. Si elle ne voit pas quel bon parti tu es, elle ne te mérite pas.

Un rire m'a échappé. J'ai hoché la tête et décidé qu'une distraction était la seule solution. Tu veux t'approcher du feu de camp ? Les enfants sont là-bas.

—Oui, bien sûr. Bonne idée. Elle a glissé son bras sous le mien et a pressé son corps contre mon flanc. Merci encore d'être là pour Sam. J'ai l'impression que son besoin d'approbation de sa part ne finira jamais.

—Je pense que nous sommes tous comme ça. Nous voulons que nos parents soient fiers de nous. C'est simplement dommage quand ce n'est pas le cas.

Valentina a hoché la tête. C'est très vrai. Mon Dieu, pourquoi l'ai-je choisi pour construire une vie ensemble ?

—Non. Ne fais pas ça. Tu ne peux pas changer le passé, alors ne le regrette pas. Comme tu me dis toujours, tu as deux magnifiques filles. Tu ne les aurais pas si tu n'avais pas épousé Dawson. Je sais que tu ne regrettes pas de l'avoir épousé grâce à elles.

Elle a inspiré profondément et redressé sa colonne vertébrale. Ma femme était de retour. Tu as raison. Merci. C'est un connard, mais il m'a donné mes filles. C'est tout ce que je devais obtenir de lui. Pas l'éternité.

—Exact.

—J'en ai fini. J'en ai fini de me blâmer pour tout et d'essayer d'expliquer son comportement. Il n'y a aucune excuse pour ce qu'il a fait. Et je ne peux pas continuer à être compréhensive. Mon Dieu, pourquoi ai-je essayé si fort pendant si longtemps d'arranger les choses entre nous ? Plus jamais.

—Bien. Tu mérites mieux, et maintenant tu peux trouver mieux.

—Exactement.

— Je vais nous chercher des s'mores. Si ça te dit.

Valentina sourit. — Toujours. Merci, Bee.

7

VALENTINA

J'ai regardé Brantley s'éloigner, son ombre disparaissant rapidement tandis que l'obscurité de la nuit l'engloutissait. J'ai inspiré profondément et essayé de calmer la douleur dans ma poitrine.

Brantley s'intéressait à quelqu'un.

Merde. Je n'avais pas le droit d'être contrariée par ça. Il pouvait sortir avec quelqu'un. Il devrait sortir avec quelqu'un. C'était un homme incroyable avec beaucoup à offrir à toute femme assez chanceuse pour attirer son regard. Ce n'était pas parce que ça n'avait jamais été moi que j'allais me mettre en travers de son chemin.

J'étais une amie nulle. Je le retenais parce que j'étais la divorcée solitaire et désespérée qui avait besoin d'un homme pour être là pour moi. Merde. Je détestais être un cliché.

C'est fini. J'arrêtais. Brantley méritait mieux que ça. Il méritait une vraie amie. Quelqu'un qui l'aiderait à attirer l'attention de cette femme assez idiote pour ne pas vouloir de lui.

Mon esprit tournait à plein régime tandis que je me

demandais qui ça pouvait être. Je me suis promenée un peu, essayant de voir s'il parlait à quelqu'un. Peut-être que ça me donnerait un indice.

—Elle est tellement désespérée, ai-je entendu quelqu'un dire. Elles n'étaient pas loin derrière moi, mais je ne reconnaissais pas les voix.

—Je sais. Un peu de respect, quoi. Draguer le coach pendant qu'il travaille. Non mais vraiment ?

La première femme a ricané. —Exactement. Je veux dire, il est magnifique, donc je comprends, mais au moins attends un peu. Laisse-le finir son travail.

Je me demandais de qui elles parlaient. Je ne voulais pas être trop évidente en me retournant, mais ça faisait un moment que je n'avais pas entendu de potins. Bien sûr, avec tant d'écoles, il était peu probable que je sache de quel coach elles parlaient, de toute façon.

—Il est vraiment magnifique, a ronronné la deuxième. Et bien bâti. J'ai récupéré Jenny en retard un jour, et il est resté pour attendre avec elle. J'ai fait en sorte de lui faire un câlin bien serré pour le remercier. Et j'ai glissé mon numéro dans sa poche.

—Tu n'as pas fait ça ! Qu'est-ce que Henry va dire ?

La femme numéro deux a pouffé. —Oh, s'il te plaît. Henry ne le saura jamais. Surtout parce que Coach Pierce n'a rien fait à ce sujet.

Mes oreilles brûlaient. Elles parlaient de Brantley. Oh, merde. Une des mères mariées lui avait donné son numéro ? Et quelqu'un avait l'air désespéré et lui faisait des avances ? Je me demandais si c'était la femme qui l'intéressait.

— Il n'a pas de temps pour toi avec Valentina qui lui court après. D'abord, elle fait fuir Dawson de la ville, et maintenant elle s'en prend au Coach Pierce. Elle devrait vraiment redescendre sur terre.

Mon cœur battait la chamade. Mes joues s'enflammaient. Tout mon corps me semblait trop étroit pour ma peau. Elles parlaient de moi ?

Brantley était mon ami depuis toujours. J'avais le droit de lui parler. Et je ne flirtais pas avec lui. N'est-ce pas ?

Merde. Je ne voulais pas que Brantley se sente mal à l'aise avec moi. Qu'il s'inquiète que je m'accroche à lui et que je rende les choses bizarres. Bon sang, c'était pour ça qu'il ne voulait pas me dire qui lui plaisait. Il pensait que j'allais tout gâcher pour lui.

Je ne pouvais pas rester là à l'attendre. Je devais lui donner de l'espace. Le laisser vivre sa vie sans m'immiscer. Les gradins n'étaient pas loin, alors je me suis dirigée vers eux. La plupart des étudiants se promenaient, et les parents traînaient près du feu de camp. Les gradins étaient tranquilles.

Dieu merci.

J'ai pris une profonde inspiration et l'ai relâchée lentement. Je n'allais pas pleurer. Certes, j'étais en train de ruiner les chances de bonheur de mon meilleur ami, mais maintenant je savais mieux. J'allais reculer et lui donner de l'espace pour qu'il puisse trouver l'amour. Je n'allais pas être jalouse ou méchante. J'allais être heureuse pour lui.

— Qu'est-ce que tu fais ici ? Brantley montait les gradins vers moi, les mains pleines de provisions pour faire des s'mores.

— Je voulais juste m'asseoir. Pourquoi ne retournes-tu pas au feu de camp ?

— J'ai besoin de quelqu'un pour m'aider à manger ces s'mores. J'attendrai que tu sois prête.

— Ça va. Tu devrais juste y aller.

— Pourquoi j'ai l'impression que tu essaies de te débarrasser de moi ? Le ton de Brantley glissa vers une note dangereuse qui m'envoya des frissons le long de la colonne vertébrale.

— Ce n'est pas ça. Je pensais juste qu'il pourrait y avoir quelqu'un d'autre avec qui tu voudrais partager tes s'mores.

— Non. Essaie encore. Que s'est-il passé ?

— Rien ne s'est passé. Je veux juste que tu sois heureux. Je ne veux pas faire obstacle à ça.

— Qui a dit que tu l'étais ?

J'ai soupiré. — J'ai entendu deux mères parler de toi. Elles disaient que je te collais et que j'avais l'air désespérée.

— Ah, donc tu penses que tu devrais prendre tes distances ?

— Oui. Parce que je ne veux pas que la femme qui te plaît pense qu'il y a quelque chose entre nous. Ce n'est pas juste de ma part de monopoliser ton temps et de faire fuir toutes les autres femmes.

Brantley a pouffé. — Premièrement, tu ne fais pas ça et tu ne l'as jamais fait. On en a déjà parlé. J'aime passer du temps avec toi. Je veux passer du temps avec toi. Je ne veux pas que tu en doutes, jamais.

— Mais...

— Et deuxièmement, tu n'es pas désespérée. Tu n'as jamais été désespérée. Nous sommes amis. De très bons amis. Et personne d'autre n'a son mot à dire sur qui nous sommes ou ce que nous faisons ensemble.

— Mais...

Il a posé un doigt sur mes lèvres et m'a regardée droit dans les yeux.

J'ai retenu mon souffle, ayant envie de lécher son doigt. Je voulais que sa main enveloppe ma nuque et m'attire pour un baiser.

Je ne pouvais pas.

— As-tu fini de discuter avec moi ? a demandé Brantley.

J'ai hoché la tête.

— Bien. Ne doute pas de nous, Vee. Je te dirais si j'avais besoin d'espace. Ou si je ne voulais pas faire quelque chose avec toi. Je n'accepterais pas de faire quelque chose juste pour ménager tes sentiments ou quoi que ce soit. Je pensais qu'on se connaissait assez bien maintenant pour être honnêtes l'un envers l'autre.

— C'est le cas. Je sais. C'est juste que je...

— Quoi ?

— Tu as des sentiments pour quelqu'un. Et non seulement je ne sais pas qui c'est, mais je n'avais aucune idée que tu aimais quelqu'un. Quelle genre d'amie suis-je pour ne pas savoir quelque chose comme ça ?

— Tu es ma meilleure amie.

— Alors pourquoi tu ne veux pas me dire qui c'est ?

— Parce que ça n'a pas d'importance. Elle ne ressent pas la même chose.

— Comment le sais-tu ?

— Crois-moi, je le sais.

— Mais comment ? Peut-être qu'elle ne sait pas que tu t'intéresses à elle. Ou peut-être qu'elle le cache bien.

— Laisse tomber, Vee. Je... ça n'arrivera jamais. Je l'ai accepté.

Je ne voulais pas laisser tomber. Je voulais qu'il soit heureux. Il le méritait, plus que quiconque que je connaissais. C'était nul de l'entendre aussi défaitiste.

Peut-être que je pourrais découvrir qui c'était. Lui parler sans qu'il le sache. Vanter ses mérites et lui faire voir quel homme formidable il était.

Je devais juste obtenir plus d'informations.

— Tu veux venir dîner chez moi demain ?

Il me regarda de côté et haussa un sourcil. — Tu es sûre que ça ne te dérange pas qu'on te voie avec moi ?

— Qu'est-ce que tu veux dire ?

— Tu as couru te cacher. Je vérifie juste que c'est bon.

J'ai cogné son épaule avec la mienne et secoué la tête. Il a enroulé son bras autour de moi et a embrassé le sommet de ma tête.

— Je t'aime, Vee. Je ne veux pas que tu disparaisses de ma vie. Et j'adorerais dîner demain soir.

— Parfait, dis-je, ma voix légère et chargée d'émotion. Je voulais me blottir contre lui et en profiter, mais je ne pouvais pas laisser ces sentiments me contrôler. Je devais m'assurer de rester de mon côté de la ligne afin que lorsque je découvrirais qui lui plaisait, elle ne pense pas qu'il y avait quelque chose entre nous.

— Maintenant que c'est réglé... que dirais-tu de s'mores ce soir ? demanda Brantley, en montrant ses provisions.

J'ai ri et hoché la tête. — Ça me semble parfait.

Les larmes, la colère et les pieds qui tapent formaient la bande sonore du lendemain. Samantha était toujours blessée que Dawson les ait laissées tomber. Bianca était plus désinvolte à propos de tout ça, mais je savais que ça la contrariait aussi. Elles se sont disputées plusieurs fois, Bianca qualifiant Dawson de père irresponsable qui ne s'était jamais vraiment soucié d'elles.

—Combien de fois est-il venu pour nous quand il vivait ici ? a demandé Bianca à Samantha en fin d'après-midi pendant le troisième round. Ou peut-être le quatrième.

—Je ne sais pas, a murmuré Sam.

Je ne m'impliquais pas, mais nous connaissions toutes la réponse. Pas souvent.

—Il n'a jamais agi comme s'il nous voulait. Du moins, je ne l'ai jamais ressenti. Et la façon dont il traitait maman aurait dû être un indice. Je suis sûre que si nous avions été des garçons, ça aurait été différent. Bianca a croisé les bras, essayant d'avoir l'air forte, mais je savais que ce geste était une défense pour elle. Une protection quand elle sentait que personne d'autre ne la protégeait.

—Ce n'est pas vrai, a répliqué Sam.

—Bon, arrêtez, ai-je dit en me plaçant entre elles. Rien de tout cela n'aide. Est-ce que l'une de vous se sent mieux ?

Elles ont toutes les deux secoué la tête à contrecœur.

—Sam, je suis désolée que ton père ne soit pas venu alors qu'il l'avait promis. Malheureusement, ce ne sera probablement pas la dernière fois que ça arrive. Je déteste ça, mais on sait toutes que c'est vrai.

—Est-ce qu'il ne voulait vraiment pas de nous ? a chuchoté Sam.

J'ai secoué la tête et tendu les bras vers mes filles, les attirant toutes les deux contre moi. —Non, ce n'est pas vrai. Il était si enthousiaste pour vous deux. Quand nous avons appris que vous étiez des filles, il n'a jamais dit qu'il aurait préféré un garçon. Votre père était un homme bien, il est un homme bien. Quand vous étiez plus jeunes, les choses allaient mieux. Mais tous les mariages ne sont pas destinés à durer éternellement.

—Surtout quand il trompe, a grogné Bianca.

—C'est vrai, mais votre père et moi n'étions déjà plus dans une bonne passe bien avant ça. Nous nous éloignions l'un de l'autre. J'essayais de faire fonctionner les choses, mais ça n'a pas marché.

—Pourquoi est-ce que ça devrait reposer sur toi ? Bianca s'est écartée pour me regarder. Elle était quelques centimètres plus petite que moi, mais elle avait toute l'attitude que je voulais balancer à Dawson. Elle était ma protectrice, ma loyale farouche qui défendrait quiconque en avait besoin.

—Ce n'était pas ma faute. Ce n'était pas sa faute non plus. C'était notre responsabilité à tous les deux si notre mariage a cessé de fonctionner et aucun de nous n'a essayé de changer cela pendant longtemps.

—Mais c'est lui qui t'a trompée. Tu ne l'as pas trompé, n'est-ce pas ? Bianca écarquilla les yeux comme si elle n'avait jamais envisagé la possibilité que Dawson ne faisait que réagir à mon infidélité.

J'ai secoué la tête. —Je n'ai pas trompé votre père. Je n'y ai même jamais pensé. Je n'étais pas heureuse dans notre mariage, mais je n'étais pas prête à y renoncer non plus.

—Contrairement à lui, siffla Bianca.

J'ai conduit les filles vers le canapé et me suis assise avec l'une d'elles de chaque côté. J'ai tenu leurs mains, leur faisant savoir à toutes les deux que j'étais là pour elles. —Écoutez, les filles, les mariages sont difficiles. Toutes les relations sont difficiles. Et vous ne connaîtrez jamais tout d'une autre personne. Même de quelqu'un avec qui vous partagez votre vie. Il y a des choses que vous ignorez l'une de l'autre, même si vous avez vécu toute votre vie sous le même toit. Il y a des choses sur votre père que je n'ai jamais sues. Connaître quelqu'un signifie avoir confiance que les parts qu'il ne partage pas sont des parts que vous êtes prête à le laisser garder pour lui-même. Parfois, ces parts ruinent la relation, et parfois elles aident à la faire fonctionner.

—Comment le fait de cacher quelque chose à quelqu'un pourrait-il améliorer une relation ? demanda Sam.

Mon esprit s'est immédiatement tourné vers Brantley. S'il avait su que je l'aimais bien au lycée, nous ne serions pas restés amis toutes ces années. C'est pareil maintenant. Je ne pouvais pas lui dire. Surtout maintenant que je savais qu'il s'intéressait à quelqu'un d'autre.

—Peut-être que tu rates un examen ou que tu es mise en retenue. Est-ce que parler de ça à quelqu'un fait une différence dans la relation ?

Les filles ont secoué la tête.

—C'est de ça que je parle. C'est un morceau de ta vie, mais ce n'est pas un élément crucial qui te définit. Maintenant, si tu es en retenue tous les mardis parce que tu arrives toujours en retard à l'école parce que tu dois t'occuper de ton petit frère ou ta petite sœur car ton parent travaille la nuit, c'est différent. Mais si tu es en retenue une fois, ce n'est probablement pas quelque chose qui va te définir. Tu vois la différence ?

Elles ont hoché la tête.

—Personne n'est parfait. La seule chose que tu puisses faire, c'est trouver la personne qui est parfaite pour toi. Quelqu'un qui te correspond et qui prend soin de toi et qui donne autant qu'il reçoit. Quelqu'un qui veut passer son temps avec toi et qui te soutient.

—Papa a-t-il jamais été comme ça ? demanda Sam.

J'ai hoché la tête. —Quand nous étions à l'université, je suis tombée amoureuse de lui. Il était drôle, intelligent et gentil. Il était impossible de ne pas l'aimer. Même après avoir obtenu nos diplômes et déménagé ici, tout allait bien.

—Mais cela a changé, a déclaré Bianca.

—Lentement. Au fil du temps. De petits changements passés inaperçus jusqu'à ce qu'il soit trop tard pour faire marche arrière. Lui qui a pris un travail l'obligeant à être absent toute la semaine. Moi qui travaillais à la boulangerie et qui n'étais pas souvent à la maison les week-ends quand il était là. Nous avons cessé de nous donner la priorité l'un à l'autre et nous nous sommes perdus de vue. Quand nous parlions, c'était de vous deux, pas de nous. Et finalement, il n'y avait plus rien à dire. Il n'y avait plus de nous.

—C'est vraiment triste, maman, a chuchoté Sam.

J'ai inspiré profondément et expiré lentement. —C'est triste. Je suis désolée que les choses n'aient pas fonctionné entre votre père et moi. J'aurais aimé que nous puissions trouver un chemin ensemble. Mais une fois que j'ai rencontré

Haley, je n'ai pas pu l'accepter. Je sais que certaines personnes le peuvent, et si c'est bon pour leur relation, tant mieux pour elles, mais ce n'était pas quelque chose que je pouvais supporter. Je suis désolée que tout cela se soit passé devant vous deux.

Bianca a posé sa tête contre mon épaule. Samantha a fait de même une minute plus tard.

—C'était nul, a finalement dit Bianca. —C'était... C'était vraiment nul.

—Ouais, a approuvé Sam.

—Je sais.

Nous sommes restées assises sur le canapé pendant quelques minutes, chacune silencieuse avec ses pensées. Je voulais dire quelque chose qui améliorerait la situation pour mes filles, mais il n'y avait pas de solution. Les infidélités de leur père, c'était nul. Pas seulement pour moi, mais pour elles aussi. Dawson était égoïste et irréfléchi. Il ne m'a jamais demandé le divorce ou mentionné une pause ou quoi que ce soit. Je savais que les choses n'allaient pas bien, mais je ne savais pas qu'elles allaient si mal. S'il m'avait parlé, nous aurions pu essayer d'améliorer les choses, ou nous aurions pu les terminer à l'amiable. En l'état, nous ne nous étions pas parlé depuis que sa petite amie, Haley, s'était présentée à notre porte.

—Est-ce que je peux passer du temps avec McJenna ce soir ? a demandé Bianca. —M. Xavier a dit que nous pouvons aller au cinéma avec lui et regarder des films.

—Tu étais déjà avec elle hier soir.

—Oui, mais on s'est effondrées après la rencontre. On n'a pas vraiment parlé hier soir.

—Tu rentres après ?

—Oui. Je devrais être à la maison vers vingt-trois heures.

— D'accord. Et toi, Sam ? Tu dînes avec Oncle Brantley et moi ce soir ?

Sam secoua la tête. — Je sors avec Paul. Si ça ne te dérange pas.

— Bien sûr. Mon cœur s'emballa. Dîner seule avec Brantley. Je ne devrais pas être excitée par cette perspective. Mais je l'étais.

— Je vais me préparer, dit Bianca, se redressant sur le canapé. Elle s'arrêta et me regarda, puis se jeta sur moi dans une étreinte qui engloba Sam aussi.

Nous avons toutes les trois ri. J'ai serré mes filles contre moi. Ce ne serait plus très long avant que Bianca ne parte à l'université, et Sam la suivrait de près. Notre maison allait sembler vide sans mes filles. La maison où Dawson et moi avions toujours parlé de vieillir ensemble. De voir nos petits-enfants jouer.

Tous ces rêves avaient disparu. Éclatés comme un ballon au premier coup de sonnette. Je n'en voulais pas à Haley, même si j'avais du mal à l'apprécier. Elle était gentille, et ce n'était pas elle qui m'avait fait des promesses, mais c'était difficile de la voir et de savoir que si elle et Dawson ne s'étaient jamais rencontrés, notre mariage aurait peut-être survécu.

Probablement pas, mais je ne le saurais jamais.

Bianca relâcha Sam et moi, puis se précipita dans sa chambre pour se préparer à sortir. Sam m'étreignit une fois de plus, puis suivit sa sœur.

Je suis restée assise sur le canapé encore une longue minute. Il faudrait du temps pour que les filles réparent leur relation avec leur père. Surtout Bianca. Mais cela n'arriverait que si Dawson faisait un effort. S'il essayait plus avec elles qu'il ne l'avait fait avec moi.

Était-ce ma responsabilité de le lui dire ? J'avais l'impression qu'il devrait savoir comment être un bon père, mais chaque fois que je pensais cela, il me prouvait le contraire.

J'ai chassé les pensées de Dawson et suis allée dans ma

chambre pour me rendre un peu plus présentable. Non pas que Brantley le remarquerait ou s'en soucierait, mais je ne voulais pas être en pyjama quand il arriverait.

Les filles sont parties à quelques minutes d'intervalle, toutes deux m'étreignant fort avant de sortir en courant pour être des adolescentes et profiter de leur soirée.

J'étais plus qu'un peu envieuse jusqu'à ce que ma sonnette retentisse, avec Brantley de l'autre côté de la porte.

8

BRANTLEY

Un jean et un t-shirt ne devraient pas être aussi sexy. Ce n'était presque pas juste. Comment étais-je censé lui résister alors qu'elle incarnait chacun de mes fantasmes ?

— Salut, dit Valentina, penchant la tête sur le côté et me regardant les yeux plissés. Tout va bien ?

J'ai hoché la tête et fait un pas vers elle. J'avais dû la fixer plus longtemps que je ne le pensais, fantasmant sur l'idée de la déshabiller et d'avoir enfin la chance de découvrir ce qui se cachait sous ses défenses.

— Tout va bien, ai-je dit. J'ai déposé un baiser sur sa joue, juste pour pouvoir m'attarder une longue seconde et respirer son doux parfum de vanille. Comment vas-tu ?

Elle a haussé les épaules et fermé la porte derrière moi. — Ça va. Les filles ont encore du mal avec le fait que Dawson ne se soit pas présenté hier.

Ça, c'était une douche froide. Merde. Rien de tel que mentionner son ex-mari, et mon ex-ami, pour faire retomber une érection naissante. Mais c'était nécessaire de me rappeler, ainsi qu'à ma queue, que Valentina n'était pas dans une situation où une nouvelle relation était une bonne idée.

— Désolé, Vee. Tu veux que je leur parle ? Que je leur rappelle que tous les hommes ne sont pas comme lui ? L'offre m'a échappé avant que je puisse y réfléchir à deux fois, mais dès que j'ai prononcé ces mots, j'ai voulu les reprendre. Je n'étais pas leur père, et même si elle m'avait confié qu'elles parlaient de moi parfois, je ne voulais pas dépasser les limites.

Elle a secoué la tête avant que je puisse me rétracter. — Elles sont sorties toutes les deux. Mais merci. Nous avons beaucoup discuté aujourd'hui, et elles se sont beaucoup disputées.

— Pourquoi se sont-elles disputées ?

Elle a ri sans joie. — Sam sera toujours la fille à papa et cherche son approbation. Bianca est beaucoup plus cynique et moins encline à lui donner des chances supplémentaires, même si je sais qu'elle recherche aussi son approbation. Ça a juste rendu l'atmosphère tendue aujourd'hui.

— Merde. Je suis désolé. Et toi, ça va ?

Elle m'a regardé avec un mélange de surprise et de prudence. — Moi ?

J'ai tiré doucement sur une de ses boucles courtes, puis l'ai laissée reprendre sa forme. — Oui, toi, Vee. Le défendre n'a pas dû être facile. Et avant même que tu ne le dises, je le sais parce que tu es une bonne personne. Tu ne veux pas qu'elles le détestent, même si elles en ont parfaitement le droit. Tu veux qu'elles continuent de voir leur père comme leur héros. Tu veux qu'elles acceptent tout l'amour qu'il est prêt à leur donner.

—Tu me fais passer pour quelqu'un qui ne peut pas voir qui il est.

—Pas du tout. Tu le vois. Tu le vois mieux que quiconque.

Mais tu les vois aussi. Tu sais qu'ils ont besoin de leur père, même s'il n'est pas le meilleur père au monde.

Elle soupira, la colère qui avait surgi quelques secondes plus tôt s'échappant d'elle. —Je déteste simplement qu'ils aient à gérer tout ça. L'effondrement de notre mariage n'aurait pas dû avoir un tel impact sur eux. S'ils n'en avaient pas été témoins—

—Ils l'auraient quand même su. Il n'y avait aucune chance que ça reste un secret à L'anse MacKellar.

—Je sais. Elle soupira à nouveau et alla s'asseoir sur le canapé. Elle laissa tomber sa tête dans ses mains, l'air abattue. —Ce n'est simplement pas juste pour eux.

—Non, ça ne l'est pas. Mais rien de tout cela n'est de ta faute.

Elle inspira profondément. Son dos se redressa. Je m'assis à côté d'elle, et elle me regarda avec un sourire. —Tu as raison. Et je dois arrêter de m'apitoyer sur mon sort.

—Ce n'est pas du tout ce que je dis. Tu ne t'apitoies pas sur ton sort. Tu es très honnête à propos du bordel qu'est ta vie en ce moment. Dawson a tout saccagé et s'est barré en te laissant tout nettoyer.

Elle ricana. —Ouais, c'est vraiment ce qu'il a fait. Et j'en ai un peu marre.

—Alors arrête de chercher des excuses pour lui.

Elle ouvrit la bouche pour protester, mais je levai la main.

—Je sais. Tu ne cherches pas d'excuses, tu essaies d'expliquer. Ton mariage n'était pas parfait avant et il ne s'est pas effondré parce qu'il t'a trompée. Je comprends. Mais tu prends beaucoup du blâme sur toi. Parce que c'est toi qui es là.

—Ouais, souffla-t-elle.

—Alors, au lieu de faire ça, tu dois te rappeler que tu as fait tout ce qui était en ton pouvoir pour sauver ton mariage.

Au final, c'est l'infidélité de Dawson qui t'a fait cesser de te battre pour votre mariage.

—Tu as raison.

—Je sais que j'ai raison.

Elle gloussa et secoua la tête. —Tu me fais toujours rire.

—Parfait. Ma mission est donc accomplie.

—Est-ce que cela signifie que tu rentres chez toi ?

Je ricanai. —Tu m'as invité à dîner, ma belle. Tu ferais mieux de t'y mettre.

—Oh, merde, dit-elle en bondissant du canapé. —Je n'ai encore rien préparé.

Je la suivis dans la cuisine et attrapai son bras, la faisant tournoyer et l'attirant dans mes bras. Je fredonnai un air qui n'existait pas vraiment et me balançai avec elle, dansant pendant une minute avant qu'elle ne rie.

—Voilà ce sourire qui me manquait, murmurai-je. —Content de le retrouver.

Elle expira, relâchant toute la tension. —Je suis désolée de ne pas avoir encore préparé le dîner. Avec les filles aujourd'-hui, j'ai complètement perdu la notion du temps.

—Tu n'as pas à t'occuper de moi tout le temps. Tu es déjà bien trop généreuse de cuisiner pour moi aussi souvent. Je te dois beaucoup.

—Mais je devrais—

—Au diable les « je devrais ». Ne commence même pas. Je n'exigerai jamais rien de toi. Commandons une pizza. Détends-toi. J'ai l'impression qu'on n'a pas passé de temps ensemble dernièrement. Faisons comme avant. Comme on faisait d'habitude.

—Au lycée ? demanda-t-elle avec un sourire.

J'acquiesçai. —Au lycée.

Nous continuâmes à danser autour de la cuisine, sa main dans la mienne, mon autre main posée bas sur sa taille. La chaleur de sa peau à travers le tissu fin de son t-shirt m'appelait. Je voulais toucher sa peau nue, sentir son corps bouger contre le mien. L'embrasser et la caresser et l'aimer.

Mais elle était mon amie, pas mon amante, donc je n'en avais pas le droit.

Je la fis tournoyer, puis la ramenai vers moi, son dos contre mon torse. Elle rit, et je l'écartai doucement avant qu'elle ne sente l'effet qu'elle avait sur moi.

—Que veux-tu sur ta pizza ? demandai-je.

—Comme d'habitude.

J'ai hoché la tête en souriant tandis que je cherchais le numéro sur mon téléphone et appuyais pour lancer l'appel. J'ai commandé une grande pizza avec des piments bananes, de la saucisse et du fromage supplémentaire, notre pizza préférée. J'ai ajouté du pain à l'ail et une portion de wings teriyaki, et j'ai craqué quand ils ont proposé une petite pizza-cookie.

—Livraison dans une heure environ, lui ai-je dit en raccrochant.

—Merci.

Je l'ai observée attentivement et j'ai remarqué l'épuisement autour de ses yeux. Je savais qu'il valait mieux ne rien lui dire à ce sujet, mais ça me tuait de la voir si fatiguée. Être mère célibataire n'était pas vraiment nouveau pour elle, mais cela avait pris son tribut ces derniers mois.

—Tu es sûre que ça va ? ai-je demandé.

Elle a haussé les épaules et m'a regardé. —Dawson n'est pas venu depuis des mois, et avant ça, il était à peine présent. Je me suis rendu compte aujourd'hui que la maison va être vraiment silencieuse beaucoup plus souvent.

—Que veux-tu dire ? ai-je demandé en prenant place à côté d'elle, assez proche pour sentir sa chaleur mais suffisamment éloigné pour que ce ne soit pas gênant.

—Bianca va partir dans quelques années, et Sam ne

tardera pas à suivre. Des soirées comme ce soir, elles sont toutes les deux sorties. Je réalise depuis peu que je n'ai rien dans ma vie qui soit pour moi.

—Tu as ton travail. Tu adores la pâtisserie. Je n'étais pas sûr de comprendre où elle voulait en venir, mais c'était visiblement la mauvaise réponse à en juger par son nez froncé et son roulement d'yeux.

—Oui, mais c'est un travail. J'aime bien, mais je le fais parce que ça paie les factures.

—Alors, qu'est-ce que tu voudrais faire pour toi-même ?

—Je ne sais pas. C'est ça le problème. Si tu n'étais pas là ce soir, je serais juste assise ici toute seule. J'aurais probablement fait du pop-corn et l'aurais mangé au lieu de pizza. J'aurais bu trop de vin et je l'aurais regretté. Je ne sais tout simplement pas ce que j'aime faire.

—Alors découvre-le.

Un rire s'est échappé d'elle. —Tu dis ça comme si c'était facile. C'est comme les trucs sur le plaisir dont on parlait dans le livre au club de lecture. Je me suis rendu compte que je n'ai rien dans ma vie qui me fait plaisir. Rien en dehors du travail et de mes enfants. Rien que je fais parce que j'adore ça.

—Vraiment ? Rien ? Et le club de lecture ? Ou boire du vin ? Passer du temps avec moi ?

Elle sourit au dernier point. —J'adore toutes ces choses. Mais je ne peux pas boire du vin et te monopoliser. Ce n'est pas juste.

—Juste pour qui ?

—Pour toi. Pour la femme qui t'intéresse. Je ne peux pas t'entraîner dans ma vie misérable.

—Je veux faire partie de ta vie misérable, dis-je. —Attends, ça ne sonne pas bien. Je veux faire partie de ta vie. Plus que tu ne le crois, Vee. Je t'aime. Tu ne te débarrasseras pas de moi.

—Très bien, mais quand cette femme retrouvera ses esprits et réalisera quel bon parti tu es, elle ne voudra peut-être pas que je traîne dans les parages. Je ne veux pas causer de problèmes entre vous.

Je lui souris. Si seulement elle savait. Mais je ne pouvais pas lui dire. Pas alors qu'elle essayait de mettre de l'ordre dans sa vie.

—Si ça arrive, tu seras la première à le savoir.

—Parfait.

—Alors, parle-moi de ce livre. Je sais que vous parliez de plaisir, mais tu n'as pas dit que c'était tiré d'un livre. Je ne savais pas que vous lisiez ce genre de livres.

Elle pouffa. —Je t'en prie. On se retrouve à la librairie de Finley. Elle ne vend que des romans d'amour, qui sont tous, sans exception, à propos du plaisir. Mais celui-ci parlait davantage de se trouver soi-même. Un plaisir qui ne vient pas uniquement du sexe.

—Ah, je vois. C'est de là que venait la conversation. La satisfaction émotionnelle et physique.

—Oui. Tu comprends. Ça m'a vraiment fait réfléchir, cependant. Puisque je n'ai manifestement pas de relations sexuelles, j'ai décidé de me lancer dans une quête de plaisir.

Mon cerveau m'inonda d'images de Valentina ressentant toutes sortes de plaisirs. Ma langue sur son corps, mon sexe en elle, mes mains partout sur elle. Peu importait qu'elle ait précisé qu'elle pensait à un plaisir non-sexuel, tout ce que mon esprit avait retenu quand elle avait dit *quête de plaisir* était lié au sexe.

—C'est idiot ? demanda-t-elle, semblant beaucoup moins sûre d'elle qu'une minute auparavant.

—De découvrir ce qui te fait du bien ? Absolument pas. Nous devrions tous connaître la réponse à cette question.

Elle rayonna, sa peau brune luisant d'une manière qui me

ramenait directement à toutes les façons dont j'aimerais lui montrer le plaisir.

La sonnette interrompit toute conversation supplémentaire sur le plaisir. Je n'étais pas sûr si c'était une bonne ou une mauvaise chose, mais j'étais bien trop près de m'offrir comme partenaire dans sa quête de plaisir sexuel, donc c'était probablement une bonne chose.

Nous sommes allés ensemble à la porte pour accueillir le livreur. J'ai essayé de refuser son offre de payer, mais elle m'a écarté d'un coup d'épaule et a tendu au livreur largement assez d'argent pour couvrir notre commande et un bon pourboire. J'ai posé les boîtes sur la table basse et pris des assiettes en carton du placard au-dessus du micro-ondes pour qu'elle ne s'inquiète pas de faire la vaisselle.

Une heure et une pizza entière plus tard, je me suis adossé au canapé en gémissant. —C'était délicieux.

Valentina a pouffé de rire en secouant la tête. —Le meilleur dîner que j'ai préparé depuis longtemps.

J'ai ri avec elle. La pizza que nous avions commandée était bonne, mais la compagnie avec laquelle je la partageais était encore meilleure. —Les filles rentrent à quelle heure ?

—Bianca doit rentrer vers onze heures. Xavier la déposera après le dernier film, mais il doit fermer le cinéma. Goldie et Patrick ont dit qu'ils ramèneraient Sam vers dix heures.

Je me suis levé et j'ai porté la boîte à pizza à la cuisine. J'ai senti son regard me suivre tandis que je me déplaçais. Je savais où tout se trouvait chez elle, alors j'ai pris un sac pour conserver les restes de pizza et l'ai jeté dans le frigo avant de porter la boîte à la poubelle dans le garage.

—Tu n'as pas besoin de nettoyer, a-t-elle dit quand je suis revenu à l'intérieur.

—C'est le minimum que je puisse faire puisque tu as payé

le dîner. Tu veux faire autre chose, ou tu es prête à me mettre à la porte ?

—Je ne suis jamais prête à te mettre à la porte, a-t-elle dit.

Son ton était léger et taquin, mais ces mots m'ont touché profondément. Je savais qu'elle ressentait encore la douleur de son divorce, même si elle prétendait aller bien. Je portais cette culpabilité en moi. Dawson était mon colocataire, et je les avais présentés. Je ne m'attendais pas à ce qu'il soit un parfait connard ou qu'il trompe la femme la plus parfaite qui soit.

Si j'avais la chance d'avoir Valentina, je vénérerais le sol sur lequel elle marche. En fait, je le faisais déjà, mais elle ne le savait pas.

—Un film ? ai-je suggéré, pour m'empêcher de lui demander si je pouvais l'embrasser. Ce serait une erreur. Elle venait de sortir d'un mariage, et j'étais censé être son ami, pas profiter de la situation.

—Oui, ça me va. Rien de trop fleur bleue et romantique, par contre.

—Je n'oserais même pas y penser.

Elle me tendit la télécommande, sans tressaillir quand nos mains se touchèrent. Cela a allumé une étincelle en moi comme si j'avais des feux d'artifice dans le pantalon. Rien de nouveau.

J'ai fait défiler les options et trouvé un de nos vieux favoris.

—Ah, ça fait une éternité que je n'ai pas vu ce film, dit-elle lorsqu'il commença.

—Moi non plus.

Elle glissa ses pieds sous elle et se pencha vers moi. Sa tête reposait sur mon épaule, ses seins contre mon bras et un sourire sur son visage.

Nous avions regardé des films comme ça plus de fois que je ne pouvais compter, surtout quand nous étions au lycée et inconscients de nos hormones. Elle ne m'a jamais considéré autrement que comme un ami, mais je l'ai toujours vue comme mon avenir.

Dommage qu'elle ait construit cet avenir avec quelqu'un d'autre.

Le film se déroulait, et nous regardions, le passé se mêlant au présent me faisant oublier qu'elle était interdite. Ma main atterrit entre nous, juste au-dessus de la sienne, et toutes ces hormones d'adolescent négligées dont je ne savais pas quoi faire ont bondi et pris conscience.

Elle tourna sa main sous la mienne, entrelaçant nos doigts. Mon pouce caressa son poignet, effleurant le pouls rapide qui y battait.

—Brantley, chuchota-t-elle.

—Oui ?

—Qu'est-ce qu'on fait ?

—On regarde un film. Je faisais volontairement l'idiot. Je ne voulais rien gâcher. Je ne pouvais pas. Lui dire ce que je ressentais était un risque que je n'étais pas sûr de pouvoir prendre encore. Pas quand elle souffrait encore. Vulnérable. Pas prête pour ce que je voulais.

—Pourquoi viens-tu si souvent ?

—Tu veux que je m'en aille ?

—Non, lâcha-t-elle. «Je me demandais juste pourquoi tu ne sors pas avec des filles. Pourquoi tu n'es pas marié. Tu es un homme formidable.

—Je n'ai simplement pas encore attiré l'œil de la bonne femme.

Elle secoua la tête. —Elle doit être aveugle pour ne pas te remarquer.

J'ai ri doucement. —Quelque chose comme ça.

Elle est restée silencieuse pendant quelques minutes de plus. Le film continuait à jouer, mais je le remarquais à peine.

—Merci d'être là, Bee. Je ne pense pas que j'aurais pu traverser ces derniers mois sans toi.

—Je serai toujours là pour toi, Vee.

—Je t'aime, a-t-elle murmuré.

—Je t'aime, Vee. Plus que tu ne le sais.

Elle a souri et s'est blottie contre moi. J'ai embrassé le sommet de sa tête et inspiré son parfum. Il me manquerait quand je devrais rentrer chez moi.

—J'aurais dû t'épouser toi, plutôt que Dawson, a-t-elle dit.

—Quoi ?

Elle a expiré doucement. —Il y avait une partie de moi qui espérait que tu te lèverais pendant mon mariage pour me dire de ne pas l'épouser parce que tu étais amoureux de moi. Évidemment, c'était idiot. Mais j'étais folle de toi. Dawson était en quelque sorte mon second choix puisque tu ne m'aimais pas.

—Pas possible, ai-je lâché.

Elle a hoché la tête. —Si. Je l'aimais, mais si j'avais pensé avoir une chance avec toi, je ne serais jamais sortie avec lui.

J'ai bougé pour pouvoir la regarder et j'ai glissé mes cheveux derrière mon oreille pour ne pas manquer un mot de ce qu'elle me confessait. —Mais tu l'as épousé. Tu as eu des enfants avec lui. Toute une vie. Pourquoi faire ça s'il n'était pas ton premier choix ?

Elle s'est redressée et a haussé les épaules. —Je pensais vraiment que tu essayais de me refiler à lui. Et je n'ai jamais rencontré d'autres hommes que j'aimais autant que lui. Sauf toi, mais ça n'allait jamais arriver.

—Je ne comprends toujours pas pourquoi tu pensais ça.

Elle s'est reculée et a penché la tête, me regardant comme si j'avais dit que le chocolat n'était pas bon. —C'était assez évident. Vous parliez de toutes les filles sexy du campus, et Dawson te félicitait pour celle qui t'avait déjà invité à sortir.

J'ai supposé que tu lui avais demandé de me parler pour que je te laisse tranquille.

—C'était la dernière chose que je voulais à l'époque. Je me suis reproché pendant des années de vous avoir présentés. J'avais le plus gros béguin pour toi au lycée.

Elle retint son souffle, les yeux écarquillés.

—Dawson a insisté pour m'accompagner puisqu'il ne connaissait personne d'autre. Quand tu as commencé à sortir avec lui, j'étais tellement en colère contre moi-même. Je n'ai jamais eu le courage de te dire ce que je ressentais.

Elle rit, un son timide comme si elle n'était pas sûre. Nous nous connaissions depuis plus de la moitié de nos vies. Nous avions parlé de tout. Mais je n'avais jamais admis que je l'aimais. —Mais tu me le dis maintenant ?

—C'est toi qui l'as admis en premier. J'aurais juste aimé le savoir à l'époque.

—Ma vie aurait été tellement différente si je m'en étais rendu compte.

Nous nous sommes regardés, le passé et le présent flottant dans l'espace entre nous.

J'ai jeté un coup d'œil à ses lèvres, et elle les a léchées. Des lèvres lisses, humides et délicieuses qui me suppliaient de me pencher.

Je ne sais pas lequel de nous a bougé en premier, mais nous nous sommes rencontrés au milieu. Ma main s'est posée sur ses boucles spirales, mes doigts s'y accrochant et tirant sa tête à ma guise.

Elle a gémi doucement, presque un soupir, comme si elle avait attendu une demi-vie pour sentir mes lèvres contre les siennes.

Pareil, Vee, pareil.

J'ai léché le contour de ses lèvres, et elle s'est ouverte à moi, gémissant au premier goût. J'ai sucé sa langue, ma main atterrissant sur sa hanche et l'encourageant à se rapprocher.

Elle a compris l'allusion et s'est mise à califourchon sur moi sur le canapé. Mon érection a pulsé en sentant sa chaleur juste au-dessus de mon centre.

—Putain de merde, j'ai grogné. La chaleur entre nous était aussi intense qu'une supernova sans même essayer. Tout ce temps où je me disais de l'oublier, de la laisser partir, j'avais tort. Tellement tort.

Une portière de voiture a claqué dehors. Elle s'est reculée, les yeux affolés en regardant la porte d'entrée. Des phares ont brillé à travers les fenêtres.

—Sam est rentrée, a sifflé Valentina. Elle s'est précipitée hors de mes genoux, lissant ses cheveux ébouriffés par mes doigts et essuyant ses lèvres comme si ce geste pouvait effacer ce qui venait de se passer.

Elle se tenait debout devant le canapé, regardant la porte, quand Sam est entrée.

—Je suis rentrée, a lancé Samantha. —Oh. Vous êtes juste là. Salut, Tonton Brantley.

—Salut, ma belle, dis-je en me tournant pour lui sourire et lui faire un signe de la main. Je ne pouvais pas me lever. Non seulement parce que mes jambes sans sang ne pourraient probablement pas me soutenir, mais aussi parce que je ne voulais pas choquer l'adolescente qui remarquerait sans doute l'érection que j'arborais, vu qu'elle essayait de percer ma braguette.

—Comment était le dîner ? demanda Valentina, la voix aiguë et frénétique.

—Bon, dit Sam. —Ça va, maman ?

—Ouais ! Oui. Bien. Tout va bien. On regardait juste un film.

Sam regarda la télé, figée depuis qu'on avait mis le film en pause, et leva les yeux au ciel. —Encore ? Tu adores ce film.

—C'est vrai. Oncle Brantley aussi.

Le téléphone de Sam émit un bip. —C'est Paul. On va discuter. Salut, Oncle Brantley.

—Salut, Sam.

Ses pas s'éloignèrent rapidement, et Valentina s'effondra sur le canapé à côté de moi. —C'était presque vraiment gênant.

Eh bien, merde. Ce n'était pas ce que j'espérais qu'elle dise.

9

VALENTINA

J'ai pris une profonde inspiration et l'ai relâchée lentement. J'ai embrassé Brantley. Putain, j'ai embrassé Brantley. Ou il m'a embrassée. Je ne savais pas, et je m'en fichais. Nous nous sommes embrassés.

Et c'était presque orgasmique. Un baiser ne devrait pas être aussi bon. Étais-je simplement hors de pratique ? Cela faisait longtemps que je n'avais pas embrassé un homme, et des années de baisers rapides de Dawson laissaient vraiment beaucoup à désirer, mais je ne me souvenais pas que c'était comme ça avec lui.

—Je devrais y aller, a soudainement dit Brantley. Il s'est levé d'un bond du canapé et s'est dirigé vers la porte.

—Oh, euh, d'accord. Je l'ai suivi, toutes ces délicieuses sensations qui dansaient en moi coulant comme du plomb dans mes entrailles. Il ne ressentait pas les mêmes choses. J'essayais de m'empêcher de sourire comme une idiote et lui était juste prêt à s'éloigner de moi au plus vite.

Mon Dieu, j'étais vraiment une idiote.

—Merci pour le dîner. Et pour le film, a-t-il dit.

Gênant. C'était totalement gênant. Les choses n'avaient

jamais été gênantes avec Brantley auparavant. J'avais envie de pleurer. Pourquoi lui avais-je dit que j'aurais aimé l'épouser lui plutôt que Dawson ? C'était il y a une éternité. Je n'aurais jamais dû dire quoi que ce soit.

—Brantley, attends.

Il s'est retourné mais n'a pas croisé mon regard. La légère barbe sur sa mâchoire me donnait envie de la toucher. Ses cheveux étaient attachés en un chignon bas. Je voulais effacer les rides entre ses yeux et nous ramener tous les deux là où nous étions il y a juste une minute.

Mais le moment était passé.

—Je ne veux pas que ce qui s'est passé gâche les choses entre nous.

Il a souri des lèvres, un sourire qui aurait trompé la plupart des gens mais pas moi. Son sourire n'atteignait pas ses yeux. Ne l'illuminait pas comme il le faisait habituellement quand il me souriait. —Tout va bien.

— Tu es sûre ?

Il hocha la tête. — Absolument. Je te verrai bientôt.

— D'accord. Bonne nuit.

— Bonne nuit, Vee.

Il m'embrassa sur la joue, s'attardant juste une seconde, puis il disparut. Comme si c'était une soirée ordinaire et que rien de spécial ne s'était passé. Comme s'il ne m'avait pas embrassée et fait souhaiter pouvoir remonter le temps pour changer une seule chose. Une seule chose qui aurait transformé ma vie à jamais.

Je suis restée dans le salon, écoutant le démarrage de son véhicule utilitaire sport et le bruit des roues s'éloignant de mon allée. Je détestais ça. Je détestais savoir que les choses avaient changé. En un instant, tout avait basculé. Et je ne savais ni pourquoi ni comment revenir en arrière.

J'aurais vraiment dû me taire.

J'AI REFUSÉ de stresser à propos de Brantley. Nous irions bien. C'était toujours le cas. Ça avait toujours été nous contre le monde entier. Nous avions survécu à mon mariage, à mon divorce, et nous surmonterions aussi ma confession et cette stupide attaque contre lui.

Je devais simplement arrêter de penser à ce qui aurait pu se passer si Sam n'était pas rentrée à ce moment-là. Parce que ça ne me faisait clairement aucun bien. À moins que je ne compte le nouveau jouet que je me suis acheté et à quel point il était divinement bon sous la douche, surtout quand je fermais les yeux et m'imaginais Brantley là avec moi.

Non. Je ne pouvais pas. Ça n'arriverait jamais. Alors je devais arrêter.

Le plaisir était censé être non-sexuel. Bordel.

J'ai secoué la tête et fait couler du caramel sur les brownies que je venais de terminer. Le sel de mer et le caramel se marient toujours bien, mais le chocolat que j'avais utilisé était riche et décadent en lui-même. J'ai ajouté un peu plus de sel pour équilibrer la richesse et saupoudré le tout de sucre glace pour l'apparence.

C'était bon. Sacrément bon. J'aurais pu manger tout le plat, mais je savais que ça m'aurait rendue malade.

Harriett était plus que ravie que j'essaie de nouvelles choses et prenait plaisir à les vendre aux clients. Beaucoup de gens venaient simplement pour voir quels nouveaux articles nous avions, et quand je n'avait pas créé quelque chose de nouveau, c'était une déception pour eux.

La nouveauté, c'était bien.

—Valentina, viens ici une minute, chuchota-t-elle quand je posai le plateau de brownies dans la vitrine.

Il n'y avait pas de file d'attente, mais toutes les tables étaient occupées. Je souris en voyant que chacun avait choisi quelque chose de différent, du chocolat au caramel, en passant par le fudge et les cupcakes.

—Regarde les expressions sur leurs visages, chuchota Harriett. Elle savait que j'essayais de nouvelles choses et que je cherchais ce qui me rendait heureuse. Depuis des jours, elle tentait de me montrer comment les clients appréciaient leur nourriture.

Je regardai autour de moi et souris. Les yeux fermés, les lèvres relevées en ébauches de sourires. Des gémissements de plaisir et des lèchements de lèvres. Des douceurs tendues à la famille et aux amis pour partager, mais vite reprises pour soi.

Béatitude. C'était le mot qui me venait à l'esprit. Ils appréciaient mes créations, mes œuvres d'art.

Mes lèvres s'étirèrent en un sourire pour la première fois depuis des jours. Après que Brantley était parti samedi soir, j'avais du mal à voir la joie dans les moindres choses, mais regarder mes amis et voisins se délecter de quelque chose que j'avais créé me permettait de sourire à nouveau.

—C'est magnifique, n'est-ce pas ? demanda Harriett.

J'acquiesçai. —C'est vraiment beau. Merci de partager cela avec moi.

Harriett me tapota la main. —C'est toi qui l'as fait. C'est mon moment préféré de la journée. Quand tout le monde savoure ses douceurs et ne peut pas s'arrêter assez longtemps pour avoir une conversation. Quand c'est calme ici parce qu'ils adorent ce que tu as préparé. C'est ce qui me fait revenir chaque jour.

—C'est vraiment spécial. Tu as créé un endroit incroyable ici.

Elle regarda autour d'elle et sourit. —J'adore cet endroit. Et j'adore t'avoir ici. Tu l'as rendu bien plus que tout ce dont j'avais jamais rêvé.

—On l'a fait ensemble.

La clochette de la porte tinta, et Harriett accueillit les clients. Je la laissai les charmer et me retirai dans la cuisine.

Rendre les autres heureux avait été ma passion aussi longtemps que je puisse me souvenir. Je voulais les voir sourire, les voir apprécier les choses. Mais je voulais aussi apprécier les choses. J'avais l'impression qu'il me manquait une pièce. Une pièce qui n'aurait pas dû être si difficile à trouver.

J'ai passé le reste de la journée à travailler sur de nouvelles recettes pour des créations qui me semblaient incroyables. Au moment de partir chercher les enfants à l'entraînement, j'étais épuisée mais fière du travail que j'avais accompli. Je n'étais pas sûre d'éprouver le même plaisir béat que les clients, mais j'aimais ce que j'avais créé. Et j'étais heureuse de continuer à créer.

Je me suis garée sur le parking, pas loin du véhicule utilitaire sport de Brantley, mais pas trop près non plus. Je ne voulais pas qu'il pense que j'essayais de me retrouver seule avec lui ou quelque chose comme ça. Nous n'avions pas vraiment parlé depuis qu'il s'était enfui de chez moi, et je ne savais pas quoi lui dire.

L'entraînement était encore en cours, alors j'ai sorti mon téléphone et ouvert mes e-mails. La plupart n'étaient que des spams, mais je ne les avais pas vérifiés depuis quelques jours. J'étais en train de lire un article sur une nouvelle émission créée par quelqu'un que je suivais quand quelqu'un a frappé à ma vitre.

J'ai sursauté, failli lâcher mon téléphone, et crié, tout ça en même temps.

Puis j'ai levé les yeux et vu Goldie qui riait de moi.

J'ai mis mon téléphone dans le porte-gobelet et suis sortie de la voiture.—Qu'est-ce que tu fais ici ?

—J'allais te demander la même chose. Je pensais que c'était moi qui récupérais les enfants aujourd'hui.

—Vraiment ? Merde. Je suis complètement excitée. Je veux dire, désorientée. Ugh.

Goldie a haussé un sourcil.—Euh, est-ce que ça va ?

—Non. Pas du tout.

—Qu'est-ce qui se passe ?

Je me suis rendu compte de ce que j'avouais et j'ai immédiatement fait marche arrière.—Rien. Désolée. C'est juste que les derniers jours ont été longs. Je vais bien.

—Tu racontes des conneries. On ne s'est pas vues depuis un moment. Qu'est-ce que tu fais ce soir ?

—Euh, je, ben...

—Donc, rien. Goldie envoyait des textos tout en parlant. —On va chez O'Kelley. Anna nous retrouve là-bas. Dîner et boissons. Comme je sais que tu ne travailles pas ce soir, tu ne peux pas te défiler.

Je lui ai lancé un regard noir. J'aimais beaucoup Goldie, mais je n'étais pas sûre de vouloir lui raconter ce qui se passait. Elle avait déjà été témoin du pire moment de ma vie. Voulais-je vraiment l'entraîner dans le deuxième pire ?

—Rentre chez toi et prends quelques minutes pour toi. Je ramènerai les filles. Elles pourront se doucher et se changer, et Patrick pourra les surveiller toutes ce soir.

—Je suis sûre qu'elles vont adorer ça.

Goldie a ricané. —Elles l'adorent. Il a pratiquement leur âge. Mais il a une carte de crédit et peut acheter le dîner. Anna est partante. Elle a dit que ses garçons sont d'accord.

—Je ne peux pas—

—Pas de discussion. Tu as *j'ai besoin d'aide* écrit partout sur ton joli visage.

—C'est si évident que ça ?

Goldie a hoché la tête et m'a serré la main. —On va arranger tout ça. Rentre chez toi. J'amène les filles bientôt.

—Merci, Goldie.

Elle a hoché la tête et s'est éloignée, me laissant suivre ses instructions.

Je n'étais toujours pas habituée à compter sur les autres, mais Goldie était en train de faire tomber mes barrières. Elle avait été présente pour moi plus que quiconque à part Brantley ces derniers mois, et si je gâchais tout avec Brantley, j'allais m'appuyer encore plus sur Goldie. Et Anna.

J'ai changé mes vêtements de travail et j'ai hésité à prendre une douche rapide. Je sentais le sucre et le café, alors j'ai décidé de simplement changer de tenue et de m'en contenter.

Goldie a déposé les filles et leur a dit qu'elles dîneraient toutes chez elle. Elles ont pris des douches éclair et étaient prêtes à partir presque avant moi. Quand nous sommes arrivées chez Goldie, les autres étaient déjà là et nous attendaient.

Anna nous a conduites toutes les trois au O'Kelley's, bavardant tout le long du trajet. Nous traînions toutes régulièrement au O'Kelley's. Le mari d'Anna, Hudson, en était le propriétaire et c'était un homme bien. Ils avaient tous deux été mariés avant, lui était veuf, et elle était divorcée. Ils se sont trouvés et même s'ils ne s'entendaient pas au début, ils se sont disputés jusqu'à s'apprécier.

Hudson avait déjà réservé une table pour nous avec des boissons et des amuse-bouches quand nous sommes arrivées. Il a donné à Anna un baiser qui m'a fait rougir, et m'a fait me demander si le plaisir pouvait exister sans sexe parce que, bon sang, ça m'a excitée.

—Bon, qu'est-ce qui ne va pas chez toi ? a demandé Goldie dès que nous étions toutes assises et avions pris nos premières gorgées.

—Quoi ? ai-je lâché.

—Elle te demande ce qui ne va pas. Elle a dit que tu étais dans tous tes états tout à l'heure. Qu'est-ce qui se passe ?

J'ai regardé entre elles, décontractées comme elles pouvaient l'être, en train de manger des boulettes de fromage et des pommes de terre garnies. J'avais juste envie de craquer.

—Les choses sont devenues bizarres avec Brantley et maintenant je ne sais pas quoi faire.

—Que s'est-il passé ? a demandé Goldie.

—Je l'ai embrassé, ai-je avoué. Arrachant le pansement d'un coup.

—Tu as quoi ? ont-elles haletés ensemble.

—Il est venu dîner le week-end dernier, et nous discutions, et j'ai avoué que je l'aimais bien au lycée. Il a dit qu'il m'aimait bien aussi, et puis nous nous sommes embrassés.

—Et ensuite ? a demandé Anna.

—Et puis Sam est rentrée, et Brantley est parti.

—Il est parti ? Comme ça ? demanda Goldie.

J'ai haussé les épaules. —Ouais. On a parlé quelques secondes, puis il s'est levé et il est parti.

—De quoi avez-vous parlé ?

—De rien vraiment. J'ai dit que c'était presque vraiment mauvais que Sam nous ait presque surpris, et je lui ai dit que je ne voulais pas que nos baisers gâchent les choses.

Elles ont échangé un regard qui disait haut et fort qu'elles pensaient que j'avais tout gâché, de toute façon.

—Quoi ? ai-je gémi.

—Dire à un mec que c'était *vraiment mauvais* après l'avoir embrassé est probablement—

—Vraiment mauvais, a fini Anna à la place de Goldie.

—Ouais.

—Mais je ne parlais pas du baiser. Le baiser était... C'était juste mauvais que Sam nous ait presque surpris.

—Tu as expliqué ça à Brantley ? a demandé Anna.

J'ai réfléchi un moment, puis j'ai lentement secoué la tête.

—Tu veux une relation avec Brantley ? a demandé Goldie.

—Non. Oui ? Je ne sais pas. J'ai l'impression que je ne

devrais pas m'impliquer avec qui que ce soit en ce moment. Je fais cette Quête du Plaisir, et—

—Whoa, quoi ? a demandé Goldie.

—Du livre d'il y a quelques semaines. Où ils parlaient de ce qui nous procure du plaisir. Anna et Hudson le font aussi. Non ?

Anna hocha la tête. —Nous le sommes. Trouver des choses qui nous plaisent, qui nous procurent du plaisir, en dehors du sexe.

—D'accord, je m'en souviens maintenant, —dit Goldie. —Alors, quel rapport avec Brantley et le fait de vouloir ou non une relation ?

Je fis la moue et tendis la main vers un morceau de fromage en grains. J'avais définitivement besoin de nourriture pour avoir cette conversation.

Goldie et Anna continuaient à manger, attendant patiemment que je m'explique.

J'expirai bruyamment. —J'ai commencé à sortir avec Dawson quand j'avais dix-huit ans. Pendant toute ma vie d'adulte, j'ai été avec lui. Au fil du temps, j'ai perdu qui j'étais, mais une partie de moi sait que je n'ai jamais vraiment pris le temps de découvrir qui j'étais. Je suis passée d'adolescente vivant chez mes parents à étudiante en résidence universitaire puis à épouse vivant avec Dawson. Je n'ai jamais eu le temps de comprendre qui j'étais, qui je suis. Et j'ai l'impression que je dois découvrir ça.

—Sans Brantley ? —demanda Anna.

Je haussai les épaules. —Si je m'implique avec lui, est-ce que je ne m'expose pas à le laisser m'influencer ? Est-ce que je ne passerais pas simplement d'un homme à un autre ?

Goldie se pencha en avant. —Je pense que ça dépend de toi. Mais si tu n'es pas prête ou pas intéressée par une relation avec Brantley, c'est normal.

—Ça n'a pas vraiment d'importance. Il s'intéresse à quelqu'un.

—Qui ?

—Je ne sais pas. Il ne me l'a pas dit. Mais je ne veux pas l'empêcher de vivre sa vie.

—D'accord, alors qu'est-ce que tu recherches ? Qu'est-ce que tu veux ? —demanda Anna.

Je réfléchis longuement et regardai mes deux amies les plus proches. Toutes les deux étaient divorcées. Elles savaient mieux que n'importe laquelle de nos autres amies ce que je traversais. Mais je m'étais retenue.

Il était temps d'arrêter de faire ça.

—Le manque d'avoir quelqu'un me pèse. Quelqu'un qui m'attend à la maison. Quelqu'un à qui parler quand je passe une journée pourrie. Avoir un partenaire. Dawson n'a pas été cette personne pendant longtemps, mais il était mon mari, alors je me disais qu'il serait là si j'avais vraiment besoin de lui. Je ne me suis simplement jamais permis d'avoir besoin de lui. Mais quand il est parti, ça a été difficile. Je le détestais pour m'avoir trompée. Je le détestais pour m'avoir fait ça. Mais je crois que ce que je détestais le plus, c'est qu'il n'a jamais lutté pour moi. Pour nous. Je lui ai dit de partir, et il l'a fait.

Elles ont chacune pris une de mes mains. J'ai levé les yeux vers elles et j'ai vu la profondeur de la compréhension dans leurs regards. Elles comprenaient vraiment.

—Quand Charles m'a dit qu'il me quittait, je l'ai supplié de ne pas le faire. Je lui ai dit qu'il pouvait avoir sa relation mais rester quand même. Il savait que je le détesterais pour ça, et il avait raison, mais dans ce premier moment de faiblesse, quand j'ai vu mon mariage disparaître, j'avais tellement peur que je voulais m'accrocher à tout ce que je pouvais, a avoué Goldie.

Anna a ri doucement. —Nick rentrait si rarement que j'ai

vécu beaucoup de ces moments. Quand j'ai découvert que j'étais enceinte de Matty, je ne lui ai pas dit parce que je savais qu'il partirait dès qu'il apprendrait qu'un autre enfant était en route. Je savais qu'il était horrible pour moi, mais je ne voulais pas être seule. Je ne voulais pas admettre que j'avais échoué dans tant de domaines.

—Tu n'as pas échoué, ai-je dit à Anna.

Anna a souri. —Si, mais les échecs font partie du succès. Si je n'avais pas épousé Nick et eu Joey et Matty, ma vie ne serait pas la même. Je n'aurais pas réalisé quel homme incroyable Hudson était si je n'avais pas su à quel point Nick était indigne. Enfin, peut-être pas, mais tu comprends ce que je veux dire. Ça me fait apprécier Hudson encore plus.

—C'est exactement ce que je ressens pour Patrick. Si je m'étais accrochée à ma relation avec Charles, je n'aurais jamais rencontré Patrick ou ne l'aurais jamais laissé entrer dans ma vie. Je n'aurais jamais trouvé cet homme incroyable qui me fait sentir comme si j'étais la meilleure chose qui puisse lui arriver.

—Je ne suis simplement pas sûre d'être prête pour ça, ai-je avoué.

—On ne l'est jamais, a dit Anna. —Je me suis battue contre mes sentiments pour Hudson à chaque seconde de chaque jour. Je le détestais. Mais il était là pour moi. Encore et encore, il était présent.

—Il t'a usée à la longue ? ai-je plaisanté.

—Non. Il m'a prouvé que tous les hommes ne sont pas comme Nick. Certains restent. Certains ne trompent pas. Certains sont bons, honorables et fidèles à leur parole.

J'ai retenu mon souffle et j'ai lutté contre les larmes qui me piquaient les coins des yeux. C'est ce que je pensais de Brantley. Mais il n'était pas à moi, et il ne le serait jamais.

— Tu devrais t'inscrire à Book Boyfriends Wanted, a dit

Goldie. — C'est Karissa qui l'a créée. C'est une bonne application. Tu peux simplement rencontrer des gens.

— L'application de rencontres ? Vraiment ?

Goldie a lancé à Anna un regard que je n'ai pas su interpréter, et Anna a hoché la tête. — Tu devrais. C'est une bonne occasion d'élargir tes possibilités pour ta quête de plaisir. Essayer de nouvelles choses. Rencontrer de nouvelles personnes. Élargir ton horizon.

— Je ne suis pas sûre.

— Donne-moi ton téléphone, a dit Goldie.

Je lui ai lancé un regard noir, mais elle m'a fait signe de le lui donner. — D'accord.

Anna est allée au comptoir pour commander plus de nourriture et de boissons, et pour embrasser Hudson quelques fois. Goldie m'a bombardée de questions et a créé mon profil. Quand elle m'a rendu mon téléphone, Hudson nous a apporté des hamburgers, des frites, plus de bouchées de fromage et des boissons.

— Vous avez besoin d'autre chose, mesdames ? a demandé Hudson. Il jouait avec les cheveux d'Anna en parlant.

— Tout va bien. Merci, chéri. Anna a penché sa tête en arrière pour un baiser, que Hudson lui a donné avec un murmure que je n'ai pas pu entendre.

Je me suis concentrée sur ma nourriture. Je n'aimais pas trop l'idée des rencontres en ligne, mais je voulais ce qu'ils avaient. Je voulais un partenaire à nouveau. Un vrai. Peut-être pas tout de suite, mais si je me lançais et que je m'ouvrais aux rencontres, peut-être que quelqu'un me surprendrait.

BRANTLEY

J'ai fait un signe de tête à Hudson en prenant ce qui était devenu ma place habituelle chez O'Kelley's pour la semaine. Je commençais à en avoir assez de manger de la nourriture de bar, mais avec ma cuisine encore en désastre et les choses pas terribles avec Valentina, je n'avais pas le choix.

Hudson n'a pas mis longtemps à s'approcher avec un verre d'eau pour moi. Il s'était habitué à me voir là et comprenait quand je lui disais que je ne buvais pas beaucoup pendant la saison.

—Sandwich au poulet ?

—Ouais. Merci.

—Des accompagnements ce soir ?

—Tu as de la salade ?

Hudson a ri doucement. —En fait, Charlie a dit qu'il pourrait te préparer une salade. Il n'a pas beaucoup d'options de vinaigrette, mais il pourrait faire quelque chose si tu es ouvert aux suggestions.

—Sans déconner.

Hudson a hoché la tête. —On essaie de satisfaire nos

clients. On a de la laitue, des tomates, de l'oignon, des trucs comme ça pour les burgers, alors Charlie a dit qu'il pourrait tout couper et te préparer une salade si tu voulais.

—C'est génial. Merci. Dis-lui merci aussi.

—Pas de problème. Hudson a commencé à s'éloigner, puis s'est retourné vers moi. —Tu restes ici ou tu vas à la table avec les dames ?

—Quelles dames ?

—Anna, Valentina et Goldie sont ici. Je pensais que tu le savais.

J'ai secoué la tête et j'ai bu une gorgée d'eau. Une bouffée de chaleur m'a parcouru. J'avais autant envie de me retourner pour l'apercevoir que de m'enfuir avant qu'elle ne me repère.

Hudson m'a regardé de trop près. J'ai évité son regard jusqu'à ce qu'il finisse par hocher la tête et s'éloigner.

Je n'allais pas m'en tirer aussi facilement, cependant. Il reviendrait.

J'ai bu mon eau et sorti mon téléphone, espérant dégager une ambiance *laissez-moi tranquille*. Comme l'été était terminé, il n'y avait plus beaucoup de touristes dans les parages, mais je ne voulais pas non plus que des parents viennent me parler. Je voulais simplement manger mon dîner et rentrer chez moi.

Hudson est revenu avec ma nourriture et un regard qui disait qu'il voulait des réponses.

Merde.

— Alors, qu'est-ce qui se passe entre toi et Valentina ?

— Rien.

— Tu mens comme tu respires. Qu'est-ce qui s'est passé ? Anna a dit que vous étiez toujours proches, mais tu as dîné ici tous les soirs cette semaine. Qu'est-ce qui s'est passé ?

— Il ne s'est rien passé.

— Encore une fois, tu mens comme tu respires.

— Je n'ai pas envie de partager mes sentiments, ai-je rétorqué.

— Je ne t'ai pas demandé tes sentiments. J'ai demandé ce qui s'est passé. Je suppose que tu l'as mise en colère si tu ne veux pas aller lui dire bonjour. Qu'est-ce que tu as fait ?

— Je n'ai rien fait. C'est elle qui— Je me suis arrêté avant d'admettre quoi que ce soit. Il était doué.

Hudson m'a regardé attentivement et s'est appuyé sur le bord du bar. — Elle est célibataire maintenant.

— Je suis au courant. Mais elle n'a pas envie de sortir avec quelqu'un. Surtout pas moi.

— Qu'est-ce qui te rend si sûr de ça ?

— Elle me l'a dit.

— Elle t'a dit qu'elle ne veut pas sortir avec toi ?

— Après qu'elle m'a embrassé, ouais. Son enfant est rentré et Vee a dit que notre baiser était vraiment une mauvaise chose.

Hudson a haussé les sourcils si haut qu'ils ont presque disparu sous la visière de sa casquette de baseball. Il était l'un des plus grands donateurs des Boosters Athlétiques de L'anse MacKellar, chose que je savais uniquement grâce à mon poste d'entraîneur. Hudson avait joué pour MCHS et était une star, mais une blessure au genou avait mis fin à sa carrière universitaire. Il aurait pu avoir mon poste d'entraîneur s'il l'avait voulu. Il était deux fois meilleur joueur que je ne l'avais jamais été.

— Merde, mon vieux, ça craint. Je pensais que tu avais de meilleures techniques que ça.

J'ai levé les yeux au ciel pendant qu'il ricanait. — Ouais, ouais.

— Tu ferais mieux de te ressaisir, parce qu'elle vient de te repérer.

— Quoi ?

Hudson a pincé les lèvres et a hoché la tête, s'éloignant pour me laisser seul avec Valentina.

— Salut, a-t-elle dit en se glissant sur le tabouret à côté de moi.

J'ai tourné la tête et souri. — Salut. Je ne savais pas que tu étais là.

— Pareil. Anna m'a dit que Hudson lui avait mentionné que tu étais ici toute la semaine. Je me demandais pourquoi je n'avais pas eu de tes nouvelles.

J'ai haussé les épaules. Notre dernier dîner s'était si bien passé, pourquoi essayer à nouveau ?

— Est-ce que c'est parce que je t'ai embrassé ? Je suis désolée. Je ne voulais pas créer de malaise entre nous.

— C'est rien. Ce n'est pas ça.

— Alors c'est quoi ?

— Je ne voulais plus envahir ton espace. J'en ai trop profité.

— Pas le moins du monde. Tu es mon meilleur ami, Bee. Je veux toujours que tu sois là.

J'ai expiré lentement, essayant de laisser partir la douleur. Elle ne le pensait pas vraiment, mais je n'allais pas la contredire.

— Viens dîner chez moi demain soir.

J'ai hésité. Je n'avais aucune envie de revivre ce qui s'était passé le week-end précédent.

— Les filles seront là. Je te le promets. Il ne se passera rien de bizarre. Je garderai mes mains pour moi.

J'ai forcé un sourire. Ce n'était pas ce que je voulais d'elle, mais c'était mieux ainsi. Nous devions redevenir amis. Rien d'autre. Juste amis.

— Ça me va.

— Parfait. Elle a regardé mon assiette. — Hé, comment t'as eu une salade ?

— Charlie m'en a préparé une. Je crois qu'il a eu pitié de moi vu que je demande tous les soirs s'ils ont de la salade.

— Pas mal. Je vais devoir redoubler d'efforts pour te convaincre de venir dîner chez moi si je dois rivaliser avec ça.

J'ai laissé échapper un petit rire en secouant la tête. — Aucune compétition sur l'endroit où je préférerais être. Mais ne le dis pas à Charlie.

Elle a souri et a fait mine de fermer ses lèvres avec une fermeture éclair, de les verrouiller et de jeter la clé imaginaire.

— Merci. Je lui ai fait un clin d'œil.

— Je vais retourner auprès d'Anna et Goldie, mais on est OK ?

J'ai hoché la tête. — Comme toujours, Vee. Passe une bonne soirée.

— Toi aussi.

Elle a hésité une minute, puis a serré mon bras avant de rejoindre ses amies.

J'ai refusé de la regarder s'éloigner.

LE PIRE JOUR était toujours celui où je rendais les contrôles notés. Surtout quand un ou deux élèves avaient complètement raté le test. C'était encore pire quand les élèves concernés faisaient partie de mon équipe.

Comme Kevin.

Je me suis déplacé dans les allées de la salle de classe et j'ai distribué les examens. Beaucoup d'élèves ont exhalé de soulagement en voyant leur note, mais la tension a augmenté au fur et à mesure que j'avançais dans la salle. Quand je suis arrivé au bureau de Kevin, j'ai attendu. Au-dessus de sa note, il y avait une annotation lui demandant de rester après le cours pour qu'on puisse discuter. Il m'a regardé et a hoché la tête, puis j'ai continué.

J'ai passé la période de cours à réviser l'examen pour que tout le monde comprenne ses erreurs. Je m'attendais à ce que les élèves suivent et fassent les corrections.

La sonnerie a retenti, et tout le monde s'est levé. J'ai attendu près de l'avant de la salle que les élèves sortent, puis je me suis concentré sur Kevin.

Il avait son sac à dos jeté sur une épaule, un air agacé sur le visage, et les lèvres pincées. Son esprit était fait. Il en avait assez.

—Je sais que c'est votre première année ici, donc je ne suis pas sûr que vous connaissiez la politique de l'école concernant les notes et le sport.

—Ouais.

—Alors vous savez que cette note vous met en-dessous de la moyenne et signifie que vous ne pourrez pas participer à la prochaine rencontre à moins d'améliorer votre note.

—Peu importe.

L'envie de lui répondre sèchement était forte, mais j'avais appris au fil des années que lorsque les enfants se comportaient comme Kevin, la situation était plus complexe.

—Tu es un coureur doué, Kevin. Et tu es un élève intelligent. Je ne veux pas que tu abandonnes.

—Pourquoi ? Parce que j'ai un avenir prometteur ? Vous ne savez rien de moi.

—Alors parle-moi de toi.

La sonnerie du prochain cours a retenti, et un regard paniqué a traversé son visage. —Je dois y aller.

—Je te donnerai un mot d'excuse. Parle-moi. Qu'est-ce qui se passe ?

Kevin m'a regardé comme s'il ne faisait pas confiance à mes questions. Comme s'il ne croyait pas que je voulais l'aider.

Il y avait toujours une séparation entre les élèves et les professeurs, mais il faisait aussi partie de mon équipe. Cela aidait généralement à créer un meilleur lien. Un lien que Kevin ne semblait pas ressentir.

— Je suis disponible pour du tutorat après les cours. Il y a du temps avant l'entraînement si vous avez besoin d'aide. Les erreurs que vous avez faites étaient toutes mineures. Des choses qui donnaient l'impression que vous vous précipitiez plutôt que vous ne compreniez pas ce qui se passait.

— Quelle différence ça fait ?

— Ça fait une grande différence. Je veux vous aider.

— Je ne crois pas ça.

— Je ne sais pas comment les choses fonctionnaient dans votre ancien établissement, mais ici nous aidons nos élèves. Je veux vous aider.

— Je ne peux pas rester après les cours. Je dois aller en espagnol. Je suis en retard dans cette matière, et elle m'aide.

— Et plus tard ? Ou avant les cours ?

— Ne vous inquiétez pas. Je ne peux pas le faire. Je dois y aller.

— Kevin...

Il est sorti de la classe sans un mot de plus. Sans mot d'excuse. Sans aucune explication.

Je n'étais pas d'accord avec ça. Je comprenais qu'il soit frustré, mais pourquoi n'était-il pas disposé à me laisser l'aider ?

J'ESSAYAIS TOUJOURS de trouver la réponse à cette question quand je suis arrivé à l'entraînement. Kevin s'échauffait avec son groupe habituel, mais il m'a lancé un regard noir quand je me suis approché.

J'ai haussé un sourcil vers lui, essayant de lui faire

comprendre que je n'étais pas d'accord avec la façon dont il avait agi. Heureusement, il a hoché la tête. J'ai pris ça comme un bon signe. C'était mieux que l'attitude qu'il m'avait montrée plus tôt.

L'entraînement s'est bien passé. Nous avions une compétition le lendemain, donc Jana et moi avons prévu un entraînement court pour nous assurer que les jeunes ne soient pas épuisés pour la rencontre. Quand c'était terminé, je me suis approché de Kevin.

— Nous devons encore parler.

— Est-ce que je suis hors de l'équipe ? demanda-t-il doucement.

— Non. Je ne veux pas que tu quittes l'équipe maintenant, et je ne veux pas que tu la quittes à l'avenir. Je sais combien il est précieux de faire partie de quelque chose de plus grand que soi. Est-ce que tu veux rester dans l'équipe ?

Sa tête se redressa brusquement, la surprise colorant son visage. — Oui. Si je peux.

— Bien. Alors nous devons trouver un moyen d'améliorer ta note dans mon cours.

Kevin hocha la tête. — D'accord, mais je ne sais pas quand.

— Est-ce que tu as des heures d'étude ?

Kevin hocha de nouveau la tête.

— À quelle période ?

— Septième.

— Tous les jours ?

Il hocha encore une fois la tête.

— J'ai une période libre à ce moment-là. Je vais contacter ton professeur d'étude et ton conseiller d'orientation pour qu'ils acceptent que tu viennes dans ma salle. Tu es d'accord avec ça ?

— Ouais. Euh, merci, Coach.

— De rien. Je veux vraiment t'aider.

Il hocha la tête, puis s'éloigna en trottant.

Je l'ai observé jusqu'à ce qu'il monte dans un camion et qu'ils quittent le parking.

— Tout va bien ? demanda Jana.

— Ça ira. Il est en train d'échouer à mon cours, mais je vais lui donner des cours particuliers.

— Est-ce qu'il peut participer à la compétition demain ?

— Les notes ne sont pas mises à jour avant dimanche soir.'

Jana'a haussé les sourcils. — Tu temporises ?'

— Oui, mais pas à cause de lui. Il sera absent la semaine prochaine.'

— Quand nous n'avons pas de compétition ?'

J'ai haussé les épaules. — C'est juste comme ça que les choses se sont organisées.

Elle a ri. — Comme c'est pratique.

— Je ne fais rien de différent de ce que je fais habituellement. J'ai des années d'expérience qui valident mon processus. Si j'entrais les notes maintenant et les mettais à jour, ce serait une anomalie, et cela pourrait attirer une attention non désirée.

— Tu as raison. C'est bon. Tu le remettras sur la bonne voie.

— Je vais faire de mon mieux.

Elle m'a fait un signe de la main alors que le dernier élève quittait le parking, puis elle m'a souhaité bonne nuit et s'est dirigée vers son véhicule.

Je suis monté dans mon véhicule utilitaire sport et me suis rappelé que j'avais accepté de dîner avec Valentina ce soir. J'aurais dû me réjouir. Je l'étais. En quelque sorte.

Tout irait bien.

J'AI GROGNÉ et levé les yeux au ciel face à ma bêtise. Je me comportais comme un idiot. À débattre de ce que je devais porter alors que ça n'avait aucune importance. Je pourrais mettre un costume trois pièces, elle s'en ficherait. Valentina ne me voulait pas. Pas vraiment.

J'ai attrapé un t-shirt MCHS XC et un short confortable et décontracté. Je n'allais certainement pas m'habiller chic pour dîner chez les Hayes.

Arrivé devant leur maison, j'ai hésité à nouveau. Je n'avais jamais été nerveux en sa présence, mais tout avait changé maintenant que je savais ce que c'était que de l'avoir dans mes bras. De sentir mes lèvres contre les siennes. De la goûter, de la toucher et de la savourer.

Une fois, c'est tout. C'est tout ce que j'avais eu. C'était nul, surtout parce que j'étais à moitié excité rien qu'en y repensant, mais je ne pouvais rien y faire. Nous étions amis. Juste amis.

J'ai sonné à la porte et j'ai attendu qu'elle vienne ouvrir. Quand elle l'a fait, j'ai failli perdre ma bataille avec ce fourbe glissant qu'on appelle la volonté.

Valentina avait tiré ses boucles sauvages en arrière avec un bandeau élastique assorti au t-shirt violet qu'elle portait. Ses joues étaient parsemées de farine, et son short était à peine assez long pour être qualifié de short plutôt que de culotte. Ses longues jambes brunes étaient épaisses et galbées, et suppliaient d'être enroulées autour de mes épaules pendant que je me perdrais dans son doux centre.

—Bee ?

—Oui, quoi ?

—Pourquoi tu n'as pas utilisé ta clé ? Ou simplement entré directement. Je n'arrête pas de te dire que tu n'as pas besoin de sonner.

Elle a ri en s'éloignant de la porte, me laissant la suivre

comme un des chiens de Pavlov. Bon sang, je ferais n'importe quoi pour la faire mienne.

Mais elle ne l'était pas.

Je l'ai suivie jusqu'à la cuisine avant de répondre à sa question. —Je ne veux pas tomber sur quelque chose que tu préférerais me cacher.

—Comme quoi ? Si tu passais à l'improviste et entrais sans prévenir, ça pourrait être bizarre, mais si je sais que tu viens, quelle différence ça fait ?

—On verra.

Elle m'a souri narquoisement, sachant que c'était le plus près qu'elle obtiendrait d'une capitulation de ma part.

—Bianca a demandé du poulet au ranch ce soir avec des pommes de terre et une salade verte. Ça te va ?

J'ai hoché la tête. —Elle a écouté à l'entraînement quand je leur parle d'alimentation saine.

—Oui. Elles ont toutes les deux écouté. Elles aiment essayer de nouvelles choses. On a mangé des choux de Bruxelles encore cette semaine.

—Sérieusement ?

Valentina a acquiescé, ses joues et ses yeux s'illuminant quand elle m'a regardé. —Oui. Tu nous inspires tous à manger plus sainement.

—Bien.

—Je considère ça comme faisant partie de ma découverte. Voir ce que j'apprécie.

—Comment se passe ta quête du plaisir ?

Elle plissa le nez et secoua légèrement la tête. —Pas terrible. Pour quelqu'un qui a toujours plein d'idées, j'ai l'impression d'avoir un trou noir.

—Comment est-ce possible ?

Elle haussa les épaules et évita mon regard. —Je ne sais pas. J'ai juste l'impression d'avoir tout essayé, tu vois ?

Je toussai pour masquer mon hoquet de surprise. —

Comme quoi ? Je me détestais pour avoir posé cette question. Ça n'allait que me torturer davantage. Mais j'avais accepté d'aider, et merde, c'était à des fins de recherche. Ouais, de la recherche. Bien sûr.

—Eh bien, le chocolat est évidemment le choix facile. Je l'ai mélangé avec du sel et des épices. J'ai fait toutes sortes de choses avec. Le fromage en est un autre si on part sur du salé. Il y a aussi le sucré et le salé ensemble. Des saveurs riches, décadentes, enivrantes. Je ne travaille pas autant avec le salé, mais même ça... Je ne sais pas. Je me sens juste bloquée.

Je posai la dernière assiette sur la table et la regardai attentivement. —Tu sais que le plaisir peut venir d'autres choses, n'est-ce pas ? Pas seulement de la nourriture ?

Elle leva les yeux au ciel et se détourna de moi. —Je sais, mais je viens de divorcer et je n'ai définitivement pas de relations sexuelles en ce moment donc... Elle s'interrompit avec un haussement d'épaules.

—D'abord, ton divorce a été finalisé il y a des mois. Ensuite, tu as dit que ça faisait un an avant ça que toi et Dawson... donc tu ne lui dois aucune loyauté. Et troisièmement, et c'est le plus important, je ne parlais pas nécessairement de sexe non plus.

Elle plissa les yeux vers moi d'un air interrogateur, comme si j'étais fou. —Tu es un homme séduisant et célibataire que toutes les femmes de la ville veulent mettre dans leur lit. Tu ne peux pas me faire croire que tu as des problèmes avec le sexe.

—Toutes les femmes ? la taquinai-je. Je pêchais des informations.

Elle leva les yeux au ciel et me donna une tape.

—Je suis trop vieux pour le sexe occasionnel et sans signification. Ça a perdu son attrait il y a des années. Mais je trouve du plaisir dans des choses tous les jours. Des choses qui n'ont rien à voir avec le fait d'avoir un orgasme, bien que je me fasse un point d'honneur à en avoir au moins un chaque jour aussi.

Elle se figea, quelque chose bloquant son cerveau.

J'attendis, espérant ne pas être allé trop loin.

— Tu trouves du plaisir dans les choses quotidiennes ? Comme quoi ?

Son ton suggérait qu'elle ne me croyait pas. Je suppose que je n'aurais pas dû être surpris. Une raison de plus pour botter les fesses de Dawson s'il montrait à nouveau son visage en ville. Aucune femme ne devrait passer la majeure partie de sa vie sans comprendre clairement ce qui lui procure du plaisir. Au lit ? Absolument. Mais dans la vie ? Oui, ça aussi.

— Je prends plaisir à courir au lever du soleil et à voir les premières lueurs éclaircir le ciel. Je prends plaisir à une longue douche chaude. Des draps propres sur mon lit. Le déclic chez un de mes élèves. Voir un jeune battre son propre record personnel. Parler à ma nièce et mes neveux au téléphone. Rendre visite à ma famille. Prendre un verre avec des amis. Préparer le dîner pour les gens que j'aime et les voir l'apprécier. Me détendre dans le jacuzzi après une longue journée. Les couchers de soleil et les premiers baisers et les massages, et oui, les orgasmes qui font frissonner tout mon corps et me coupent le souffle et font souffrir ma poitrine du désir de ressentir à nouveau cette sensation.

Valentina prit une inspiration tremblante. Ses pupilles étaient dilatées, ses tétons formant des pointes tendues sous son haut fin. Elle se lécha les lèvres et secoua la tête. — Ouais, j'aurais peut-être besoin d'un peu plus d'aide. Parce que je ne ressens rien de tout ça.

Je souris. — Alors je suppose qu'on a du travail à faire.

— **N**ous ? couina-t-elle. Tu veux toujours m'aider ?

— Bien sûr, oui. J'ai dit que je le ferais et je vais le faire. Surtout si tu n'arrives pas à penser à quoi que ce soit qui t'apporte du plaisir en dehors de la nourriture et du sexe.

— C'est juste que... je suis pathétique.

J'ai secoué la tête et j'ai tendu la main vers la sienne, la saisissant avant même de réfléchir à la façon dont ce contact allait remonter le long de mon bras et aller droit à ma queue. L'enfoiré exigeant se redressa pour se rapprocher d'elle, et putain si je ne voulais pas le laisser y aller à fond. Littéralement.

— Tu n'es pas pathétique, murmurai-je, luttant pour que ma voix ne trahisse pas à quel point je la désirais. Tu n'as pas eu à y réfléchir. Tu n'as pas eu le temps. Moi, je suis célibataire depuis une éternité. J'ai dû trouver des moyens de me divertir.

— Tu es sorti avec cette fille il y a quelques années. Megan ? Mandy ?

— Missy, lui rappelai-je.

— Oui ! C'est ça. Je pensais que vous étiez bien ensemble.

On était bien ensemble, mais Missy voulait que je déménage quand elle a trouvé un nouveau travail en Pennsylvanie, et je n'ai pas pu le faire. Je n'ai pas pu quitter Valentina. Ce qui n'avait aucun sens, même à l'époque, mais j'en étais incapable.

— Ça ne collait tout simplement pas. Et de toute façon, on parlait de toi. Quand est-ce que tu t'es rappelé la dernière fois où tu n'as pas pu t'empêcher de sourire pour quelque chose qui n'était pas lié à la nourriture ?

Je l'observais attentivement. Elle se mordait la lèvre. Elle pressait ses mains contre ses joues. Elle évitait de me regarder.

C'était quoi ce délire ?

— Euh, je ne sais pas.

— Tu ne sais pas ? On dirait que tu penses à quelque chose.

— Non. Rien. Rien du tout.

—Qu'est-ce que tu ne veux pas me dire ?

—Quand on s'est embrassés, d'accord ? Quand on s'est embrassés le week-end dernier, je n'ai pas pu m'empêcher de sourire, même si tu es partie d'ici comme si tu avais le feu aux fesses.

—Parce que tu as dit que c'était vraiment mauvais.

—Non, j'ai dit que c'était *presque* vraiment mauvais, et je parlais de Sam qui nous a surpris. J'étais prête à... Laisse tomber.

—Termine ta phrase, ai-je grogné.

Elle m'a regardé, les yeux écarquillés et voilés de désir.

Je me suis rapproché d'elle, ayant besoin de sentir sa chaleur. —Dis-le, Vee.

—J'étais prête à te chevaucher, a-t-elle murmuré.

Je n'ai pas réfléchi, j'ai simplement réagi. Je l'ai attirée contre moi si vite qu'elle n'a pas pu protester. Ma langue a plongé entre ses lèvres, savourant le goût dont j'avais eu envie pendant une semaine. Pendant toute une vie.

J'ai tiré sur ses cheveux pour incliner sa tête, et elle a gémi. Elle l'a fait à nouveau quand j'ai fait glisser mes dents le long de sa mâchoire et que j'ai sucé le pouls qui battait à la base de sa gorge.

—Ça te fait plaisir, hein ? ai-je murmuré contre sa peau.

—Qu- quoi ?

—Que je t'embrasse ? C'est à ça que tu pensais ?

—Oui.

—Bien. Je vais quand même t'aider.

—Vraiment ?

J'ai mordillé sa mâchoire et serré sa hanche. —Ouais. Il y a plein de choses qui peuvent te faire du bien. Peut-être pas aussi bien, mais bien quand même. Et je vais t'aider à les trouver.

— Pas ça ?

J'ai ri doucement et fait un pas en arrière. Cette femme était suffisamment puissante pour me brouiller l'esprit et me faire oublier qu'elle était mon amie et non quelqu'un en qui je serais enfoui plus tard ce soir. — Pas ça. Ce n'est pas ce que tu cherches. Tu l'as déjà dit toi-même.

— Mais...

— Demain matin. Course au lever du soleil. Ou marche, si tu préfères. Tu es partante ?

Elle a ouvert et fermé la bouche plusieurs fois, clignant des yeux en même temps. Elle était beaucoup trop mignonne et beaucoup trop tentante. J'avais besoin d'une barrière. D'une séparation. Elle sortait d'une rupture, ou quelque chose comme ça, et elle ne cherchait rien de sérieux. J'étais déjà trop atteint pour lui résister, même en sachant que cela me détruirait quand ça se terminerait.

Mais je pouvais lui montrer ce qu'était le plaisir. En dehors de la chambre.

— Marche, a-t-elle finalement dit. — Mais au lever du soleil ?

J'ai hoché la tête. — Le meilleur moment de la journée. Ce sera magnifique.

Elle a grommelé. — Ça a intérêt à l'être.

J'ai ri et embrassé le côté de sa tête alors que les voix de Bianca et Samantha nous parvenaient. Les renforts étaient arrivés sous la forme d'adolescentes tue-l'amour.

Définitivement quelque chose dont je n'aurais jamais pensé me réjouir.

J'ÉTAIS de retour à la porte de Valentina juste avant six heures le lendemain matin. J'ai levé la main pour frapper, mais je ne voulais pas risquer de réveiller Bianca et Samantha si elles n'étaient pas encore debout. Si. Ha ! Je savais pertinemment qu'elles n'étaient pas levées.

J'ai essayé la poignée, mais c'était fermé à clé. Heureusement. J'ai sorti mes clés et déverrouillé la porte aussi silencieusement que possible.

Il y avait une lumière allumée dans la cuisine, et l'odeur du café remplissait l'air. J'avais apporté de l'eau pour nous, mais le café était presque aussi agréable au réveil que Valentina le matin.

Elle sortit de la cuisine avec une tasse portée à ses lèvres. Elle s'arrêta quand elle me vit. Elle abaissa sa tasse et sourit. —Tu as finalement écouté.

—Je ne voulais pas réveiller les filles, dis-je.

Elle hocha la tête et retourna à son café. —Doit-on vraiment faire ça ?

Je secouai la tête. —Nous n'avons à faire que ce que tu veux faire.

—Mais toi, tu veux le faire. Ce n'était pas une question.

Elle essayait quelque chose parce que je le voulais, pas parce qu'elle y était intéressée.

—Je ne cherche pas à te changer. Si tu veux retourner dormir, je m'en irai. Sans poser de questions. Je voulais simplement t'offrir des options auxquelles tu n'avais pas encore pensé.

Elle soupira et acquiesça. —Tu as raison. Je me comporte comme une gamine. Laisse-moi prendre mes baskets et on peut y aller.

—Tu peux emporter ton café.

Elle ricana. —Tu pensais vraiment que j'allais le laisser derrière ?

Je ris avec elle, souriant tandis qu'elle chuchotait à son café en se dirigeant vers sa chambre.

Elle revint peu après, avec des baskets bleues assorties à son legging noir et bleu et à sa veste zippée bleue. Elle me lança un regard faussement noir et me précéda dehors.

Je fermai la porte à clé derrière nous pendant qu'elle finissait son café et posait la tasse sur la table du porche.

Elle se tourna vers moi, un sourcil levé, et demanda, —Où allons-nous ?

—Au lycée, en fait. Il y a un bon endroit pour observer le lever du soleil.

Elle grommela encore. —D'accord.

Je souris une fois qu'elle se fut détournée. Je ne m'attendais pas à ce qu'elle soit si contrariée d'être debout si tôt.

Elle est montée dans mon véhicule utilitaire sport et a boudé pendant que je conduisais. Le ciel avait encore cette couleur bleu sombre, trouble, quand nous nous sommes garés à l'école. Je voulais qu'elle apprécie le lever du soleil comme moi, même si elle n'était manifestement pas fan des matins.

Nous sommes arrivés au terrain de baseball avant que le ciel bleu nuit ne se dissipe. Des traînées de bleu clair filtraient à travers l'obscurité, rejointes par des teintes roses et violettes. Les nuages étaient filamenteux, étirés à l'horizon comme s'ils en émergeaient. Des arbres bloquaient une partie de la vue, mais le calme du matin me donnait toujours l'impression d'être la seule personne aux alentours. Comme si j'avais le monde pour moi tout seul.

— D'accord, c'est joli, a admis Valentina.

J'ai ri, secouant la tête face à son ton réticent. — Je suis si heureux que tu puisses voir la beauté du monde qui nous entoure.

— Je n'ai jamais aimé les matins. Comment peux-tu ne pas le savoir ?

J'ai haussé les épaules. — Je suppose que c'est parce que je n'ai jamais passé la nuit avec toi.

Je ne voulais pas que ça sonne comme ça, mais une fois les mots sortis, ils sont restés suspendus entre nous. Nous étions au bord de quelque chose, quelque chose qui pourrait ruiner notre amitié ou nous rapprocher plus que ce que nous avions jamais imaginé. Mais je n'étais pas sûr que nous ayons le courage de sauter dans le vide pour découvrir ce qui arriverait.

— C'est vrai, a-t-elle dit après une longue minute.

— Marchons. Il y a beaucoup d'espace ici. D'habitude, je cours depuis chez moi jusqu'ici, je regarde le lever du soleil, puis je rentre en courant.

— Pourquoi on n'a pas fait ça ?

— Tu ne voulais pas courir.

Elle a secoué la tête. — On aurait pu marcher.

— Ça aurait voulu dire se lever plus tôt.

Elle a froncé les sourcils. — Bon argument. Allons marcher.

J'ai souri en la voyant s'éloigner d'un pas lourd et me suis dépêché de la rattraper. Nous avons marché côte à côte en silence pendant quelques minutes. De temps en temps, elle levait les yeux vers le ciel qui s'éclaircissait et souriait. Je n'ai rien dit, la laissant simplement profiter du soleil matinal et de la chaleur qui nous enveloppait pendant notre promenade.

Après un moment, elle a dézippé son haut et l'a laissé s'ouvrir. Elle portait en dessous un débardeur rose pâle moulant qui soulignait ses tétons durcis et accentuait son ventre arrondi.

— Il commence à faire chaud.

— Ouais.

— C'est pour ça que tu portes un short ?

J'ai ri. — Ouais. J'en ai l'habitude. Je fais ça tous les samedis avant une compétition.

— Tu es fou.

Je n'ai pas répondu. Je n'ai pas toujours aimé les matins. Quand j'étais plus jeune, c'était douloureux de me traîner hors du lit. Enseigner au lycée et être debout et hors de la maison juste après le lever du soleil me donnait toujours l'impression d'être pressé. J'ai commencé à me lever plus tôt le matin pour avoir le temps de me détendre et commencer ma journée comme je le voulais au lieu de me précipiter.

— J'aime bien le calme, cependant.

— Moi aussi.

Nous avons marché un peu plus loin, prenant le chemin autour de l'école et revenant à l'endroit où j'avais garé. Si j'avais été seul, j'aurais fait un autre tour, mais je ne voulais pas la pousser trop loin.

— Tu dois rentrer chez toi ? a-t-elle demandé.

J'ai secoué la tête. — Pas encore. Qu'est-ce que tu voulais faire ?

— On peut marcher encore un peu ?

— Bien sûr.

Nous avons fait un autre tour autour de l'école, profitant du silence au lieu de parler. Elle était la seule personne avec qui j'avais pu être silencieux. La seule avec qui je ne ressentais pas le besoin de combler les silences par du bruit.

Quand nous sommes revenus au parking pour la deuxième fois, elle a pris une profonde inspiration et l'a relâchée lentement. — Merci pour ça. Je ne suis pas sûre que ça devienne une routine pour moi, mais j'ai apprécié. Avoir ce calme pour organiser mes pensées, c'est bien.

—Bien.

—C'est tout ce que tu fais ? Chaque samedi matin, tu cours jusqu'ici, tu regardes le lever de soleil, puis tu rentres chez toi ?

—Parfois.

—Quoi d'autre ?

—À peu près une fois par mois, je réserve un massage.

—Vraiment ?

J'ai hoché la tête. —Il y a une masseuse au cabinet du Dr Monroe. Ils travaillent ensemble avec certains patients : il fait des ajustements chiropratiques, et elle fait des massages thérapeutiques. Elle se concentre sur mes jambes, parfois sur le bas de mon dos.

—Je ne me souviens même pas de la dernière fois que j'ai eu un massage.

—Nous avons une heure si tu veux que je t'en fasse un. L'offre est sortie avant même que j'aie pu y réfléchir. Poser mes mains sur tout son corps ? Oui, s'il vous plaît. Mais le garder non sexuel ? À quoi pensais-je ?

—Eh bien, si cela fait partie de tes recommandations pour les choses qui pourraient me procurer du plaisir, alors je suppose que je ne peux pas refuser.

J'ai acquiescé, déglutissant difficilement. J'étais foutu.

Nous sommes retournés chez moi puisque les filles dormaient probablement encore. Le bus pour notre rencontre ne partait pas avant neuf heures, et Valentina a dit qu'elles se lèveraient plutôt vers huit heures.

Je nous ai fait entrer et j'ai réfléchi à l'endroit où elle pourrait s'allonger. Le lit était le choix évident, mais pas une bonne idée. Le canapé ?

—Peut-on aller sur la terrasse ? a-t-elle demandé.

—Bonne idée. J'avais des chaises longues autour du jacuzzi et des bancs sur un côté de la terrasse. C'était parfait.

Valentina a choisi une chaise longue et l'a mise à plat. Elle s'est allongée sur le ventre, reposant sa tête sur ses mains. — Ça va comme ça ?

J'ai hoché la tête. —Oui. Parfait.

Ses jambes étaient complètement couvertes par son pantalon, mais elle avait enlevé sa veste à fermeture éclair, ne gardant que son débardeur rose. Celui-ci remontait juste assez pour dévoiler une fine bande de peau entre le tissu et son pantalon, me donnant envie de parcourir son dos de ma langue.

Mais je n'ai pas cédé. C'était pour elle, pas pour moi. J'ai pris l'une de ses jambes, laissant son genou se plier. Je me suis assis là où se trouvait son pied et j'ai posé sa jambe sur mes genoux. Avec mes pouces, j'ai tracé une ligne le long de son mollet jusqu'à l'arrière de son genou.

Elle a gémi.

Et j'ai failli perdre tous mes moyens.

Un simple son ne devrait pas être aussi enivrant, mais il venait de Valentina, alors il l'était.

J'ai continué, massant sa jambe jusqu'à ce que toute la tension la quitte. Je suis passé à l'autre, répétant le processus et la laissant sans force. Je suis remonté plus haut, travaillant ses ischio-jambiers et ses fessiers, puis faisant de petits cercles sur le bas de son dos.

—On aurait dû sauter la promenade et faire directement ça.

Je ne pouvais pas être plus d'accord.

Elle s'est retournée, et j'ai massé l'avant de ses jambes. Ses tibias étaient tendus, et ses cuisses chaudes. J'ai utilisé mes deux mains pour soulager la tension dans ses cuisses, en prenant soin d'éviter de m'approcher trop près de son intimité.

—Tu as des mains incroyables, a-t-elle gémi.

Je me retenais à peine et j'avais besoin de me changer les idées pour ne pas penser à quel point ce serait bon de lui baisser son pantalon et de continuer à masser tout son corps.

—Est-ce que Dawson te faisait des massages ?

Elle a pouffé. —Dawson ne faisait rien. Je ne pense pas qu'il m'ait fait un seul massage en plus de vingt ans.

—C'est dingue.

Elle a haussé les épaules. —Il n'aimait pas trop le contact. Sauf quand c'était pour le sexe. Elle a grimacé. —Désolée. Tu n'as probablement pas envie d'entendre ça.

—Tu peux tout me dire.

Elle soupira. —C'est le seul homme avec qui j'ai jamais couché. Tu sais à quel point ça me semble fou ?

—Je ne trouve pas ça fou. Il était ton premier amour. Et ton mari.

—Il n'était pas mon premier amour, mais il a été mon premier pour tout le reste.

J'avais envie de lui demander qui était son premier amour, mais j'avais l'impression de connaître la réponse. Après sa confession du week-end précédent, on dirait que nous avions ça en commun, mais nous étions tous les deux trop aveugles pour l'avoir compris à l'époque.

Je souris intérieurement, me sentant ridiculement heureux de sa confession à demi-mots. —Tu pensais que tu serais avec lui pour toujours. Tu trouveras quelqu'un d'autre quand tu seras prête.

Elle se redressa sur ses coudes et me fixa du regard. —Je peux te demander quelque chose ?

—Bien sûr.

—Avec combien de femmes as-tu couché ?

—Quoi ?

—Combien ? C'est quoi ton chiffre ?

—Euh, pourquoi veux-tu savoir ça ? —Mon cœur s'accéléra à l'idée de lui dire la vérité. Je n'étais pas sûr de ce qu'elle penserait de moi.

—Je suis juste curieuse. Je veux dire, qu'est-ce qui est normal pour quelqu'un de notre âge ?

—Eh bien, je ne suis probablement pas dans la norme puisque je n'ai jamais été marié.

—Donc on fait la moyenne de nos chiffres. Le mien est un, et le tien est...

—Euh... Vingt-trois ?

—Vingt-trois ? —s'écria-t-elle. —Vingt-trois ? Tu as couché avec vingt-trois femmes ?

—Raconte-le à tous mes voisins. S'il te plaît. Je me suis levé et me suis éloigné d'elle. De retour à l'intérieur, dans ma cuisine démolie. Elle ressemblait à ce que je ressentais.

Je savais que lui dire la vérité était une mauvaise idée. Je savais qu'elle ne comprendrait pas. Elle ne saisirait pas que j'avais passé toutes mes années universitaires à essayer d'éviter de la voir avec Dawson, et puis j'avais passé les vingt et quelques années suivantes à essayer de l'oublier. J'ai fait ce que tout le monde conseillait : passer à autre chose, me consoler dans les bras d'une autre.

Et ça n'a jamais fonctionné.

Je l'ai entendue entrer dans la cuisine, mais je ne me suis pas retourné. J'ai avalé d'un trait l'eau que j'avais prise du frigo, me concentrant sur ça plutôt que sur la honte qui me rongeait de l'intérieur.

—Je suis désolée. Je ne voulais pas crier.

J'ai hoché brusquement la tête, mais je ne me sentais pas mieux pour autant.

—Et je ne voulais pas avoir l'air de te juger.

—Parce que ce n'est pas ce que tu faisais, ai-je dit avec sarcasme.

—Non. Je veux dire, ça sonnait comme ça, mais c'est plus que je suis...

—Tu es quoi ? Horrifiée ? Honteuse ? Parce que j'ai couché avec beaucoup de femmes.

—Jalouse, a-t-elle murmuré.

—Quoi ? Je ne pouvais pas l'avoir bien entendue.

—Je suis jalouse. Je n'ai pas fait l'amour depuis plus d'un an, et la seule personne avec qui j'ai couché était Dawson. C'était bien, mais ce n'était jamais comme ce dont certaines personnes parlent. C'était suffisant. Ça semble horrible, mais c'est vrai. Le sexe m'intéressait à peine. C'est pourquoi je ne voulais pas que toute cette Quête du Plaisir soit centrée sur le sexe. Parce que je n'ai jamais connu de sexe qui bouleverse ton monde, qui fait frémir ton corps, qui fait battre ta poitrine. Je n'ai jamais eu de relations sexuelles aussi bonnes que l'était t'embrasser.

—Bon sang, ai-je soufflé.

Elle fit un pas vers moi, son regard sombre se verrouillant au mien sans le lâcher. —Mais tu as couché avec vingt-trois femmes. Vingt-trois femmes qui ont eu la chance d'être choisies par toi, qui ont pu expérimenter le genre de sexe dont tu parles. Je ne me suis jamais beaucoup souciée du sexe parce que ça n'a jamais été si bon pour moi, mais je suis jalouse de ces femmes, et de toi. Parce que j'étais parfaitement contente de ne plus me préoccuper du sexe jusqu'à ce que tu m'embrasses. Mais maintenant je veux savoir ce qui d'autre peut procurer autant de plaisir. Qu'est-ce que tu peux bien faire pour que vingt-trois femmes rentrent chez toi ?

—Vee... Je voulais la toucher, tendre la main vers elle, mais si je le faisais, je n'étais pas sûr de pouvoir la lâcher.

—C'est bon. Je ne te demande rien. Je ne veux pas gâcher

notre amitié. Pas parce que je suis curieuse de savoir à quel point un orgasme peut être bon avec une autre personne.

—Putain de merde, ai-je gémi. Ma queue a tressailli à ses mots. Je voulais voir ça. La regarder. Être là avec elle.

—Quoi ? Désolée, je n'ai pas le droit de dire à mon meilleur ami que j'apprécie le sexe en solo ?

—Non. Tu peux tout me dire. J'ai ravalé le fait que je gardais le reste de sa confession pour ma propre séance de sexe en solo.

—Merci. Elle a forcé un sourire aussi fragile que la distance qui grandissait entre nous. Une petite traction et il se briserait.

Je l'ai regardée fixement, mon regard dérivant vers ses lèvres. Je me suis rapproché d'elle, inconsciemment. J'étais presque assez proche pour la toucher quand une alarme a retenti depuis le salon, brisant la connexion fragile entre nous.

Valentina a détourné le regard, la déception et le soulagement se mêlant sur son visage avant qu'elle ne dissimule les deux. —C'est pour réveiller les filles. Je dois y aller.

—Je vais te raccompagner chez toi.

—Merci.

—Et, Vee ?

—Oui ?

—J'apprécie vraiment ta Quête du Plaisir.

Elle a souri. —Moi aussi.

VALENTINA

Je n'étais pas aussi fatiguée que prévu quand le soir est arrivé. Après m'être levée avant le soleil, je pensais que je traînerais des pieds, mais il y avait quelque chose dans le lever du soleil qui m'avait revigorée.

Pas que je prévoie de me lever aussi tôt à nouveau, mais c'était une bonne expérience.

Les filles ont bien couru à la compétition, et pour célébrer, je leur ai dit que nous pouvions sortir dîner. Par miracle, elles se sont mises d'accord sur l'endroit. Will Work For Burgers avait toujours été un favori de la famille, mais cela ne signifiait pas qu'il n'y avait pas habituellement des disputes sur à qui c'était le tour de choisir le dîner.

Nous nous sommes toutes douchées et changées après la compétition, puis nous sommes allées au restaurant bondé. Nous avons dû attendre un moment avant que ce soit notre tour, et pendant que nous étions là, les filles ont vu une demi-douzaine d'amis avec leurs parents.

Finley, Trent, Xavier et Karissa finissaient tout juste de dîner avec leurs enfants lorsque nous nous sommes éloignées du comptoir. Ils nous ont fait signe de venir et nous ont demandé si nous voulions leur table.

—Merci. Et salut, ai-je dit en les serrant tous dans mes bras. —Vous avez évité la ruée.

—De justesse, a dit Finley. —Heureusement, George a aussi dormi pendant le dîner, ce qui nous a permis d'en profiter.

—Il est trop mignon, a dit Bianca. Elle s'est penchée et a gazouillé au bébé tandis qu'il gargouillait et riait. Il devenait rapidement plus un bambin qu'un bébé, mais il me faisait toujours mal au cœur. Une part de moi avait toujours voulu plus d'enfants.

—Merci, a dit Finley. —C'est un bon petit. Très heureux.

—Ouais, on va le garder, a plaisanté Trent.

Finley a ri et a secoué la tête devant son mari. —Il dit ça comme s'il avait le choix. Il sait qu'il partirait avant le bébé.

J'ai ri avec Finley. Je savais qu'elle plaisantait, mais la remarque me touchait personnellement. J'aurais choisi mes filles plutôt que Dawson n'importe quel jour, et finalement, c'est ce que j'ai fait.

—Nous parlons de bébés en cours de santé, dit Bianca. Je dois apprendre la réanimation cardio-pulmonaire. Si vous avez besoin d'une baby-sitter un jour, je serais ravie de vous aider.

Finley et Trent se regardèrent et hochèrent la tête. Merci, dit Finley. Nous te ferons savoir. Je vais être honnête, nous ne sortons pas beaucoup, mais c'est toujours bien d'avoir des baby-sitters.

Bianca acquiesça. Son regard était rivé sur George. Il tenait son doigt et le balançait comme s'il dirigeait un orchestre, utilisant son doigt comme baguette.

—Il t'aime beaucoup, dit Trent, en les observant. Je ne l'ai jamais vu aussi attiré par quelqu'un.

—Les bébés m'aiment bien. Je ne sais pas pourquoi. Bianca haussa les épaules.

—Ça a toujours été le cas. Je pense que c'est le truc de grande sœur, dis-je. Samantha s'intéressait toujours à ce que faisait Bianca. Bianca surveillait sa sœur et s'assurait qu'elle regardait tout. Elle est captivante.

—Maman, gémit Bianca.

—Quoi ? C'est vrai. Et tu as dit que les bébés t'aimaient bien.

Bianca leva les yeux au ciel et se laissa tomber sur un siège comme si j'étais la pire chose au monde.

—Les adolescents sont géniaux, n'est-ce pas ? chuchota Xavier. McJenna était assise à côté de Bianca, leurs têtes rapprochées pendant qu'elles discutaient.

Je secouai la tête. J'aurais dû en avoir une douzaine de plus.

Xavier laissa échapper un rire étouffé. Tout à fait ! Je n'arrête pas de dire à J qu'elle comprendra quand elle aura des enfants.

—Je parie qu'elle adore ça, dis-je en riant.

Karissa hocha la tête à côté de lui, levant les yeux au ciel avec humour et compréhension.

— Oh, oui. Quand elle ne trouve pas ça dégoûtant, j'en parle même volontiers. Mais je ne suis pas stupide non plus. Elle est assez grande pour que je m'inquiète dès qu'elle n'est plus dans mon champ de vision.

— Tout le temps. C'était bon d'avoir d'autres parents qui comprenaient.

— Numéro trois-quatre-neuf ! cria l'homme au comptoir.

— C'est nous ? demanda Samantha.

J'ai fait oui de la tête. — Tu veux aller chercher la nourriture ?

— Ouais. Sam se leva d'un bond et se fraya un chemin à travers la foule jusqu'au comptoir.

— On devrait y aller. Vous laisser manger. Content de t'avoir vue, dit Finley.

— Moi aussi. À demain. J'étais devenue une habituée du club de lecture et je sentais enfin que non seulement j'y avais ma place, mais que j'y prenais plaisir.

Une chose de plus dans ma quête de plaisir qui n'avait rien à voir avec la nourriture ou le sexe.

— À demain alors, dit Finley, alors que George commençait à s'agiter.

Sam revint avec notre nourriture, et nous nous sommes installées à trois à une extrémité de la grande table pour laisser d'autres personnes prendre les places restantes. Nous étions à mi-chemin de nos burgers quand Bianca posa le sien et regarda autour d'elle.

— Qu'est-ce qu'il y a ? demandai-je. Je voyais les rouages tourner dans sa tête et je savais que quelque chose se préparait.

— Finley et Trent se sont mariés après avoir eu George, c'est ça ?

J'ai fait oui de la tête. — Oui. Pourquoi ? Je connaissais l'histoire, mais je n'étais pas sûre de vouloir raconter à mes filles adolescentes l'histoire d'amis qui avaient eu un coup d'un soir, s'étaient retrouvés avec une grossesse, et s'étaient mariés plus tard. C'était une belle histoire, mais pas le modèle que j'espérais que mes enfants suivraient.

— Ça me fait juste du bien de voir que les choses ont bien tourné pour eux. McJenna m'a dit que son père et Karissa étaient amoureux à l'université, mais qu'il ne voulait pas déménager ici. Un peu comme Papa.

J'ai posé mon hamburger dans le panier et j'ai essayé de formuler ma réponse. Puis je me suis arrêtée. Je devais la vérité à mes filles, pas une version manipulée conçue pour faire paraître leur père sous un meilleur jour.

—C'est vrai. Il s'est beaucoup plaint de devoir déménager ici.

—Même après votre déménagement ? a demandé Samantha.

J'ai hoché la tête. —Tout le temps. J'avais trouvé un emploi ici, et lui n'en avait pas, alors il a déménagé avec moi. Mais il n'a jamais été content de cette situation. Je ne pense pas qu'il ait été heureux jusqu'à ce qu'il trouve un travail en dehors de la région qui l'obligeait à voyager.

—Et qu'il rencontre d'autres femmes, a grommelé Bianca.

—Malheureusement, oui.

—Pourquoi a-t-il fait ça ? a demandé Samantha.

—Je ne le comprendrai jamais. Mais je n'ai pas besoin de comprendre. Comme nous en avons déjà parlé, il y a des personnes qui ne feraient jamais quelque chose comme ça. Ce sont ces personnes-là que je veux dans ma vie.

—Comme Tonton Brantley.

J'ai acquiescé. —Comme Tonton Brantley.

—J'espère trouver quelqu'un comme Tonton Brantley ou Trent ou Xavier plutôt que quelqu'un comme Papa, a dit Bianca.

J'ai pris sa main et l'ai serrée. —Moi aussi, ma chérie. Moi aussi.

J'ÉTAIS les mains plongées dans la farine quand mon téléphone a sonné pour m'annoncer un message mardi après-midi. Ce n'était pas la sonnerie que j'avais configurée pour les filles, mais cela ne signifiait pas que ce n'était pas important. Surtout depuis que Xavier allait les chercher à l'entraînement et les ramener à la maison pour que je puisse travailler plus tard.

Je me suis essuyé les mains sur une serviette sèche et j'ai tapé sur l'écran pour réveiller mon téléphone. C'était un message de Goldie.

On va faire du shopping demain soir. J'ai besoin de quelque chose à porter pour un dîner de travail, et toi, tu as besoin de quelque chose qui ne soit pas un legging de yoga et un t-shirt.

J'ai baissé les yeux vers mon legging de yoga et mon t-shirt et j'ai fait la moue.

J'aime mes vêtements.

Ils sont parfaitement adaptés pour le travail quand tu es submergée de farine, mais ça ne marchera pas pour un rendez-vous. As-tu eu des matchs ? Tu n'en as jamais parlé.

J'avais complètement oublié l'application.

Je ne sais pas. Je dois vérifier quand je ne suis pas au travail.

Et après avoir une tenue appropriée pour un rendez-vous. À quelle heure tu finis le travail demain ? Xavier a dit qu'il peut s'occuper des enfants encore une fois.

Il s'occupe des miens aujourd'hui.

Et il s'en occupera demain. Je lui ai dit que je prendrais un jour supplémentaire la semaine prochaine puisque je n'avais prévu qu'un seul jour.

Considère cela comme une partie de ta quête. Trouve de nouveaux vêtements qui te font sentir bien. Des tissus soyeux, des coupes sexy et quelque chose qui montre à tous les hommes de MC que tu es ouverte aux propositions.

NON ! Je ne suis pas ouverte aux propositions ! Je suis à peine divorcée.

Tu ne peux pas me sortir ça. J'y suis passée. Tu dois te rappeler que tu es une femme forte, intelligente et belle qui mérite un sacré bon orgasme de temps en temps. Un qui n'est pas procuré par ta propre main, ou quelque chose dans ta main.

Je n'arrive pas à croire que tu viennes de dire ça.

Oui, tu peux. Et tu sais que c'est vrai. Tu n'as pas besoin d'épouser un gars parce qu'il te fait crier, mais tu dois sortir de ce pantalon de yoga si tu veux qu'il essaie.

Je retourne travailler maintenant.

Sois prête à dix-sept heures demain. Je passerai te prendre.

D'accord.

Je t'aime !

Je t'aime.

J'ai secoué la tête en verrouillant mon téléphone et en le reposant sur le comptoir. Mon pantalon de yoga était parfaitement bien. Et mes orgasmes aussi.

J'ai mordillé ma lèvre.

Ils pourraient être meilleurs avec Brantley.

J'ai gémi et secoué la tête. Je n'allais pas utiliser mon meilleur ami pour avoir des orgasmes. Peu importe qu'il embrasse bien. Ce n'était pas juste pour lui. Peu importe à quel point je le désirais.

GOLDIE A PRIS une robe en satin vert fluo. J'ai essayé de ne pas être horrifiée. C'était la pire nuance de vert possible pour son teint. Je ne l'avais jamais vue porter quelque chose d'aussi vif. Ce n'était pas hideux ou peu flatteur, juste pas du tout fait pour elle.

—Tu devrais essayer celle-ci, a-t-elle dit, me tendant le vêtement.

—Quoi ? Pourquoi ? Ce n'était pas du tout mon style. Trop vif. Ça attirerait trop l'attention sur moi. Je préférais être invisible, pas la chose la plus éclatante aux alentours.

—Parce que c'est une couleur parfaite pour toi, et tu as besoin de quelque chose dans ta garde-robe qui crie, *regarde-moi.*

—Ça hurle vraiment ça, ai-je marmonné.

Elle a pouffé de rire. —Essaie-la juste. Si tu la détestes, tu n'es pas obligée de l'acheter. Oh, ou essaie la bleue. Même style, mais moins fluo.

J'ai attrapé la bleue sans réfléchir. La couleur était toujours vive, mais étant bleue au lieu de verte, elle n'était pas fluo. Elle était magnifique, et je l'ai adorée au premier regard.

—D'accord. Je n'allais pas avouer à Goldie que j'espérais qu'elle m'irait bien. J'étais là pour l'aider à trouver des vêtements, et tout ce que nous avions fait jusqu'à présent était de trouver des choses pour moi.

Quelques portants de plus et quelques options supplémentaires, et nous nous sommes dirigées vers les cabines d'essayage. Goldie avait trois robes à essayer pour son dîner, et j'en avais trois fois plus à essayer pour mes rendez-vous galants.

J'ai gardé la robe bleue pour la fin, optant d'abord pour une rouge, une rose et une noire. Je les ai toutes détestées.

—Ton visage en dit long, a dit Goldie alors que nous nous retrouvions devant les miroirs. —Ce n'est pas mal, mais ça ne met pas ton corps en valeur.

—Peu de choses y arrivent.

—Sauf Brantley, a taquiné Goldie.

J'ai levé les yeux au ciel pour éviter qu'elle voie l'effet que ses mots avaient sur moi. Je n'avais pas avoué ce que je ressentais pour lui. Confesser que nous nous étions embrassés était déjà assez gênant.

—Que penses-tu de celle-ci ? a-t-elle demandé, changeant de sujet sans exiger de réponse.

Je me suis tournée vers elle dans la robe noire qu'elle avait choisie. C'était une bonne coupe, ajustée avec suffisamment d'élasticité pour mettre en valeur ses courbes. Les rayures rose lui donnaient un mouvement qu'elle n'aurait pas eu autrement. Et la longueur était suffisante pour être appropriée pour un événement professionnel.

—Elle te va à merveille. C'est pour quel événement ?

—Le maire Knight organise un dîner. Il veut réunir certains des autres maires locaux pour planifier des événements conjoints pour l'été prochain. Quelque chose que toute la région peut faire ensemble pour attirer les touristes.

—C'est une excellente idée. J'appréciais Omar Knight. Je ne le connaissais pas bien, mais il était toujours amical et gentil quand je le voyais en ville. Il ne restait pas à l'écart et n'agissait pas comme s'il était trop bien pour se mêler au reste des habitants de L'anse MacKellar.

— C'est vrai. Il est formidable comme patron. Il a plein d'idées, et il est très ouvert aux suggestions de tout le monde. Il prend le temps de parler à tout le personnel. J'étais à la mairie un jour et il était en réunion avec l'une des agents d'entretien. Le père de cette femme était malade, et Omar prenait de ses nouvelles et lui a proposé de couvrir son salaire pendant un mois pour qu'elle puisse rester auprès de son père pendant sa convalescence.

— Vraiment ?

Goldie hocha la tête. — Il l'a payée de sa poche puisque la ville n'a pas les fonds pour ce genre de choses. Il a dit que L'anse MacKellar ne fonctionne pas sans que tout le monde soit partenaire. Il travaille à modifier les règlements municipaux pour offrir une meilleure couverture aux employés dans ces situations. Elle allait demander un congé familial, mais cela ne couvrirait que soixante pour cent de son salaire, et elle ne pouvait pas se le permettre.

— Oui, c'est une grosse perte.

— Exactement. Mais il lui a fait prendre ce congé pour que son poste soit protégé, et il lui a versé la différence pour s'assurer qu'elle ne perde rien. Il est vraiment formidable comme patron.

— Wow. C'est exactement la personne qu'il nous faut à la tête de cette ville.

— Je suis d'accord. Donc, je dois faire bonne impression lors de ce dîner pour que les autres maires soient disposés à travailler avec nous.

— Eh bien, je pense que celle-là est une bonne option. Voyons ce que tu as d'autre.

— Toi aussi.

Nous sommes allées dans les cabines d'essayage et nous nous sommes changées. J'ai essayé un jean et un pull gris, surprise par le confort des deux.

— Wow, dit Goldie quand je suis sortie. — C'est simple, mais époustouflant.

— Merci. Je suis d'accord. Je ne pourrais même pas te dire la dernière fois que j'ai acheté un nouveau jean. Ou un pull.

— Tu dois absolument les prendre.

J'ai pivoté pour vérifier mon postérieur dans le miroir. Il semblait plus galbé que d'habitude. Je ne savais pas que les jeans pouvaient être magiques.

—Je n'aime pas autant cette robe, dit Goldie.

Je secouai la tête. —Non. L'autre était mieux. Celle-ci n'est pas mal, mais elle ne te va pas aussi bien.

Nous avons changé à nouveau. J'ai essayé un haut que je détestais, puis j'ai opté pour un pantalon habillé noir et un haut vert mousse. Goldie portait sa dernière robe, une bleue avec un col bénitier qui faisait ressortir ses yeux.

—Elle est magnifique, lui dis-je.

—Merci. Je pense que c'est ma préférée.

—Je comprends pourquoi. Mais je pense que tu devrais prendre les deux.

—Je vais probablement le faire. Je suis sûre que j'en aurai besoin. J'aime ta tenue.

—Merci. Ce pantalon est tellement confortable. Et ce haut est la chose la plus douce que j'aie jamais portée.

—Bien. Tu as essayé cette robe bleue ?

Je secouai la tête.

—Va l'essayer pendant que je me change. Tu as autre chose ?

—Non. Je voulais la garder pour la fin.

—Je ne t'en veux pas. J'espère que tu vas l'adorer.

—Moi aussi.

Je suis retournée une fois de plus dans la cabine d'essayage et j'ai mis de côté le pantalon noir et le haut vert. J'ai retiré la robe bleue de son cintre et j'ai eu l'impression de tenir de l'eau entre mes mains. Elle était douce et glissante. Je l'ai passée par-dessus ma tête et j'ai failli gémir en sentant le tissu contre ma peau. C'était tellement agréable.

Je ne me suis pas regardée dans le miroir de la cabine d'essayage parce que je voulais avoir l'effet complet. Je voulais l'acheter en me basant sur la sensation qu'elle procurait sur mon corps, mais si elle me donnait mauvaise allure, je savais que je devrais la remettre.

Goldie retint son souffle quand je suis sortie. Ses yeux s'écarquillèrent. —Wow.

—Vraiment ? Je n'ai pas encore regardé.

—Tu dois porter ça la prochaine fois que tu vois Brantley. Il ne pourra pas garder ses mains loin de toi.

—Ça n'a pas été un problème jusqu'à présent, ai-je marmonné.

—Quoi ? Tu me dois cette histoire, mais d'abord, regarde-toi.

J'ai finalement regardé dans le miroir et j'ai fait un double-take. Bon sang. La robe semblait avoir été faite juste pour moi. Elle épousait parfaitement toutes mes courbes, mettant en valeur celles que je voulais montrer et minimisant celles que je voulais cacher. Ma poitrine paraissait pleine et voluptueuse, mon ventre disparaissait sous le milieu froncé, et mes hanches ressemblaient à celles d'un mannequin pin-up. —Mon Dieu...

—Exactement. C'est magnifique. Tu dois l'acheter.

J'ai hoché la tête, incapable de détacher mes yeux de la façon dont la robe m'enveloppait. C'était... je ne trouvais même pas les mots. Je l'adorais.

—D'accord, va te changer, ensuite on a besoin de dîner, et tu dois me raconter ce qui se passe entre toi et Brantley.

J'ai acquiescé, à peine consciente de ce qu'elle demandait. J'avais besoin de parler à quelqu'un, cependant. Quelqu'un qui pourrait avoir un peu de recul.

Nous avons payé nos achats, et Goldie nous a emmenées dans un restaurant thaïlandais. Comme nos enfants n'aimaient pas trop ça, nous avions pris l'habitude d'aller manger thaï quand nous étions juste entre nous.

—Allez, raconte-moi tout, dit-elle après que nous avions commandé et attendions notre nourriture.

—Il n'y a rien à raconter. On s'est embrassés quelques fois, mais ce n'est pas grand-chose.

—L'embrasser est une très grande chose. Je sais que tu as peur de commencer une nouvelle relation, et je sais que tu t'inquiètes de gâcher votre amitié, mais c'est aussi Brantley. Tu l'adores.

—C'est vrai, et c'est pourquoi c'est ridicule. Je ne devrais pas le désirer. Je ne devrais pas penser à lui quand... tu sais.

—Pourquoi pas ? demanda Goldie. —C'est un homme très séduisant. Vous êtes tous les deux célibataires. Il n'y a rien de mal à ce que tu le désires, ou à ce que tu penses à lui. Je ne comprends pas pourquoi tu luttes contre ça.

—Parce que je ne peux pas perdre une autre personne dans ma vie. Je ne peux pas le regarder partir.

—Mais et s'il ne part pas ? Et s'il veut la même chose et que vous êtes parfaits l'un pour l'autre ?

Je secouai lentement la tête, rejetant son idée tandis que mon cerveau essayait de l'assimiler. —Ce n'est pas possible. Il n'est pas... Je ne suis pas son genre. J'ai vu les femmes qu'il fréquente et qu'il ramène des bars.

—Blake m'a dit que sa sœur disait la même chose à propos d'Ian. Elle ne l'avait jamais considéré comme une possibilité parce qu'il était toujours avec des femmes qu'elle trouvait plus jolies qu'elle, plus minces, peu importe. Mais elle se trompait. Il était avec elles pour essayer de l'oublier, elle.

—Brantley m'a dit qu'il s'intéresse à quelqu'un.

—Oui, mais il ne veut pas te dire qui, et il t'a embrassée. Peut-être qu'il s'intéresse à toi.

—Non. Je ne peux pas aller par là. Je ne peux simplement pas.

—D'accord, alors voyons si tu as des matchs. Si tu ne veux

pas sortir avec Brantley, alors tu peux porter cette robe pour quelqu'un d'autre.

Cette idée me faisait mal à la poitrine alors même que je tendais mon téléphone à Goldie pour qu'elle vérifie mes matchs. Je ne voulais pas porter cette robe pour un autre homme. Je voulais voir le regard de Brantley quand je la porterais. Et son regard quand je l'enlèverais.

Mais je ne pouvais pas. Je devais me concentrer sur moi-même. Sur mon propre plaisir. Et non sur l'idée d'attacher mon ami à moi alors que ce n'était pas ce que je pensais qu'il voulait.

13

Les filles ont approuvé mes achats quand je suis rentrée. Bianca m'a demandé si elle pouvait emprunter la robe bleue un jour.

—Où porterais-tu une robe comme celle-ci ? lui ai-je demandé.

—Et toi, où vas-tu la porter ? a-t-elle répliqué.

J'ai levé les yeux au ciel. —Je n'ai pas prévu de la porter, mais elle était trop belle pour la laisser passer. Vous avez fini vos devoirs ?

—Oui, ont-elles marmonné toutes les deux. D'habitude, elles étaient de meilleure humeur quand je sortais pour la soirée.

—Qu'est-ce qui se passe ?

—Rien, a répondu Bianca précipitamment.

—Que s'est-il passé ? ai-je demandé en posant mes affaires et en croisant les bras. J'ai regardé tour à tour mes filles en attendant que l'une d'elles me dise ce qui se passait.

—Bianca a un rendez-vous, a taquiné Samantha sa sœur.

—Quoi ? Je me suis retournée vers mon aînée et je l'ai

surprise en train de fusiller sa sœur du regard. —Qui t'a invitée à sortir ?

—Ça n'a pas d'importance.

—Si, ça en a.

—Je lui ai dit non.

—Oh, Bianca, tu dois sortir et vivre ta vie. Tu ne peux pas te cacher pour toujours.

—C'est ce que tu fais ? C'est pour ça que tu as acheté la robe ? Bianca était beaucoup trop observatrice pour ma santé mentale. Mais elle n'avait pas tort.

—J'envisage mes options.

—Tu vas avoir un rendez-vous galant ? a demandé Samantha.

J'ai secoué la tête. —Non. Pas encore. Mais je ne veux pas rester célibataire pour toujours. En ce moment, vous deux êtes ma priorité. Rien ne se mettra entre vous deux et moi. Un jour, j'espère trouver quelqu'un, cependant. Quelqu'un qui me fait sentir que je suis spéciale.

—Tu vas y arriver, maman, a dit Samantha.

Je lui ai souri. —Je l'espère. Mais ce que je veux dire, c'est que je ne mets plus ma vie en suspens. Plus maintenant. Je découvre ce qui me rend heureuse. Et une partie de cela va éventuellement être de reconnaître un homme qui me rend heureuse.

—Tu ris toujours quand tu es avec Oncle Brantley. Peut-être que tu devrais choisir quelqu'un qui te fait sourire, a dit Sam. —Paul me fait sourire. Il dit qu'il aime la façon dont mes yeux s'illuminent quand je suis vraiment heureuse à propos de quelque chose.

—Papa ne te faisait jamais sourire, a dit Bianca.

—Il le faisait, avant, ai-je admis. —Quand nous nous sommes rencontrés, c'était l'une des choses que j'aimais le plus chez lui.

—Comment était-il à l'époque ? a demandé Samantha.

Je me suis laissée envahir par les souvenirs d'il y a long-temps. Dawson était charmant. Il était gentil, intelligent et différent de tous ceux que j'avais connus auparavant. Il me faisait me sentir spéciale, et je suis tombée amoureuse de lui à cause de ça.

Quand je pensais aux personnes que nous étions avant, j'étais triste que notre mariage ait pris fin. J'aurais aimé que les choses soient différentes. Mais au moment où tout s'est effondré, je savais que ces personnes n'étaient pas faites pour être ensemble.

Je me suis penchée en arrière et j'ai raconté à mes filles le jour où j'ai rencontré leur père. La première fois où nous sommes sortis ensemble, sans Brantley. La première fois où j'ai réalisé que je tenais à lui, et quand j'ai cru que c'était de l'amour. J'ai parlé, et elles ont écouté mes histoires pendant des heures, jusqu'à ce que Samantha s'endorme sur mon épaule et que Bianca bâille bruyamment.

—Il est temps d'aller au lit, leur ai-je dit.

—Tu pourras nous en dire plus demain ? a demandé Samantha en se levant.

J'ai hoché la tête. —Bien sûr.

—Bonne nuit, maman, a dit Samantha. Elle m'a serrée dans ses bras, puis s'est dirigée vers sa chambre.

Bianca est restée en arrière. —Papa n'avait pas l'air si mauvais.

J'ai acquiescé à nouveau. —Il ne l'était pas. C'était un super petit ami, et il a été un bon mari pendant un moment. Je pense qu'il peut encore être un bon père, mais ça dépend de lui. J'ai passé beaucoup d'années à faire de mon mieux pour que vous sachiez tous les deux qu'il vous aimait.

—Ce n'était pas à toi de faire ça.

—Je sais. Mais je n'ai jamais voulu que vous vous sentiez non aimés. Il était heureux quand il a appris que j'étais enceinte. Anxieux, comme tous les parents, mais heureux. Il vous aime tous les deux, même s'il n'est pas toujours doué pour le montrer.

—Merci, maman. —Bianca m'a serrée dans ses bras un peu plus longtemps que d'habitude avant de se diriger vers sa chambre.

J'ai vérifié les portes une deuxième fois et éteint toutes les lumières. Je suis allée dans ma chambre et j'ai posé mes nouveaux vêtements sur mon lit. La robe bleue m'appelait toujours. Je l'ai sortie du sac et l'ai regardée à nouveau.

Goldie m'avait dit de regarder mes matchs. Je n'en avais pas le courage, mais avec cette robe, je pouvais tout faire.

Je l'ai enfilée rapidement, me sentant ridicule d'avoir besoin d'une robe que personne n'allait voir pour me sentir mieux dans ma peau. Mais ça marchait. Je sentais que je pouvais tout faire. J'ai ouvert Book Boyfriends Wanted et j'ai appuyé sur la partie avec mes messages.

J'avais six matchs. Six hommes qui s'intéressaient assez à moi pour m'envoyer un message.

J'ai parcouru leurs profils et j'ai ri quand j'ai vu celui d'un gars appelé Ringard de nature. J'aimais qu'il ait le sens de l'humour et qu'il n'avait pas peur d'admettre qu'il était intelligent.

Son message était drôle, a attiré mon attention et m'a donné envie de répondre.

RINGARD DE NATURE

Qu'est-ce qui est pire... Recevoir des messages bizarres de gars inconnus ou ne pas en recevoir du tout ? Sur une appli de rencontres, on préfère en recevoir, non ?

J'ai appuyé pour répondre et j'ai réalisé ce que Goldie avait mis comme pseudo. Mon Dieu.

BEAU BOULANGER

Y a-t-il une troisième option où les messages ne sont pas bizarres ? Parce que c'est celle-là que je veux.

J'allais ranger mon téléphone, mais il a vibré presque immédiatement.

RINGARD DE NATURE

Voilà que tu changes les règles du jeu. Salut, au fait.

BEAU BOULANGER

Salut. Comment vas-tu ?

RINGARD DE NATURE

Ça va bien. Et toi ? Que fais-tu ce soir ?

BEAU BOULANGER

Je suis sur le point d'aller me coucher, mais plus tôt j'ai fait des courses et passé du temps avec mes enfants.

RINGARD DE NATURE

Wow, je ne suis pas ce genre de mec. Tu dois d'abord m'inviter à dîner avant de m'emmener au lit.

J'ai pouffé de rire et secoué la tête. Définitivement un point positif pour m'avoir fait rire.

BEAU BOULANGER

Peut-être que c'est toi qui devrais m'inviter à dîner d'abord.

RINGARD DE NATURE

Ooh, tu me plais. On va le faire. Un jour. Mais je dois t'avouer que je ne suis pas sûr de rester encore longtemps sur ce site.

BEAU BOULANGER

D'accord. Je dois aller me coucher bientôt aussi.

RINGARD DE NATURE

Ça oui, mais je parlais en général. Je pense à fermer mon compte.

BEAU BOULANGER

Ah, d'accord. Je peux te demander pourquoi ? Il y a un problème avec l'application ?

RINGARD DE NATURE

Pas du tout. Elle est super. J'ai rencontré plein de gens formidables. Mais il y a cette femme que j'aime vraiment bien, et j'espère que ça pourrait marcher. C'est fou parce que ça n'a jamais fonctionné avant, mais les choses ont changé récemment, et je ne veux pas gâcher une relation potentielle.

BEAU BOULANGER

Je comprends. Je ne cherche pas quelque chose de sérieux en ce moment. À vrai dire, c'est mon amie qui a rempli ce profil. Elle m'a posé les questions, donc ce sont mes réponses, mais je n'ai pas choisi mon nom d'utilisateur.

RINGARD DE NATURE

Peut-être qu'elle te connaît mieux que tu ne te connais toi-même.

BEAU BOULANGER

Elle a de bonnes intentions.

RINGARD DE NATURE

Nos amis en ont généralement.

BEAU BOULANGER

C'est bien vrai.

RINGARD DE NATURE

Je dois te laisser ou tu veux continuer à discuter quelques minutes ?

BEAU BOULANGER

Pourquoi ne pas me parler de la femme qui te plaît ? J'aurais bien besoin d'un peu d'inspiration positive ces temps-ci.

RINGARD DE NATURE

Désolé de l'entendre. J'espère que tu en trouveras. Quant à cette femme... C'est la personne la plus forte que j'aie jamais rencontrée. Elle ne le sait pas, mais elle l'est. Elle est intelligente, courageuse et tellement belle. Elle a traversé des moments difficiles récemment, mais elle se relève et avance. Elle réapprend à vivre, en quelque sorte.

BEAU BOULANGER

Je ne suis pas surprise qu'elle te plaise. Elle a l'air géniale.

RINGARD DE NATURE

Elle l'est. Mais comme nous tous, elle ne s'en rend pas compte. Elle doute d'elle-même. J'aimerais qu'elle puisse se voir comme je la vois.

BEAU BOULANGER

Peut-être qu'un jour elle le pourra.

RINGARD DE NATURE

Je l'espère. Elle mérite le monde entier.

BEAU BOULANGER

J'espère vraiment qu'un jour elle verra que tu veux le lui offrir. On mérite tous ça.

RINGARD DE NATURE

Je n'arrête pas de lui dire ça, aussi.

BEAU BOULANGER

Intelligent et sous son charme ? J'en suis jalouse.

RINGARD DE NATURE

Elle ne me voit pas comme ça. Du moins, je ne crois pas.

BEAU BOULANGER

Tu n'as pas l'air sûr de ça.

RINGARD DE NATURE

On s'est rapprochés plusieurs fois, mais elle recule toujours.

BEAU BOULANGER

Ça craint. Ce n'est pas bien de jouer avec les émotions des gens.

RINGARD DE NATURE

Je ne pense pas qu'elle le fasse exprès. Je pense qu'elle ne s'en rend pas compte. C'est une amie et franchir cette ligne me rend nerveux.

BEAU BOULANGER

Ah. Je comprends.

RINGARD DE NATURE

Moi aussi, crois-moi. Mais c'est difficile de rester de l'autre côté de cette ligne parfois.

BEAU BOULANGER

Elle finira par comprendre.

RINGARD DE NATURE

Je l'espère.

BEAU BOULANGER

Je devrais y aller. C'était sympa de discuter avec toi. Tiens-moi au courant de l'évolution des choses.

RINGARD DE NATURE

Je n'y manquerai pas. Passe une bonne soirée, Beau boulanger.

J'ai fermé l'appli et souri. C'était agréable de flirter avec quelqu'un, même si je ne savais pas qui il était. J'ai posé mon téléphone sur la table de nuit et j'ai attrapé le bas de ma robe lorsque mon téléphone a sonné.

C'était Brantley qui m'appelait.

J'ai laissé retomber ma robe et j'ai décroché. —Salut, Bee. Comment vas-tu ?

—Bien. Je pensais justement à toi. J'ai vu que Xavier avait récupéré les filles. Tout va bien ?

—Oui. Goldie voulait que j'aille faire du shopping avec elle. Elle a un dîner professionnel qui approche et avait besoin de quelque chose de nouveau à porter.

—Ah, d'accord. J'étais un peu inquiet.

—Tout va bien. Comment était l'entraînement ?

—Bien. Même si je pense qu'Andrew est un peu dévasté que Bianca l'ait éconduit.

—C'est lui qui lui a demandé de sortir ! J'aurais dû m'en douter. Elle n'a pas voulu me le dire. Elle a juste dit que ça n'avait pas d'importance puisqu'elle avait refusé. Je faisais les cent pas dans ma chambre, détestant qu'elle joue avec ce garçon.

—Elle lui parle tout le temps. Pourquoi le rejette-t-elle ?

—Dawson.

—Quoi ?

—Elle a peur que tous les hommes soient comme Dawson et elle craint de s'engager avec quelqu'un.

—Ah, merde. Je n'avais pas pensé à ça.

—Moi non plus.

—Est-ce que je peux faire quelque chose pour aider ?

J'ai secoué la tête. —Je pense qu'elle doit simplement

traverser cette phase. Mais elle pourrait changer d'avis. Que penses-tu d'Andrew ?

—Il est super. Un garçon formidable. Gentil. Toujours là pour encourager les autres coureurs. Si elle était ma fille, je voudrais qu'elle sorte avec quelqu'un comme lui.

—Eh bien, elle est pratiquement ta nièce, donc je prends ça comme si c'était la même chose. Tu es plus un père que Dawson ne l'a jamais été. À l'exception de toute la partie conception.

Brantley s'étouffa, toussant bruyamment pendant un moment avant que sa voix ne paraisse lointaine.

—Est-ce que ça va ? sifflai-je dans le téléphone. J'attendis pendant qu'il continuait à tousser jusqu'à ce qu'il revienne.

—Désolé. L'eau est passée du mauvais côté.

—Ça va mieux ?

—Oui. Tout va bien. Dis, tu veux essayer autre chose ce week-end pour ta Quête du Plaisir ?

—Est-ce que ça implique que je me lève avant le soleil encore une fois ?

—Non, juste après que le soleil se soit couché.

—Ça me va. Qu'est-ce que tu as en tête ?

—Laisse-moi m'en occuper. Porte une robe si tu en as une et apporte un maillot de bain.

Je baissai les yeux vers ma robe bleue et souris. —Je peux arranger ça.

—Parfait. On se voit demain après l'entraînement ?

—J'y serai.

—Passe une bonne soirée.

—Toi aussi, Vee. Je t'aime.

—Je t'aime.

Mon sourire ne voulait pas s'effacer alors que je raccrochais et me préparais pour aller au lit. Quand je me glissai sous les couvertures, je me sentais bien. Vraiment bien. Flirter avec un mec, puis parler à Brantley, j'étais aux anges.

Je fouillai dans ma table de nuit et trouvai le jouet que je gardais dans mon tiroir. Le doux bourdonnement faisait déjà frissonner mon corps avant même que je ne le touche à ma peau.

Que ferait Brantley avec quelque chose comme ça ?

J'ai hésité une seconde, puis je l'ai baissé jusqu'à mon mamelon. J'ai haletée à cette sensation. C'était nouveau, mais c'était bon. J'ai déplacé l'appareil vers mon autre mamelon et j'ai fermé les yeux.

Plaisir. Bien sûr, je savais que les orgasmes pouvaient m'apporter du plaisir, mais je ne m'étais jamais donné la liberté d'expérimenter quelles autres parties de mon corps pourraient l'intensifier.

J'ai promené le vibromasseur sur mon corps, testant différents endroits qui me procuraient du plaisir. Au moment où je l'ai descendu entre mes jambes, j'étais trempée et au bord du gouffre. Les vibrations n'ont pas mis longtemps à me plonger dans l'extase, un cri silencieux m'entraînant vers les profondeurs.

Mon corps était douloureux alors que je le retirais, ce qui arrivait rarement. J'étais habituellement du genre à me contenter d'un seul orgasme, mais le désir me parcourait par vagues. J'ai pressé le vibromasseur contre mon clitoris, la décharge pliant mon corps en deux. Ma gorge brûlait du besoin de crier. Dawson n'avait jamais été du genre à apprécier le sexe bruyant, mais je me demandais ce que Brantley aimerait.

—Parle-moi, chuchota sa voix imaginaire.

—Oui, ai-je murmuré dans l'obscurité. Brantley voudrait m'entendre. Il me murmurerait des choses salaces à l'oreille et me ferait jouir encore plus fort.

J'ai essayé de penser à quelque chose de sexy, mais mon esprit était vide. Tout ce que je voulais était un autre orgasme.

Je me suis à nouveau concentrée sur la vibration et j'ai glissé le jouet en moi. Il a touché le bon endroit, et j'ai gémi. Je me suis mordu la lèvre pour éviter que d'autres bruits ne m'échappent tandis que je me pressais contre les vibrations.

Cela faisait bien trop longtemps que je n'avais pas eu de relations sexuelles qui me faisaient perdre la tête. Une vie entière de médiocrité m'avait amenée à me demander si je faisais quelque chose de mal. Mais évoquer le visage de Brantley et l'imaginer me pénétrant avec force a éveillé une pleine conscience de mon corps.

Ce n'était pas moi. C'était mon partenaire.

Le sexe ne faisait pas partie de ma Quête du Plaisir, mais allongée là dans mon lit, seule, luttant pour respirer et imaginant le visage narquois de Brantley au-dessus de moi, je comprenais que je me sous-estimais. Je sous-estimais le sexe. J'avais besoin de savoir ce que ça faisait d'avoir quelqu'un si profondément en moi que je ne pourrais plus sentir la différence entre nous. De savoir ce que ça faisait d'avoir les orteils qui se recroquevillent et les poumons qui se bloquent et le corps tout entier qui chante sous l'effet d'un orgasme qui brise mon monde pour le reconstruire en quelque chose de nouveau.

Je voulais tout ça avec Brantley. Au moment où cette réalisation m'a submergée, mon orgasme aussi, un orgasme qui m'a fait trembler et tressaillir et me donner envie de hurler. Un orgasme qui m'a rendue désespérée d'en avoir plus. Pas de ma propre main, mais de la sienne. Ses mains et ses lèvres et sa langue et son sexe.

Le vibromasseur est tombé sur le lit et a continué à bourdonner tandis que je redescendais de mon état d'euphorie. Après une minute, je l'ai repris et l'ai éteint, le laissant sur les draps pendant que je luttais pour retrouver mes esprits.

Je me suis finalement levée et suis allée à la salle de bain. J'ai utilisé les toilettes, puis me suis lavé les mains et ai nettoyé le vibromasseur. Je l'ai laissé sur le comptoir pour qu'il sèche pendant la nuit et suis retournée au lit.

Mes cuisses frissonnaient et mon intimité brûlait. Je voulais plus, mais je ne pourrais pas me retenir si je cédais. Et je ne voulais pas me les offrir toute seule. Je voulais savoir ce que ça faisait d'être avec Brantley.

Mais cela signifierait franchir une ligne que nous ne pourrions pas effacer. Nous nous étions déjà embrassés, et la bosse dans son short disait qu'il était prêt à aller plus loin, mais l'étais-je également ?

Les orgasmes étaient comptés et numérotés avec Dawson. Égaux et mesurés, et toujours en échange de quelque chose. S'il en avait un, j'en avais un aussi, mais s'il n'obtenait pas ce qu'il voulait, c'était tant pis pour moi.

Je ne voulais jamais envisager le sexe de cette façon avec Brantley. Ni avec quiconque d'autre dans ma vie future. Les orgasmes devaient être mutuellement bénéfiques. Si je cédais et ajoutais cette dimension à ma Quête de Plaisir, le seul avec qui je voulais la partager était Brantley.

Était-ce juste ?

Je ne voulais pas finir comme cette femme qui intéressait Ringard de nature. Quelqu'un qui jouait avec ses émotions et se rétractait chaque fois qu'ils se rapprochaient.

Je suppose que j'ai un peu fait ça avec Brantley, mais ce n'était pas intentionnel. C'était à cause de la situation. C'était...

Pas juste pour Brantley. Il m'avait dit qu'il s'intéressait à une autre femme, et au lieu de respecter cela et de garder mes distances, je lui ai sauté dessus comme une chatte en chaleur. Je lui devais certainement mieux que ça. Il était mon meilleur ami, et j'avais besoin qu'il sache ce que je pensais.

Je pensais que je voulais savoir ce qu'était vraiment un bon rapport sexuel. Et je pensais que je voulais qu'il me le montre. Je pensais aussi que nous pourrions garder ça décontracté. Amical. Comme tout ce que nous faisions ensemble.

Si la femme qui lui plaisait réalisait enfin qu'il était un bon parti, alors je me retirerais. Je le laisserais trouver le genre d'amour qu'il méritait. Je ne me mettrais jamais en travers du bonheur de Brantley. J'étais son amie. Et je voulais qu'il soit heureux.

Mais en attendant, peut-être pourrions-nous partager quelques dizaines d'orgasmes.

14

BRANTLEY

J'ai passé en revue chaque ligne du test de Kevin, cherchant tous les points possibles que je pourrais lui accorder. Nous avions travaillé ensemble toute la semaine, et il était plus intelligent qu'il ne le croyait lui-même, mais il avait encore des difficultés.

Je ne pensais pas à ce que cette note ferait à sa moyenne, car je ne pouvais pas me le permettre. Je devais être enseignant d'abord et entraîneur ensuite. C'était la promesse que je m'étais faite quand j'avais accepté le poste d'entraîneur. L'école devait toujours passer en premier. Et si cela signifiait mettre sur le banc l'une de mes stars, je ferais avec.

C'était aussi pourquoi j'avais mis en place mon système de saisie des notes chaque dimanche. Cela éliminait toute manipulation des résultats. Si j'étais constant, alors j'étais juste.

Mais ce n'était pas facile.

Je voulais donner des A à tous mes élèves, mais quand ils ne méritaient pas cette note, je ne pouvais pas le faire. Le seul cas vraiment difficile était celui de l'élève qui croyait savoir ce qu'il faisait alors que ce n'était pas le cas.

J'ai terminé le test de Kevin et suis passé au suivant, répétant ce processus de recherche du moindre point que je pouvais accorder à chaque élève. Ils méritaient tous la chance de gagner autant de crédit que possible.

Passer plusieurs fois à travers les tests comme je le faisais prenait plus de temps, mais cela me donnait une image plus claire de ce dont chaque élève était capable. Quand j'ai finalement terminé mes annotations, j'ai additionné les scores pour chaque test et saisi les notes dans mon registre. Oui, j'étais encore à l'ancienne et je tenais un carnet. Cela signifiait que je n'avais jamais à me soucier d'une panne d'ordinateur ou d'une maintenance du système. Je savais toujours où en étaient les enfants.

J'ai pris une profonde inspiration et vérifié deux fois que j'avais correctement noté chaque note, puis j'ai calculé leurs moyennes pour le trimestre.

Kevin était à nouveau au-dessus de la moyenne.

J'ai poussé un soupir de soulagement et souri. C'était tout juste, mais c'était suffisant. Je savais à quel point il avait travaillé dur, et j'étais vraiment fier de l'effort qu'il avait fourni. J'espérais qu'il le serait aussi.

J'étais impatient de saisir les notes, mais je ne me le permettrais pas avant dimanche soir. Je devais rester cohérent. Mais j'avais besoin d'une distraction avant que Valentina ne vienne pour notre prochaine aventure.

Lui dire de porter une robe était impulsif et stupide. Je prévoyais de l'emmener danser, mais elle n'avait pas besoin d'une robe pour ça. Pourtant, ce serait amusant de la voir un peu plus élégante que d'habitude.

Elle adorait sortir danser quand elle était à l'université. Chaque week-end, elle essayait de convaincre Dawson et moi d'aller dans un nouveau club. Parfois, nous y allions tous ensemble, et d'autres fois, je me désistais et les laissais y aller tous les deux. Dawson râlait chaque week-end, parfois en me parlant d'autres filles, et d'autres fois en me disant qu'il n'aimait pas danser. Dans tous les cas, j'aurais dû voir certains signes. Mais j'étais trop occupé à fantasmer sur Valentina pour remarquer Dawson la moitié du temps.

Je savais que cela faisait des années qu'elle n'était pas allée danser. Je n'étais pas sûr que c'était quelque chose qu'elle apprécierait encore, mais je nous avais inscrits à un cours de tango. Pendant la première heure, un instructeur nous montrerait les pas et encouragerait tout le monde à danser. Ensuite, le club s'ouvrirait au public où les gens viendraient danser. Le club était à environ une heure au sud de chez nous, mais si elle l'appréciait, nous pourrions y retourner.

Comme j'étais allé courir ce matin-là pour voir le lever du soleil, j'ai décidé de m'attaquer à quelques autres projets dans ma cuisine. Le sol était posé, la nouvelle baie vitrée installée, et les placards étaient commandés, mais j'avais envie de peindre la pièce. Sans obstacles, cela aurait dû être un travail facile.

Si l'on avait des compétences. Clairement, ce n'était pas mon cas.

Quand j'ai eu terminé, j'avais presque autant de peinture sur moi que sur les murs. Heureusement, j'ai réussi à préserver le sol grâce à une bâche ultra-résistante que Knox avait insisté pour que je prenne. Je n'étais pas sûr de pouvoir lui avouer qu'elle m'avait sauvé la mise quand j'ai fait tomber le pinceau.

J'ai reculé pour admirer la nouvelle couleur. Mon sol était en lames de vinyle gris clair qui ressemblaient à du bois. Les placards avaient une teinture gris foncé avec des portes simples. Knox appelait ça le style shaker. Moi, j'aimais juste la simplicité. Les plans de travail étaient en quartz blanc avec des veines grises et bleues. J'étais un peu indécis à ce sujet, mais Knox avait insisté sur le fait que j'allais les adorer. Il disait que la couleur claire illuminerait l'espace, et que les veines lieraient le tout. J'ai juste passé ma carte de crédit et espéré le meilleur.

Plus je regardais l'échantillon de plan de travail dans le coin de la pièce, plus je l'appréciais, et quand est venu le moment de choisir une couleur de peinture, j'ai opté pour le bleu présent dans le quartz. C'était une couleur bleu-gris, mais la plus claire sur le nuancier. Juste assez de couleur pour ne pas être blanc, mais le bleu ressortait une fois appliqué sur les murs.

Je devais admettre que Knox avait eu raison sur toute la ligne jusqu'à présent.

Je devais aussi admettre que j'appréciais la rénovation de la cuisine. Même si je l'avais fait en pensant à Valentina, j'aimais le peu que j'avais terminé au cours du premier mois et j'en étais satisfait. La fuite que j'avais trouvée derrière l'évier avait été nettoyée et ne se reproduirait plus. Le sol était solide et plus souple que prévu. Le carrelage que j'avais avant me faisait souffrir les pieds après avoir fini de préparer le dîner, mais le vinyle n'était pas aussi dur. Il me restait encore beaucoup de travail, mais je commençais à sentir que tout prendrait forme.

Avant de me laisser entraîner dans un autre projet, j'ai vérifié l'heure. Je devais passer prendre Valentina dans quarante-cinq minutes, ce qui signifiait que je devais me dépêcher.

J'ai nettoyé la peinture et me suis assuré que le pot était bien fermé. La bâche était tachée, mais je ne voulais pas que ça s'imprègne dans le sol, alors je l'ai transportée dehors et je l'ai suspendue sur le vieux fil à linge que je n'avais jamais pris la peine d'enlever. Le pinceau et le rouleau devraient être nettoyés plus tard, mais je les ai mis dans l'évier de l'atelier dans le garage et j'ai rempli un seau d'eau pour couvrir la peinture.

Ma douche a été rapide et, malheureusement, je n'ai pas

eu le temps de me masturber avant de me dépêcher de sortir. Je ne voulais pas aller chercher Valentina avec une érection. J'avais été dur pratiquement en permanence depuis qu'elle m'avait parlé de sa Quête du Plaisir. L'aider et parler de plaisir me maintenait constamment au bord du gouffre.

Je suis arrivé chez elle avec moins d'une minute d'avance. J'ai hésité à ouvrir la porte comme elle me le répétait sans cesse, mais au dernier moment, j'ai frappé.

Elle a ouvert la porte en riant, et toute pensée cohérente a quitté mon corps.

Elle portait une robe bleue qui épousait ses courbes comme si elle était peinte sur elle. Ce n'était pas serré ou inconvenant, juste sexy et éblouissant, et impossible pour moi de ne pas durcir instantanément.

Ses cheveux étaient naturels, avec ses boucles en spirale serrées autour de sa tête comme une auréole. Elle portait un soupçon de maquillage, juste assez pour que je remarque que ses yeux étaient plus brillants et que ses lèvres étaient glossées, tentantes et tellement embrassables que j'ai failli le faire.

—Tu as l'air bien, a dit Valentina en sortant de la maison. Je suppose que tu es prêt à partir, n'est-ce pas ?

J'ai hoché la tête, incapable de former des mots. Elle a souri, ses yeux se plissant, puis s'est retournée pour verrouiller la porte.

—Les filles sont à la maison, et je suis anxieuse de les laisser. Même si elles sont restées seules à la maison un million de fois.

—Il s'est passé quelque chose ?

Elle a secoué la tête. —Non. C'est juste l'un de ces jours où je m'inquiète pour tout le monde autour de moi et où je ne me concentre pas sur moi-même. Il n'y a aucune raison de m'inquiéter, si ce n'est que je m'inquiète toujours.

—Alors laisse-moi te distraire pour la soirée.

Un sourire lent, sexy et diabolique a soulevé ses lèvres et

illuminé ses yeux. Elle a tourné la tête, et j'ai vu les boucles d'oreilles en forme de larme qu'elle portait, argentées et étincelantes, me taquinant alors qu'elles reposaient le long du pouls dans son cou que je voulais lécher et sucer.

—Je suis tout à fait ouverte à ça, a-t-elle murmuré. Sa voix était rauque, sexy.

Étais-je fou, ou agissait-elle comme si c'était un rendez-vous ?

Et est-ce que ça me dérangeait ?

Je connaissais définitivement la réponse à la deuxième question. Je lui ai offert mon bras et j'ai souri quand elle l'a pris. Je l'ai escortée jusqu'à la portière passager et l'ai ouverte pour elle, attendant qu'elle range ses longues jambes pulpeuses à l'intérieur avant de refermer doucement la porte.

Pendant mon tour du véhicule utilitaire sport, j'ai fait un petit discours d'encouragement à ma bite. —Ne force pas. Ne supplie pas. Et pour l'amour du ciel, n'exige rien.

J'avais envie de faire tout ça, et ce connard têtu menait la charge pour se frayer un chemin dans le pantalon de Valentina. Ou sa culotte, plutôt. En supposant qu'elle en portait une sous cette robe.

J'ai gémi en ouvrant la portière. Je ne pouvais pas imaginer Valentina sans culotte. Ça finirait juste par un désastre dans mon pantalon.

Je me suis installé dans le siège du conducteur et j'ai pris la direction du sud. Nous avons parlé de la semaine et des filles, et pas une seule fois elle ne m'a demandé où je l'emmenais.

C'était significatif. Valentina me faisait suffisamment confiance pour ne pas remettre en question mon plan pour la soirée.

Quand je me suis garé devant le club, elle l'a regardé avec confusion. —Qu'est-ce que c'est cet endroit ?

—Ils donnent des cours de tango et organisent des soirées dansantes.

—Quoi ? s'est-elle exclamée, ses yeux et son sourire s'élargissant en même temps. —On est là pour ça ?

J'ai secoué la tête. —Je pensais qu'on pourrait regarder. Pas besoin de vraiment danser.

Elle m'a poussé l'épaule en riant, se précipitant pour entrer.

Je l'ai rejointe devant le véhicule utilitaire sport sur le trottoir. Elle vibrait pratiquement de joie. J'avais hâte de l'emmener à l'intérieur pour le cours et de danser avec elle.

À QUOI EST-CE que je pensais, bordel ?

Danser avec Valentina était la pire forme de torture. Pas parce qu'elle était mauvaise. Oh non, ma femme avait de sacrés mouvements. Mais c'était justement le problème. Quand elle se balançait dans mes bras, tournoyait et remuait ces hanches, j'étais fini. J'ai perdu le compte du nombre de fois où j'ai failli jouir dans mon pantalon. Elle était une tentatrice, une allumeuse, la plus séduisante des tortionnaires.

Et tout ce que je voulais, c'était plus.

Le cours s'est terminé, et nous avons fait une pause de quelques minutes. Elle n'avait pas cessé de sourire tout ce temps, et je savais que c'était une excellente idée de l'avoir amenée ici.

—Tu t'amuses bien ? ai-je demandé alors que nous sirotions de l'eau et grignotions des bretzels.

— Tellement. J'avais oublié à quel point j'aimais danser.

— Oublié ou simplement cessé de te le rappeler ?

Elle haussa les épaules, la lueur dans ses yeux s'estompant légèrement. — Un peu des deux, je suppose. Je me disais que c'était égoïste de faire des choses pour moi. Surtout quand

Dawson ne voulait pas m'accompagner. Il détestait danser, et après notre mariage, il a refusé de sortir avec moi. J'ai continué à demander pendant un moment, mais j'ai fini par me convaincre que ça ne me manquait pas tant que ça.

— Eh bien, je viendrai danser avec toi quand tu le voudras.

— Vraiment ?

J'ai hoché la tête. — Bien sûr.

— Pourquoi ferais-tu ça ?

J'ai laissé échapper un petit rire parce qu'elle ne comprenait toujours pas. Elle n'en avait aucune idée. — Parce que je t'aime, Vee.

Je savais que ces mots ne l'atteindraient pas vraiment, car je les avais prononcés un million de fois. Lui dire que je l'aimais était significatif pour moi. Je n'avais jamais dit à une autre femme que je l'aimais, sauf à ma famille. Je n'avais jamais aimé une autre femme.

Et malgré toutes mes tentatives, mes souhaits et mes espoirs qu'un jour je parviendrais à oublier Valentina, je savais que cela n'arriverait jamais.

Elle était la femme avec qui je voulais passer ma vie. Si ce n'était qu'en tant qu'ami, je resterais à ses côtés et la regarderais aimer quelqu'un d'autre, comme je l'avais fait pendant des décennies. Mais s'il y avait la moindre chance qu'un jour elle puisse ressentir la même chose pour moi, je serais là, disponible pour qu'elle puisse m'aimer en retour.

— Je t'aime aussi. Merci pour cette soirée. C'est la meilleure que j'ai eue depuis longtemps.

— Tant mieux. Mais ce n'est pas encore fini.

Elle sourit tandis que le groupe annonçait qu'ils reprendraient dans trois minutes.

Chanson après chanson, je l'ai tenue dans mes bras et l'ai fait tournoyer sur la piste de danse. Nous n'étions pas très doués pour suivre les pas que nous étions censés faire, mais nous avons pris un plaisir fou à essayer. Personne d'autre ne s'en souciait. Nous étions tous là pour passer un bon moment.

Au moment où nous avons pris une autre pause, j'avais perdu ma bataille pour garder mes distances avec elle. Avoir mes mains sur son corps toute la nuit, ce tissu soyeux de sa robe glissant entre mes doigts, était douloureux. J'avais besoin d'elle d'une façon dont je n'avais jamais eu besoin d'une autre personne.

Mais je n'allais pas être celui qui ferait le premier pas.

Nous sommes retournés à notre table, mais au lieu de nous asseoir face à face, j'ai glissé à côté d'elle. Elle m'a regardé avec un sourire et m'a fait un clin d'œil.

—Je me demandais pourquoi tu t'étais assis si loin.

J'ai haussé les épaules. —Parce que tu as dit que ta Quête du Plaisir consistait à essayer des choses et à t'amuser.

—Et si je te disais que j'ai pensé à élargir cette quête ?

Mon sexe a tressailli. J'ai changé de position sur la banquette et j'ai essayé d'arrêter la douleur lancinante de mon érection derrière ma braguette. Sans succès. —Qu'est-ce que tu veux dire ?

Elle a haussé les épaules en évitant mon regard. —J'ai juste pensé que je n'ai jamais vraiment apprécié le sexe avant, et ce serait vraiment bien de pouvoir le faire.

J'ai failli m'étouffer. Bon sang. Rien que l'idée de Vee...

—Je pense que tu devrais absolument faire ça.

—Eh bien, c'est toi qui m'as inspiré cette idée. T'embrasser était une telle tentation.

—Euh, merci ?

Elle a laissé échapper un rire rauque. —Je ne veux pas dire ça négativement. Juste que tu m'as ouvert les yeux sur ce que ça pourrait être. Je me suis inscrite sur Book Boyfriends Wanted. Goldie et Anna m'ont dit que je devrais envisager de sortir avec quelqu'un et être ouverte à cette idée. Même si je ne suis pas prête maintenant, je veux l'être un jour.

—Donc, tu vas coucher avec un type au hasard ? ai-je aboyé.

Elle m'a regardé et a secoué la tête. —En fait, j'espérais pouvoir coucher avec toi.

Le feu dans ses yeux tourbillonnait au plus profond de moi. Elle était en colère, mais moi aussi. Je croyais qu'elle allait rencontrer un type sur l'appli et lui demander de la rendre folle au lit. Non. Pas question. Si elle voulait quelques bons orgasmes, j'allais être celui qui les lui donnerait.

Je me suis penché avant qu'elle ne puisse me repousser et j'ai réclamé sa bouche. Elle a serré le poing sur le devant de ma chemise et m'a attiré plus près. Nos lèvres se sont ouvertes et nos dents se sont entrechoquées. Nos langues se sont mêlées et se sont battues pour le contrôle. J'ai posé ma main sur sa cuisse, ayant besoin de la toucher pour rester ancré dans la réalité.

Elle a gémi contre ma bouche et a tendu les bras pour me rapprocher. Je me suis penché sur elle, la pressant contre le mur. J'ai changé de position, mon corps se rapprochant du sien. Ses cuisses se sont écartées, me suppliant de remonter sa jupe et de vérifier à quel point elle était mouillée.

Mais je me suis arrêté.

La première fois que je sentirais le corps de Valentina humide et prêt pour moi ne serait pas dans un box au fond d'une piste de danse. Ce serait en privé. Là où elle saurait qu'elle était respectée et chérie, et non pas violée et insultée.

Ses lèvres étaient gonflées. Ses yeux restaient fermés. Ses joues étaient rouges. Elle avait l'air d'avoir eu un orgasme, alors que nous n'avions fait que nous embrasser. Je ressentais la même chose, comme si j'avais été écrasé par un bus de plaisir et heurté chaque essieu au passage.

—Bee, a-t-elle murmuré, mi-question, mi-crainte.

—Je ne vais nulle part. J'ai appuyé mon front contre le sien et respiré son parfum. L'odeur de son excitation flottait vers moi, me suppliant de ne pas m'arrêter.

Mais je devais le faire. Je devais m'assurer qu'elle me demandait cela pour les bonnes raisons.

La partie de moi qui l'avait toujours désirée disait *quelle importance*, mais l'homme que j'étais devait savoir. Si je la baisais parce qu'elle était vulnérable et excitée, et qu'elle le regrettait ensuite, je ne me le pardonnerais jamais. Mais si je savais qu'elle s'y engageait avec l'esprit clair, je n'aurais aucune réserve à remplir Valentina et à la faire jouir jusqu'à ce que le seul nom qu'elle connaisse soit le mien.

—Pourquoi as-tu arrêté de m'embrasser ?

—Parce que j'ai besoin de savoir que tu veux que ça arrive.

—Je pensais avoir été assez claire.

J'ai secoué la tête. —Tu veux ajouter le sexe à ta Quête du Plaisir. Tu as dit que tu t'étais inscrite à cette application de rencontres. Je suis plus que disposé à être ton partenaire de quête, mais j'ai besoin de savoir que c'est parce que tu veux être avec moi. Si nous franchissons cette limite...

—Ne l'avons-nous pas déjà franchie ? Ce baiser n'était pas le genre de baiser que partagent des amis. C'était le genre de baiser qui mène à des corps en sueur et à la béatitude et à plus d'orgasmes que je n'en ai eus durant toute l'année dernière.

—J'ai besoin de savoir que tu ne le regretteras pas. Rien ne compte plus pour moi que toi. Je ne peux pas risquer de te blesser. Jamais.

—Je ne le regretterai pas.

—Pourquoi me l'as-tu demandé ce soir ?

—Parce qu'on est ici. Et danser est sexy. Et être dans tes bras m'a rendue humide et prête pour toi toute la soirée.

—Je ressens la même chose, Vee, mais je ne peux pas le

faire ce soir. Ce n'est pas que je ne peux pas, mais je ne veux pas. Si tu le veux toujours le week-end prochain, tu pourras venir chez moi. Je cuisinerai quelque chose, ou je commanderai, et nous nous assurerons de ne pas être interrompus. Mais j'ai besoin que tu y réfléchisses. Que tu saches que c'est vraiment ce que tu veux.

Elle prit une inspiration tremblante et finit par hocher la tête. Ses yeux étaient clairs et concentrés. —Ne fais pas d'autres projets pour le week-end prochain.

Je souris. —Je n'en ferai certainement pas.

15

Nous sommes retournés sur la piste de danse et avons passé le reste de la soirée à nous torturer avec des caresses et des taquineries. J'ai pris des notes mentales sur les endroits où je la touchais qui la faisaient frémir, et j'ai fait en sorte de l'embrasser à chaque occasion.

Lorsque nous sommes partis, il était déjà minuit passé, et j'ai décidé de ne pas tenter le diable en l'invitant chez moi pour profiter du jacuzzi. Nous pourrions faire ça le week-end prochain, avant ou après avoir fait l'amour.

Ou pendant. Je n'avais jamais baisé dans un jacuzzi, mais j'en avais toujours eu envie.

Je me suis rappelé une centaine de fois avant de la déposer chez elle qu'elle pourrait dire non. Que ce n'était pas une garantie. Et même si elle acceptait, ça ne voulait pas dire que nous étions ensemble. Nous étions de meilleurs amis qui avaient une chimie physique incroyable et qui l'exploraient.

Le fait que je sois amoureux d'elle n'était pas pertinent.

—Merci pour cette soirée, murmura Valentina sur son porche.

C'était comme toutes ces soirées où j'avais rêvé d'avoir un

rendez-vous avec elle au lycée. La raccompagner jusqu'au porche et rester silencieux pour ne pas se faire prendre. Sauf que maintenant, nous essayions de ne pas nous faire surprendre par ses filles au lieu de son père.

—Je me suis beaucoup amusé.

Elle leva les yeux vers moi à travers ces interminables cils noirs. Ses yeux bruns scintillaient sous l'éclairage du porche. Je n'avais jamais considéré ce genre de chose comme sexy auparavant, mais la façon dont les yeux de Valentina étince-laient et dont son corps se rapprochait du mien, je ne me tiendrais plus jamais sur un porche sans penser à elle.

—Moi aussi. J'ai hâte d'être au week-end prochain, chuchota-t-elle.

Le sens caché derrière ses mots était aussi épais que mon sexe derrière ma braguette. J'ai gémi et j'ai comblé la distance entre nous, lui laissant sentir à quel point j'avais faim d'elle. J'avais dit que je voulais qu'elle réfléchisse, mais ça ne voulait pas dire que j'allais jouer franc-jeu et garder mes mains pour moi d'ici là.

Elle entrouvrit ses lèvres pour moi lorsque nous nous sommes connectés, sa langue plongeant dans ma bouche en premier. J'ai incliné la tête et j'ai sucé fort sa langue. Mes mains se sont posées sur ses hanches, puis plus bas pour caresser ses fesses généreuses.

Elle se frottait contre mon érection, gémissant au contact de la dureté contre son ventre. Ses mains s'agrippaient à nouveau à ma chemise, me retenant près d'elle.

Je n'avais aucune intention d'aller ailleurs. Pas avant un moment.

Je l'ai attirée plus près, frottant mon sexe contre elle. Elle remonta sa jambe, m'installant entre ses cuisses, et son souffle se coupa.

—Vee ? haletai-je, me reculant juste assez pour laisser la question flotter entre nous.

—S'il te plaît, chuchota-t-elle. Supplia-t-elle.

Mon contrôle était fermement dans ses mains, ce qui signifiait que je ne l'avais plus, et ce seul mot suffisait pour que j'arrête de penser à ne pas la posséder et que je commence à réfléchir à ce qu'elle m'avait dit.

Le sexe n'avait jamais été bon pour elle. Elle n'en avait jamais ressenti le besoin. Elle n'avait jamais voulu de sexe.

J'avais un choix. À ce moment-là, je pouvais être honorable et m'éloigner, et me demander pour toujours si ce choix avait bousillé un avenir avec elle. Ou je pouvais céder et la faire frémir, jouir et crier mon nom. Là, sur son porche.

—Loin de la lumière, sifflai-je, la déplaçant de devant la porte vers le côté, où une paire de chaises se trouvait dans l'obscurité.

Son corps se détendit, comme si elle avait été tendue par l'anxiété, attendant ma réponse. Elle fit quelques pas hors de la lumière et se retourna vers moi, m'attirant pour m'embrasser à nouveau.

Je ne m'étais jamais senti aussi hors de contrôle avec une femme auparavant. Jamais été si perdu dans le désir que je ne pouvais pas dire non quand elle voulait quelque chose. Mais je n'avais jamais eu la femme que j'aimais me suppliant de la faire jouir.

Sa jambe s'écarta à nouveau, sa cheville s'accrochant à mon mollet. Elle se stabilisa sur un pied tandis qu'elle se frottait contre moi. Un gémissement lui échappa avant qu'un grognement frustré ne déchire sa gorge.

Je n'allais pas la perdre. Pas comme ça. Pas de cette façon. Elle allait savoir exactement à quel point nous pouvions être bien ensemble.

Je poussai contre elle, frottant mon érection contre son centre. Sa robe me résistait, mais la façon dont elle se tendait me disait que ça n'avait pas d'importance. Elle était aussi perdue que moi.

—Vee, ai-je murmuré. J'avais besoin d'entendre sa voix. De savoir qu'elle ne pensait à personne d'autre. De savoir qu'elle savait que c'était moi qui la rendais folle sur le porche dans cette nuit sombre de septembre.

—S'il te plaît, Bee. Oh, mon Dieu. Sa voix était étranglée, suppliante, comme je ne l'avais jamais entendue auparavant.

—Tu veux que je te fasse jouir ?

—Oui.

—Tu y penses depuis toute la soirée ?

—Oui. Te toucher. J'ai besoin de toi.

—Je veux t'entendre, Vee. Dis-moi ce que tu veux.

—C'est tellement bon, a-t-elle chuchoté.

Chaque poussée la faisait gémir, lui coupait le souffle, faisait frissonner son corps. Mais ce n'était pas suffisant. Ça n'allait pas l'amener là où elle devait être. Je pouvais sentir la tension monter en elle, le moment qui ne venait pas assez vite.

—Tiens-moi, lui ai-je dit.

Ses bras ont entouré mes épaules. J'ai claqué contre elle, appuyant son poids contre le côté de la maison. Elle a tremblé.

—Oui, a-t-elle crié, sa voix douce, mais l'intention du mot était claire.

J'ai soulevé sa jambe plus haut, écartant davantage ses cuisses. J'ai cogné contre elle. Nos vêtements atténuaient la sensation, mais je savais que je ne pourrais pas arrêter le désir qui courait dans mes veines. J'allais jouir avec elle. Je m'en fichais. J'avais besoin d'elle.

—Oh, mon Dieu, a-t-elle sifflé. —Oui. Brantley. Oh... mon... OUI !

Sa jouissance a été rapide et vive, comme la morsure sur mon épaule. Elle tremblait dans mes bras, des secousses parcourant son corps et envoyant des vagues de désir pulser dans mon sang.

La morsure m'a juste assez sorti du moment pour que mon orgasme s'interrompe, et quand Valentina a levé les yeux vers moi, j'ai su que j'avais manqué ma chance.

Mais je savais aussi que rien n'aurait pu être mieux que de voir l'expression de pur bonheur sur son visage.

—Alors, ajouter le sexe à la Quête du Plaisir, c'est bien ? ai-je plaisanté.

—Tellement bon, a-t-elle chuchoté. Ça n'a jamais été aussi bon.

—Imagine ce que ce sera quand on ne sera pas habillés et sur ton porche.

Elle a gémi et laissé tomber sa tête sur mon épaule. J'ai à peine réussi à contenir ma grimace quand elle a heurté la morsure déjà en train de bleuir.

—J'ai vraiment cru pendant longtemps que les gens mentaient à propos du sexe. Je pensais que c'était une grande théorie du complot pour pousser les gens à se reproduire. Je ne comprenais pas pourquoi les gens perdaient la tête pour ça.

—Et maintenant ?

Elle m'a regardé et a souri. —Je commence à comprendre.

J'ai souri et pressé doucement mes lèvres contre les siennes. Elle a souri contre ma bouche, m'embrassant d'une façon que seuls les amants connaissent. Sans se préoccuper de ce qui viendrait après.

—J'ai l'impression de te laisser en plan. Ou pas en plan. Elle s'est mordu la lèvre et m'a regardé avec ces yeux langoureux qui me faisaient perdre tous mes moyens.

Je pourrais lui demander de me rendre la pareille, et elle le ferait. Mais je ne voulais pas que ça se passe comme ça. Je voulais sentir sa peau contre la mienne, qu'elle me touche avant que je me laisse aller. Et ce n'était pas le bon moment pour ça.

—Peut-être qu'on pourrait changer ça le week-end prochain. Si tu veux.

—Pas maintenant ?

J'ai secoué la tête et embrassé le bout de son nez. —J'ai passé une très bonne soirée.

—Moi aussi.

Je l'ai embrassée à nouveau, écartant délicatement ses lèvres pour goûter sa saveur. Si c'était ma dernière chance, j'allais savourer chaque seconde.

—Je devrais rentrer, dit-elle une minute plus tard. Me nettoyer et aller dormir.

J'ai hoché la tête et reculé d'un pas, la libérant pour qu'elle puisse s'éloigner. Ça n'aurait pas dû être si difficile, mais ça l'était. Je voulais entrer avec elle. Aller au lit avec elle. Me réveiller avec elle.

Merde. Nous n'avions même pas fait l'amour, et je me voyais déjà dans sa vie. Je voulais faire partie de sa vie.

Comme plus que son meilleur ami.

Non. Ce n'est pas ce que nous faisions. Elle n'avait jamais parlé de relation. Du sexe. C'était juste du sexe. J'allais me la sortir de la tête, et nous redeviendrions amis. C'était bien. Pas d'avenir. Pas d'éternité. Juste des amis.

—Merci pour ce soir, lui ai-je dit.

Elle a pris mon visage dans sa main et a gardé mon regard pendant un long moment. Elle a hoché la tête et murmuré : Je ne pourrais pas faire tout ça sans toi, Bee. Tu es incroyable. Merci.

—Heureux d'aider.

Elle a laissé échapper un petit rire, puis a déverrouillé sa porte d'entrée et est entrée. Elle était partie.

Toute la semaine, Valentina et moi nous sommes envoyé des textos flirteurs. C'était nouveau pour nous, mais certainement pas indésirable. J'ai essayé de garder mes messages à la limite pour qu'ils restent amicaux, même s'ils flirtaient avec le côté sexy.

Après l'entraînement de jeudi, je suis passé chez Al's Hardware pour récupérer les poignées de placards. Knox m'avait envoyé un message disant qu'elles étaient arrivées et que je pouvais venir les chercher pour qu'elles soient chez moi avant la livraison des placards.

C'était aussi une bonne excuse pour demander conseil sur ma situation avec Valentina.

Knox était derrière le comptoir quand je suis entré, fermant le tiroir. Avant même de lever les yeux, il a dit, —Nous sommes fermés.

—C'est quoi, des horaires de banquier ? —je l'ai taquiné. Il était presque six heures, et il avait probablement déjà passé douze heures derrière le comptoir.

Knox m'a répondu avec son majeur. —Tu viens au O'Kelley's ce soir ?

J'ai secoué la tête. —Je n'avais pas prévu de le faire. Qu'est-ce qui se passe ?

—Une bande de gars se retrouvent tous les jeudis. Pratiquement tous ceux qui sont disponibles.

—Ils font toujours ça ? Je pense y être allé une ou deux fois. Je ne savais pas que c'était régulier. Et je ne suis pas super proche de ces gars-là.

—Et alors ? C'est justement pour ça que tu y vas. Parler, boire une bière, apprendre à les connaître. C'est bon pour les affaires.

—Je suis prof. Je ne possède pas d'entreprise.

Knox a levé les yeux au ciel. —Bon, d'accord. C'est bon pour mon entreprise. Viens parler de combien je suis génial.

—Oui, ton service client est impeccable, —ai-je marmonné.

Knox a ricané. —Uniquement pour toi. —Il a contourné le comptoir et a retroussé le nez. —Bon Dieu, tu t'es fait attaquer par une mouffette ?

—Non. C'est l'odeur d'un homme qui a fait travailler ses muscles.

—Un animal mort ? Tu as besoin d'une douche.

—Sans blague. J'allais le faire une fois que j'aurais récupéré le matériel chez toi.

—Bien. Parce que tu en as vraiment besoin.

— C'est prévu.

— Alors viens au O'Kelleys. On pourra parler de ce qui te tracasse.

— Qui a dit que je me tracassais ?

— Ta tête.

Je lui ai fait un doigt d'honneur, puis je l'ai suivi jusqu'aux casiers pendant qu'il ricanait. Il m'a remis la boîte de matériel et m'a dit qu'il me verrait bientôt. Nous sommes sortis ensemble, et j'ai conduit jusqu'à chez moi, hésitant à annuler même si je savais que ce serait bien de parler de Valentina à quelqu'un d'autre. Ils n'avaient pas besoin de savoir que c'était elle.

Peu de temps après, j'entrais au O'Kelleys, sentant bon pour que Knox ne me chambre pas davantage. Je me suis assis au bar à côté de Xavier et j'ai souri quand il m'a salué.

— Coach P ! Sympa de te voir en dehors du terrain. Xavier m'a donné une tape dans le dos.

— Merci, Xavier. Knox m'a dit de venir. J'espère que ça ne dérange pas.

— Toujours bienvenu, a dit Hudson en hochant la tête de l'autre côté du bar. — Qu'est-ce que je te sers ?

— Une bière. Ce que tu as à la pression. Pale ale ou IPA ?

Hudson a hoché la tête et a tenu un verre sous un robinet,

le remplissant d'une main experte. Il l'a posé devant moi et a dit : — La première est pour moi. Content que tu te joignes à nous.

— Merci.

— Ian nous racontait justement que Blake parle d'avoir un autre bébé, mais il n'a toujours pas réussi à faire sortir le premier de leur chambre. Des conseils ? a demandé Xavier.

J'ai regardé les autres hommes. Je connaissais Xavier puisque McJenna était dans l'équipe de cross-country. Tout le monde en ville connaissait Hudson Grant et Trent MacKellar. Trent était marié à la sœur d'Ian Jameson, et Ian fabriquait des bateaux en bois sur mesure et était incroyablement talentueux. Gavin Holbrook gérait Auberge L'anse MacKellar avec sa femme, et Sebastian Parks était marié à la sœur de Gavin. Knox était entre Sebastian et Colin Jones, qui possédait la Jones Family Maple Farm.

Ils étaient tous des hommes intelligents et talentueux qui ont contribué à faire de L'anse MacKellar ce qu'elle est. J'avais grandi avec beaucoup d'entre eux, j'en avais rencontré d'autres, et je connaissais les épouses et les petites amies de la plupart d'entre eux. La vie dans une petite ville était l'une des choses que je préférais à L'anse MacKellar.

— Comme je n'ai jamais eu ni enfants ni épouse, je suis probablement le dernier à qui on devrait demander des conseils sur l'un ou l'autre, leur ai-je dit.

Xavier m'a souri pendant que les autres continuaient la conversation. — Comment ça va ?

— Bien. L'équipe est géniale. Comment McJenna trouve ça ?

— Elle est agréablement surprise de s'amuser. Elle s'est battue contre Bianca, mais elle s'en sort mieux qu'elle ne le pensait. Ça aide que toi et Coach M ayez créé un environnement si accueillant.

— C'est l'objectif. Nous avons des jeunes qui sont des

coureurs passionnés et qui finiront par courir des marathons pour le plaisir ou qui iront à l'université grâce à des bourses, et nous avons des jeunes qui développeront une habitude de course à vie pour rester en bonne santé ou réduire le stress ou pour une autre raison. Il y en a toujours quelques-uns qui décident que ce n'est pas fait pour eux, et c'est bien aussi. Nous voulons que ce soit une bonne expérience pour les jeunes pendant qu'ils sont avec nous.

— Tu as vraiment réussi ça. Je ne pense pas que J aurait rejoint l'équipe si Bianca n'avait pas parlé si bien de toi. Elle a dit que tu étais comme de la famille, a dit Xavier.

J'ai hoché la tête et j'ai bu une gorgée de ma bière pour me donner une minute. — Valentina et moi avons grandi ensemble. Nous avons obtenu notre diplôme ensemble à MCHS. J'ai connu Bianca et Samantha toute leur vie.

— Super. C'est bon pour elles d'avoir quelqu'un qui les soutient. Surtout après que Dawson se soit révélé être un tel connard.

— Dawson a toujours été un connard, ai-je craché. — Je ne réalisais pas qu'il était suffisamment stupide pour jeter une relation avec Valentina.

Xavier a souri d'un air narquois, avec une lueur dans les yeux qui disait qu'il me provoquait.

— Quoi ?

— Rien. Tu sembles très investi dans leur vie.

—Ils méritent mieux.

—On dirait qu'ils ont mieux.

La nuque me picota. —Qu'est-ce que ça veut dire ?

—Ça veut dire depuis combien de temps es-tu amoureux de Valentina ? demanda Trent.

Je repoussai mes cheveux de mon visage et secouai la tête. —Je ne le suis pas.

—Mon cul, dit Hudson.

Je lui lançai un regard noir. Il me sourit avec suffisance.

—C'est de ça dont tu voulais parler tout à l'heure ? demanda Knox.

Il eut droit à un regard noir, lui aussi.

—Nous sommes tous amis ici, dit Ian, se penchant en avant pour capter mon regard. —Et ne laisse aucun de ces connards te faire croire le contraire. Nous avons tous été exactement là où tu te trouves. Moi y compris.

—Qui est où exactement ? lui demandai-je, pas encore prêt à admettre ma défaite.

—Fou amoureux d'une femme qui ne voit pas à quel point elle est incroyable ou qui ne comprend pas pourquoi tu te lierais à elle pour toujours. Essentiellement à te cogner la tête contre le mur en souhaitant pouvoir t'arrêter, mais arrêter de l'aimer serait comme arrêter de respirer. Tu mourrais si tu y parvenais.

J'observai les autres le long de la rangée. À part Knox, les autres n'avaient pas l'air de ricaner autant que je le pensais. Ils semblaient beaucoup plus compréhensifs. —Ouais, eh bien, vous avez tous convaincu la femme que vous aimez de vous donner une chance. Valentina veut juste qu'on reste amis.

—Tu en es sûr ? demanda Hudson.

Je le regardai en plissant les yeux. —C'est ce qu'elle m'a dit. Pourquoi ?

Hudson haussa les épaules. —Ce n'est pas comme ça qu'Anna le raconte. Elle est plutôt convaincue que Valentina est tout aussi mordue que toi.

Je secouai la tête. —Pas une chance. L'alchimie entre nous est dingue, mais...

—Wow, sérieux ? —demanda Xavier. Il sourit comme s'il était fier.

—Je ne vais pas partager les détails, —grognai-je.

—Je n'en veux pas. Je suis juste content de l'apprendre. Karissa a une très haute opinion de toi. Tout comme Goldie et tous ceux qui ont parlé de toi. Valentina est une bonne personne. Une personne formidable. Elle mérite quelqu'un de bien dans sa vie, et si c'est toi, alors tant mieux pour vous deux.

Je fixai Xavier pendant un long moment, mais il ne sourit pas, ne fit pas de blague ou quoi que ce soit qui me fasse penser qu'il se comportait comme un crétin. —Merci.

—Alors, revenons à ce truc *dingue* entre vous, —dit Knox. —Lui ne veut peut-être pas de détails, mais moi si.

Je lui fis un doigt d'honneur, et les autres éclatèrent de rire.

—On laisse Knox venir parce qu'il a tous les bons matériaux de construction en ville, mais être célibataire lui donne une perspective un peu biaisée, —dit Ian. Il fit un signe du menton vers Knox, qui leva les yeux au ciel.

—Vous vivez tous par procuration à travers moi, —dit Knox en bombant le torse.

J'observai les autres qui secouaient la tête et sirotaient leurs bières. C'était ce que je cherchais. Pas de plans d'un soir, par procuration ou en direct. Pas de relations anonymes. Pas de matins où l'on essaie de s'éclipser dans l'obscurité. Je voulais un avenir. Une vie. Un engagement envers Valentina.

—Est-ce qu'elle sait que tu es amoureux d'elle ? — demanda Sebastian.

Je secouai la tête. —Elle prendrait ses jambes à son cou si elle le savait.

—J'ai pensé la même chose avec Zoey. Elle venait de divorcer quand on s'est remis ensemble. C'était censé être amusant quelques semaines pendant qu'elle était en ville, mais je n'ai pas pu la laisser partir quand le moment est venu.

—Finley et moi nous sommes rencontrés lors d'un coup d'un soir. J'ai été un vrai connard avec elle, et elle a finalement accepté de me laisser entrer dans sa vie pour que je puisse prouver que j'étais digne d'elle. Trent MacKellar était l'homme le plus riche de L'anse MacKellar. Sa fortune valait probablement trois fois celle de tous les autres clients du bar réunis.

—J'y travaille encore, dit Hudson à Trent.

Trent sourit et hocha la tête. —Tous les jours que Dieu fait. Elle en vaut la peine.

—Alors, qu'est-ce que tu vas faire avec Valentina ? demanda Gavin.

Je secouai la tête. —J'aimerais bien le savoir.

—Sois là pour elle, dit Sebastian.

—Sois présent pour elle, dit Trent.

—N'abandonne pas, dit Gavin.

—Montre-toi vulnérable, dit Hudson.

—Par-dessus tout, sois d'abord son ami. Si tu la veux dans ta vie, tu dois être prêt à renoncer à une relation amoureuse si ce n'est pas ce qu'elle souhaite. Je ne pense pas que ce sera le cas, mais tu dois t'y préparer, dit Ian.

J'acquiesçai à tous leurs conseils, sachant qu'ils avaient tous raison. —Merci. Je suppose qu'avoir Knox comme ami s'avère utile de temps en temps.

Les gars rirent, et la conversation passa de ma vie amoureuse au sport. Je sortis mon téléphone et envoyai un message rapide à Valentina, sachant que c'était la bonne chose à faire.

16

VALENTINA

Je pense à toi ce soir. J'espère que tu fais quelque chose qui t'apporte du plaisir.
J'espère que c'est toujours le cas, Vee. Je t'aime.

Le message de Brantley attendait sur mon téléphone. Je l'avais lu quand il me l'avait envoyé, mais j'aidais Bianca avec ses devoirs, et ensuite je ne savais pas comment répondre. Un ton flirteur semblait presque approprié après la façon dont nous avions parlé toute la semaine, mais ça ne semblait pas être ce genre de moment. C'était différent. Comme si ma réponse allait déterminer ce qui se passerait entre nous.

Je n'étais toujours pas sûre de ce que je voulais qu'il se passe entre nous. Pas au-delà du week-end. Pour le week-end, je savais. Je voulais coucher avec Brantley. Je voulais savoir ce qu'était un rapport sexuel à s'agripper aux draps, et je savais qu'il serait à la hauteur. Cet homme m'avait donné un orgasme sans même toucher ma peau, sur mon porche !

J'avais hâte de découvrir ce dont il était capable sans vêtements.

Je lui faisais aussi confiance. Je savais que Brantley ne se contenterait pas de coucher avec moi pour ensuite me mettre à la porte. Nous pourrions parler. Être honnêtes. Rester amis après.

Est-ce que je voulais ça ?

J'ai secoué la tête. Ce n'était jamais remis en question. Je voulais Brantley dans ma vie. Marcher sur la corde raide était dangereux, mais si j'étais forcée de faire un choix, je voudrais toujours l'avoir comme ami.

Quand les filles sont allées se coucher, j'ai éteint toutes les lumières et je suis allée dans ma chambre. J'ai fixé le message et j'ai finalement tapé une réponse.

> Je pense toujours à toi. J'ai passé la soirée avec les filles. J'ai essayé une nouvelle recette. Pas un succès, mais pas la pire chose qu'on ait mangée ce mois-ci. J'espère que tu as fait quelque chose qui t'a apporté du plaisir ce soir. Je t'aime, Bee.

J'ai posé mon téléphone et je suis allée dans la salle de bain pour me préparer à dormir. Quand je me suis glissée dans mon lit, j'ai repris mon téléphone pour voir s'il avait répondu. C'était le cas.

> Désolé que ce n'ait pas été un succès. La prochaine fois. Je suis allé au O'Kelley's avec Knox. C'était une bonne soirée.

Mon corps s'est embrasé d'un mélange de jalousie et de possessivité. Knox était célibataire. Brantley aussi. S'ils étaient au O'Kelley's, cela signifiait-il qu'ils cherchaient des femmes ?

Ça a l'air sympa. En chasse ?

Ha ! Pas du tout. J'ai rencontré un groupe de mecs. Hudson a dit qu'ils se réunissent tous les jeudis. Il m'a invité à revenir.

Ce n'était pas juste que je sois soulagée. Je ne devrais pas souhaiter qu'il soit célibataire et seul comme moi. Je voulais qu'il soit heureux. Je voulais juste qu'il soit, peut-être, heureux avec moi.

Anna l'a mentionné. J'avais oublié. C'est sympa d'avoir des amis avec qui traîner.

Ouais. Les amis, c'est toujours bien. Mais ma meilleure amie me manque. Comment s'est passée ta journée ?

C'était bien. Sans incident. Les nouveaux blondies que j'ai faits ont eu beaucoup de succès aujourd'hui.

Ah, donc tu as fait quelque chose qui t'a apporté du plaisir.

Oui. Et j'ai passé du temps avec mes filles, ce qui est toujours agréable. Bianca a même rangé la vaisselle sans que je le demande, et Samantha a fait une lessive. Je leur ai demandé si elles se sentaient bien.

MDR ! C'était aussi ma première pensée.

Les grands esprits se rencontrent.

Certainement.

J'apprécie aussi de te parler en ce moment.

Moi aussi, Vee. J'aime toujours te parler.

Merci. On est toujours bons pour ce week-end ?

Tu sais que je te laisse entièrement décider. Pas de pression de ma part.

Bianca passe la nuit chez McJenna, et Samantha passe la nuit chez Amy.

Tu auras donc la maison pour toi toute seule.

J'espère que la maison sera vide. Je pensais venir chez toi.

Apporte ton maillot. On pourra utiliser le jacuzzi. C'est peut-être la dernière fois cet automne.

Ça semble parfait.

J'ai bâillé et regardé l'horloge. Il était tard, bien plus tard que l'heure à laquelle Brantley restait habituellement éveillé.

Je viens de voir l'heure. Tu ne devrais pas aller dormir ?

Je discutais avec toi.

Tu aurais dû me le dire. Je ne veux pas être la raison pour laquelle tu ne dors pas assez.

Ne t'inquiète pas. Je serai toujours là pour toi, Vee.

Je sais. Merci pour ça. Mais maintenant, va dormir.

Toi aussi. On se parle demain.

Oui.

J'ai posé le téléphone et éteint la lampe, mes lèvres s'incurvant à la pensée d'une nuit entière seule avec Brantley.

Ça allait être un bon weekend.

—C'EST le pire week-end de tous les temps ! s'écria Bianca en entrant bruyamment dans la maison après leur compétition du samedi.

C'était le week-end du bal de rentrée, et Bianca devait y aller avec McJenna. Les deux filles y allaient sans cavalier. Du moins, c'était le plan.

—Pourquoi es-tu contrariée que McJenna ait un cavalier ? lui ai-je demandé.

—Parce qu'on s'était mises d'accord ! On avait dit qu'on irait ensemble. Au diable le patriarcat et tout ça. On n'a pas besoin d'hommes dans nos vies pour nous sentir complètes. Et maintenant elle a un cavalier. Qu'est-ce que je suis censée faire avec ça, Maman ?

J'ai pris une profonde inspiration parce que les drames adolescents étaient tellement démesurés, intenses et stupides. Mon Dieu, c'était tellement stupide. Non pas parce que ça n'avait pas d'importance, mais parce qu'aucune des choses sur lesquelles ils se focalisaient tant ne serait encore sur leur radar dans cinq ou dix ans.

Mais pour l'instant, c'était le problème le plus important de la planète.

—Est-ce que vous y allez toujours ensemble ?

Bianca a haussé les épaules. —Ouais, je crois.

—Et tu passes toujours la nuit chez elle ? J'ai croisé les doigts en priant.

Bianca a hoché la tête. —Oui.

—Alors, où est le problème ?

Bianca a soufflé. —Parce qu'elle va danser avec Kevin. Elle ne va pas simplement traîner avec moi.

—Et Andrew ? Tu vas danser avec lui ?

—Je ne sais pas. Ses lèvres ont essayé de s'étirer aux coins, et elle est passée de rhinocéros en colère à souris timide.

—Ce soir est censé être amusant. C'est censé être une occasion de porter de belles robes, de danser, de faire les folles et de profiter d'une soirée avec tes amies. Est-ce que tu as dit non à Andrew à cause de McJenna ?

—Non. Pas totalement. Personne ne lui a demandé, et je ne voulais pas que ce soit bizarre, mais je ne sais juste... pas trop quoi penser des rencontres amoureuses.

—Je croyais que tu étais prête à y réfléchir.

— Y penser, oui. Mais plonger dans le grand bain ? Non.

— Pourquoi aller à une soirée dansante avec Andrew serait plonger dans le grand bain ?

— Parce qu'elle l'aime, a répondu Samantha. Elle était restée derrière moi, silencieuse pendant toute la conversation, mais elle suivait clairement ce qui se disait et avait les pièces manquantes du puzzle.

— La ferme ! a crié Bianca. —Tu ne sais pas de quoi tu parles !

Samantha a fait des bruits de baisers en direction de Bianca, et Bianca s'est jetée sur Sam. Je me suis interposée entre elles et j'ai dit à Sam d'aller dans sa chambre pour commencer à se préparer pendant que je calmais Bianca qui voulait tuer sa sœur.

Une fois Sam sortie du salon, Bianca a arrêté de me combattre et s'est dirigée vers le canapé.

— Et si je choisissais le mauvais gars, maman ? Et si Andrew était comme papa ?

— Et s'il l'était ? Quelle serait la pire chose qui puisse arriver ?

Elle a haussé les épaules. —Il me tromperait.

— Et ensuite ?

Elle a haussé les épaules à nouveau. —J'sais pas.

— Eh bien, moi je sais. Tu te relèves, tu te secoues et tu retournes là-bas. Parce qu'aucun homme n'a le droit de te détruire.

— Mais papa t'a détruite.

J'ai secoué la tête. —Non. Il ne m'a pas détruite. Il m'a un peu brisée. Plus qu'un peu. Ça a fait mal. Ma fierté a été blessée et mon cœur meurtri, mais je ne suis pas prête à me cacher de l'amour dans l'espoir de ne plus jamais souffrir.

— Vraiment ?

— Non. Je ne le suis pas. Je ne sors pas avec la moitié des hommes de la ville, mais une fois que j'aurai déterminé qui je veux dans ma vie, le genre d'homme que je vais choisir cette fois, je serai ouverte à le trouver.

— Je veux un homme comme Oncle Brantley.

J'ai hoché la tête tandis que mon cœur battait en signe d'accord. —Oncle Brantley tient Andrew en très haute estime. Il a dit que si tu étais sa fille, il voudrait que tu sortes avec Andrew.

—Il a dit ça ?

—Oui. Je ne pense pas que te priver de bonheur soit vraiment un coup contre le patriarcat. C'est plutôt leur laisser gagner. C'est te refuser quelque chose qui te rend heureuse. En quoi est-ce un pas dans la bonne direction ?

Bianca haussa les épaules, paraissant bien plus jeune que ses seize ans. —Est-ce que j'ai tout gâché, maman ?

—Je ne sais pas, ma chérie. Tu peux lui demander. Et tu peux essayer d'arranger les choses.

Elle réfléchit pendant une seconde, puis hocha la tête et se précipita vers sa chambre.

DEUX HEURES PLUS TARD, elles étaient toutes les deux habillées, leurs cheveux étaient parfaits, et la soirée allait commencer. Tout le monde venait chez nous pour les photos puisque nous nous connaissions tous, alors l'intérieur s'anima rapidement. J'avais préparé des friandises et des en-cas pour que les parents et les jeunes puissent grignoter pendant que nous attendions que tout le monde arrive.

—On est prêts pour les photos ? me demanda Goldie.

Je regardai autour de la pièce et hochai la tête. —Je pense que tout le monde est là.

Goldie s'avança. —Prenons quelques photos, tout le monde. Les filles d'abord. Devant la cheminée.

Goldie dirigea les photos, plaçant les jeunes comme elle le souhaitait. Nous avons pris des photos de toutes les filles, de tous les garçons, des frères et sœurs, des couples, et de chaque jeune individuellement. C'était une vraie ménagerie, mais cela s'est déroulé rapidement grâce aux instructions de Goldie.

Bianca s'approcha de moi alors que les derniers jeunes se faisaient photographier et me serra dans ses bras.

—C'était pour quoi, ça ?

—Pour m'avoir encouragée à être fidèle à moi-même.

—Tu devrais toujours être fidèle à toi-même, lui dis-je. Je pris son visage entre mes mains pour m'assurer qu'elle était attentive. —La seule personne que tu ne devrais jamais décevoir, c'est toi-même.

— Merci, maman. Elle est restée silencieuse pendant une minute, puis a dit : «J'ai appelé Andrew.

— Ah bon ? Et qu'est-ce qu'il a dit ?

— Il a dit qu'il espérait que j'avais changé d'avis et que je voulais qu'il soit mon cavalier ce soir.

— Vraiment ? Eh bien, je l'aime encore plus maintenant.

Elle rayonnait. «Moi aussi.

— Donc, ça veut dire que les choses avec McJenna sont à nouveau réglées ?

Bianca a hoché la tête. «Elles étaient déjà réglées avant, mais j'étais jalouse. Je voulais dire oui à Andrew, mais j'ai eu peur. Je pensais que J comprenait ça et qu'elle allait être ma partenaire pour la danse, mais quand elle a accepté son rendez-vous, je...

— Je comprends. Ce n'est pas toujours facile de dire ce qu'on veut. Mais tout s'est bien arrangé.

Un des parents avait un grand van et a proposé de conduire tous les enfants. Ils ont crié qu'ils devaient tous sortir.

— Tu devrais y aller, ai-je dit à Bianca.

— Merci, maman. Passe une bonne soirée toute seule à la maison.

Mon corps s'est réchauffé. «C'est prévu. Amuse-toi bien chez McJenna's. Sois sage avec Xavier et Karissa.

— Promis. Je t'aime.

— Je t'aime aussi.

Samantha est venue me voir pendant que Bianca sortait, m'a serrée dans ses bras et m'a dit bonne nuit.

J'ai attendu que tout le monde quitte mon allée, les sacs de soirée pyjama bien rangés dans les véhicules des autres parents. Je suis allée dans ma chambre et j'ai sorti le plus petit bikini que je possédais. Celui que j'avais depuis la fac qui serait indécent même dans ses meilleurs jours, mais dont je n'avais pas pu me séparer, espérant que peut-être un jour je pourrais le porter à nouveau. J'ai jeté ça dans un sac, souriant que ce jour était aujourd'hui, puis j'ai ajouté un change de vêtements, une écharpe, et ma brosse à dents.

Et toutes les nervosité que je pouvais trouver. Ces petits enfoirés dansaient tout autour de moi.

J'ai pris une profonde respiration et me suis rappelée ce que je venais de dire à Bianca. Je devais être fidèle à moi-même. Et la chose la plus vraie en ce moment était que je voulais Brantley Pierce.

Sa lumière de porche était allumée quand je me suis garée dans son allée. Mon cœur s'est emballé tandis que je remontais le chemin. Tout en moi était prêt pour cette soirée, et pour tout ce qui allait se passer entre nous.

J'ai sonné et attendu une minute que Brantley ouvre la porte. Il portait un jean usé qui l'enveloppait et l'épousait aux bons endroits et un t-shirt blanc qui s'étirait sur son torse et ne laissait que peu de place à l'imagination. Ses pieds étaient nus, mais ses mains n'étaient pas vides.

—Salut, dit-il, comme si c'était une soirée ordinaire. Je finissais juste avec le grill. Viens.

Il s'est retourné et m'a laissée le suivre. Incapable de résister, je l'ai suivi dehors, laissant mon sac à l'entrée et traversant la maison jusqu'à la terrasse où il se trouvait.

De petites lumières étaient suspendues des gouttières aux poteaux du bord de la terrasse, créant une lueur magique sur tout l'espace. Le jacuzzi était ouvert et bouillonnant, l'eau brillant d'une lumière bleue sous-marine.

Une planche de charcuterie était posée sur la table, sous une cloche alimentaire pour tenir à l'écart les derniers insectes de la saison des viandes et fromages artistiquement présentés sur une ardoise que je n'avais jamais vue auparavant.

—Tu as fait les choses en grand, dis-je.

Il s'est tourné pour rencontrer mon regard. —Tout pour toi.

Ses mots m'ont à la fois réchauffée et taquinée.

J'ai pris quelques morceaux de fromage et de la viande tranchée et les ai mis dans ma bouche. Le piquant de la viande s'est fondu dans la douceur du fromage. Aucun ne dominait l'autre, mais ils travaillaient ensemble pour titiller ma bouche et me donner envie de plus.

—Ça, c'est un exercice de plaisir, dis-je à Brantley.

Il a éteint le grill et posé deux assiettes sur la table à manger à côté de laquelle je me tenais. Deux steaks étaient sur une assiette et des légumes enveloppés dans du papier aluminium sur l'autre. —J'espérais que ça te plairait.

—C'est toi qui as préparé tout ça ? dis-je en montrant l'ardoise du geste.

Il a hoché la tête. —Ça semblait bon, alors j'ai commencé à prendre des choses que j'espérais bien assortir ensemble. Avec les steaks et les asperges, je pensais que quelque chose comme ça serait un bon complément.

— Regarde-toi en train de faire le gourmet.

Il sourit. — J'ai appris quelques trucs grâce à toi au fil des années.

— Tu'as été attentif.

— Tout le temps, Vee.

Mon souffle s'arrêta dans ma poitrine. Nous allions vraiment le faire. Nous allions vraiment coucher ensemble. C'était réel.

— Rien n'est obligé de se passer, murmura-t-il. Il'avait reculé un peu, créant une distance entre nous qui n'existait pas une minute auparavant. — Nous'sommes juste deux amis qui dînent ensemble.

— Nous savons tous les deux que ce n'est pas ce que c'est.

— C'est tout ce que ça doit être. Je n'attends rien d'aucune femme, mais surtout pas de toi. Je t'aime, et je ne me pardonnerais jamais si je te forçais à quelque chose ou si je dépassais une limite ou si je changeais tout entre nous et que nous ne puissions pas revenir à ce que nous sommes.

— Je ressens la même chose.

Il hocha la tête. — D'accord. Alors asseyons-nous et mangeons, et nous verrons après.

J'acquiesçai et pris place. La vérité étant désormais exposée, nous avons parlé comme nous l'avions toujours fait. Il me demanda si les filles étaient excitées pour la soirée de Homecoming, et je lui racontai l'histoire de Bianca et Andrew. Quand nous eûmes fini de manger, Brantley porta nos assiettes dans la cuisine et les déposa dans un bac posé sur une table pliante.

— C'est comme ça que tu fais la vaisselle ? demandai-je.

Il ricana. — Ça fonctionne pour l'instant. J'utilise l'évier de service pour laver et je les rapporte dans la chambre à la fin pour les ranger.

— Combien de temps vas-tu vivre comme ça ?

Il haussa les épaules. — Les placards devraient arriver dans quelques semaines. Ils sont commandés. Une fois qu'ils seront installés, quelqu'un viendra prendre les mesures pour les plans de travail. Ceux-là ne prendront pas autant de temps. Tout avance beaucoup plus vite que je ne l'avais prévu.

— J'adore le bleu. C'est magnifique. Ton peintre a fait un excellent travail.

—Eh bien, merci.

—Tu as peint ça ? ai-je demandé.

Il a hoché la tête.

—Qui aurait cru que tu avais tant de talents ?

—Tu n'as pas idée, a-t-il dit.

Ses mots et son ton m'ont fait frissonner, et je me suis retrouvée à nouveau tremblante, submergée par mes hormones et mon désir.

—Désolé, a-t-il murmuré. —Je ne voulais pas tout gâcher.

—Tu ne gâches rien, lui ai-je dit, en posant ma main sur son bras avant qu'il ne reparte dehors. —Je suis venue ici avec l'intention de finir dans ton lit, Bee. Mais tout comme tu ne me forces pas, je ne te forcerai pas non plus.

—Crois-moi, je ne demande que ça, Vee.

—Parfait. Je l'ai regardé avec ce que j'espérais être un regard séduisant et j'ai dit, —Et ce jacuzzi alors ?

Il a dégluti bruyamment et a hoché la tête. —Il est chauffé et prêt pour nous.

—Je me change ici ou je vais dans la salle de bain ?

—Tu peux utiliser ma chambre si tu veux.

J'ai acquiescé. J'ai attrapé mon sac près de la porte d'entrée et j'ai suivi Brantley dans le couloir jusqu'à sa chambre. Je savais laquelle était la sienne, mais je n'y avais jamais passé beaucoup de temps. Elle était propre et sentait bon. Les murs étaient d'un gris doux. Une couette verte recouvrait le lit bien fait. La porte de sa salle de bain était ouverte, mais il faisait trop sombre pour bien voir à l'intérieur.

—Laisse-moi prendre un maillot et me changer dans une autre pièce. Je te rejoins dehors.

Je l'ai regardé se déplacer dans sa chambre, sortir un short de bain gris d'un tiroir et retourner directement vers la porte. Il l'a fermée derrière lui, me laissant seule dans son espace.

J'ai expiré lentement, sachant que ma nervosité était inutile. C'était Brantley. Je lui faisais confiance, je l'adorais, et ce n'était que du sexe. Juste une autre expérience dans ma Quête de Plaisir.

J'ai posé mon sac sur son lit et l'ai décompressé. J'ai trouvé mon maillot de bain, regrettant immédiatement le choix que j'avais fait lorsque je l'ai sorti. Il était minuscule. Microscopique. Il allait à peine couvrir quoi que ce soit.

Mais c'était tout ce que j'avais.

J'ai enlevé le jean et le haut que je portais pour venir chez lui et les ai pliés dans mon sac. J'ai jeté un coup d'œil à la porte pour m'assurer qu'elle était bien fermée, même si je le savais déjà, puis j'ai mis mon soutien-gorge et ma culotte avec le reste de mes vêtements.

Le bas du bikini était du genre qui s'attachait aux hanches. C'était la seule raison pour laquelle il m'allait encore à peu près. Non pas que le minuscule triangle se faisant passer pour un bas de bikini m'allait vraiment, mais il couvrait mon pubis et mon intimité, donc je suppose que ça faisait l'affaire. Le haut n'était pas mieux, couvrant à peine mes mamelons et laissant la majeure partie de mes seins exposée.

J'ai allumé la lumière dans sa salle de bain et j'ai laissé échapper un petit cri de surprise. Elle était plus grande que ce à quoi je m'attendais, et de haute qualité. La pomme de douche à effet pluie sortait tout droit de mes rêves, et la double vasque avec un miroir complet était pratique et essentielle quand deux personnes partageaient une salle de bain.

Ma gorge s'est serrée à l'idée que Brantley puisse un jour partager cette salle de bain avec quelqu'un.

Amis. Juste amis.

J'ai secoué la tête et forcé mon regard vers le miroir. Le bikini rouge ressortait sur ma peau brune. Les ficelles disparaissaient presque dans les plis de mon corps, mais j'ai refusé d'être gênée par mon apparence. Si Brantley était rebuté par mes bourrelets, il pouvait aller se faire foutre au lieu de moi.

J'ai laissé mon sac sur le sol de sa chambre, dans le coin où il ne gênerait pas, et je suis sortie. La maison était silencieuse, mais j'entendais l'eau bouillonner dehors. Je l'ai suivie jusqu'à la terrasse, espérant y trouver Brantley.

Je l'ai vu avant qu'il ne me remarque. On aurait dit qu'il se parlait à lui-même. Quand j'ai mis le pied sur la terrasse, il s'est arrêté et m'a regardée.

—Putain. Bon Dieu. Je me suis trompé, Valentina. Je ne crois pas pouvoir te dire non. Si tu n'es pas absolument sûre de toi, tu dois partir maintenant.

17

L e grognement douloureux dans sa voix m'a fait hésiter. Mais une fois que ses mots ont fait leur chemin, j'ai su que j'avais fait le bon choix. J'ai continué à avancer, mon regard plongé dans le sien tandis que je marchais vers lui.

Il s'est levé quand j'ai atteint le bord du jacuzzi. L'eau ruisselait le long de son corps, s'accrochant aux poils de son torse et créant de nouveaux chemins jusqu'à son short. Mon regard a suivi l'eau, s'arrêtant lorsque j'ai aperçu son érection complète qui tendait son short mouillé, me confirmant que je n'étais pas la seule prête pour ça.

Brantley a pris ma main dans la sienne et l'a tenue fermement pendant que je montais les marches du jacuzzi surélevé. Il ne l'a pas lâchée quand je l'ai rejoint dans l'eau chaude. Mon corps s'est embrasé, et pas à cause de l'eau. C'était en train d'arriver.

—Tu es tellement magnifique, putain, a-t-il dit.

Ces mots ont parcouru ma colonne vertébrale avant de glisser vers le sud, atterrissant entre mes cuisses humides. J'ai tremblé.

Son regard parcourait mon corps, s'attardant sur mes seins tombants à peine contenus dans les triangles du maillot, puis plus bas où mon ventre débordait du bas encore plus minuscule. Son étreinte s'est resserrée plus il me regardait.

—Je pensais ce que j'ai dit, Vee. Je ne suis pas sûr de pouvoir me retenir. Je ne t'ai jamais vue si peu habillée et—

J'ai tendu les bras derrière moi et défait le nœud qui tenait mon haut. J'ai gardé mon regard dans le sien tout en tenant les cordons, sachant qu'il comprenait ce que je faisais.

Le monde s'est arrêté. Nous ne respirions pas, ne parlions pas, ne pensions pas. J'attendais, j'avais besoin qu'il dise oui. Qu'il accepte. Qu'il fasse quelque chose avant que je ne dévoile mes seins.

—Putain de merde, laisse-moi les voir, a-t-il grogné.

J'ai lâché les attaches, et mon haut est tombé.

Mon souffle restait coincé dans ma gorge pendant que Brantley fixait mes seins exposés. Je l'observais tandis qu'il me regardait, me demandant si je devais me couvrir à nouveau. Au moment où j'allais le faire, il s'est jeté sur moi.

Il a soulevé mon corps sans effort dans l'eau. Il nous a fait tourner et s'est assis sur l'un des bancs sous la surface, amenant mes seins au niveau de ses yeux. Il a enfoui son visage entre eux et les a pressés autour de ses joues.

Puis il a tourné la tête et a pris un téton dans sa bouche. Il a gémi en léchant mon mamelon, ses hanches ondulant contre moi sous l'eau.

J'ai serré sa tête entre mes mains, passant mes doigts dans ses longs cheveux et m'en servant pour le maintenir là où j'en avais besoin. Là où je le voulais. Là où je le désirais ardemment.

Il a grondé et s'est déplacé vers l'autre téton. Il l'a mordu, me faisant crier avant de le caresser du bout de sa langue.

—Oh, mon Dieu, ai-je murmuré.

—Je sais que je ne suis pas juste en ce moment, mais je ne sais pas combien de temps je peux tenir. Je te promets que cette nuit sera belle. Mais d'abord j'ai besoin de te prendre fort.

—S'il te plaît, ai-je gémi. Le ton rauque de sa voix était différent de tout ce que j'avais entendu auparavant. Son désir transparaissait dans sa voix, exigeante et sûre, contrairement à mes supplications pleines de luxure. Peu m'importait comment il me prenait, tant qu'il le faisait.

Il a soulevé nos corps dans l'eau et m'a doucement retirée de ses genoux. Il a attrapé un préservatif et en a mis le bord entre ses dents, mais je l'ai arrêté.

—Je veux... Je ne devrais même pas te demander ça, mais je prends la pilule. Je veux te sentir, juste toi, en moi. J'ai fait un test après Dawson, et ça fait plus d'un an. Tu peux refuser, mais...

Je n'ai pas eu le temps de finir ma phrase avant qu'il ne me tire contre lui et ne force sa langue entre mes lèvres. Je me suis accrochée, sachant que je ne pouvais rien faire de plus.

Son baiser a effacé tous les baisers que j'avais jamais connus. Il a anéanti tout espoir que j'avais de sortir de cette situation sans vouloir plus de lui. Il m'a détruite. Et ce n'était qu'un simple baiser.

Une main a parcouru mon dos avant de s'arrêter à l'autre lacet de mon haut. Il l'a tiré, puis a retiré ce bout de tissu d'entre nous. Ses mains ont encerclé mes côtes pour saisir mes seins, pinçant mes tétons sensibles et caressant ma poitrine.

Il a tremblé en inspirant, se reculant suffisamment pour me regarder dans les yeux.—Je veux que tu saches une chose avant qu'on fasse ça. Ce n'est pas un service. Ce n'est pas un devoir. Je n'ai pas accepté parce que tu es mon amie. Je suis là parce que je t'aime. Parce que tu es la femme la plus belle que j'ai jamais connue. Parce que tu es forte et que je t'ai désirée depuis le lycée. Parce que je ne me pardonnerais jamais de ne pas savoir ce que ça fait d'être en toi. Alors ne pense pas que je ne suis pas un salaud égoïste, parce que c'est exactement ce que je suis en ce moment. Je vais profiter pleinement de cette nuit. Je te le promets, Vee.

J'ai hoché la tête une fois, la gorge aussi serrée que mon intimité. Je brûlais de l'avoir en moi. De le sentir m'étirer. De jouir avec lui encore et encore.

Il m'embrassa à nouveau, un baiser doux qui changeait complètement tout ce qui s'était passé jusqu'à présent. Je m'attendais à quelque chose de dur, exigeant et animal. Mais c'était doux. Tendre. Amoureux.

Jusqu'à ce que sa main écarte mes cuisses. —Laisse-moi sentir ta chatte.

Mes jambes s'écartèrent pour lui, mon maillot de bain tombant dans l'eau. Je ne l'avais même pas senti le dénouer, mais il avait dû le faire pendant qu'il me distrayait avec ses baisers.

Un doigt s'enfonça en moi, et il gémit. —Tu es serrée, Vee. Je ne vais pas pouvoir rentrer tout de suite, mais je te promets que je vais m'assurer que tu sois prête pour moi avant de te baiser.

J'ai hoché la tête.

—Tu aimes quand je te parle comme ça ? Ou tu préfères que j'arrête ?

—J'aime ça, murmurai-je.

—Mais tu n'y es pas habituée.

Je secouai la tête, même s'il n'avait pas besoin de réponse.

—Quand je t'aurai dans mon lit, je ne pourrai plus parler parce que je te lécherai jusqu'à ce que tu jouisses sur ma langue, mais là, j'aime sentir comme tu serres mon doigt quand je te dis ce que je vais te faire.

—S'il te plaît.

Il se déplaça sur le côté et s'assit, m'attirant sur lui. J'enjambai ses hanches, sa main toujours entre mes cuisses. Son érection frôlait mes fesses, son short de bain nous séparant encore.

—Comment préfères-tu jouir, Valentina ? Tu aimes à l'intérieur ou sur ton clitoris ?

—Les deux, avouai-je.

—Parfait. Ça va être amusant. Et si on commençait par l'intérieur ? Tu veux chevaucher ma main un peu, ma belle ? Tu veux la baiser pour moi ?

Je me soulevai dans l'eau et redescendis. Son doigt s'enfonça plus profondément en moi, et je gémis.

—Bien, très bien. Encore une fois, Valentina. Baise ma main.

Je recommençai, mes seins rebondissant devant son visage tandis que je m'abattais sur sa main. Il ne fallut pas longtemps avant que je me resserre autour de son doigt, puis il changea la donne en en ajoutant un deuxième et je jouis intensément.

—Oh, mon Dieu. Oui !

—Voilà, ma belle. Il y a un peu plus d'espace maintenant. Voyons si je peux glisser un troisième doigt quand ton clitoris jouira pour moi. Son pouce appuya sur mon clitoris, et mes jambes tremblèrent. —Oh, tu aimes ça. Jouis pour moi, Vee. Jouis encore.

Il me caressait le clitoris et enfonçait ses doigts en moi, me faisant décoller à nouveau en un temps record. Mon corps frémissait. Je n'en avais pas fini, mais lui non plus.

—J'ai tellement hâte de te goûter, murmura-t-il. —De sentir ta chatte se resserrer autour de ma langue et de te voir inonder mes lèvres comme tu inondes ma main maintenant. Il gémit et retira sa main. Il la ramena à la surface et glissa ses doigts dans sa bouche. —Oh, putain. Ce n'est pas assez, mais tu as bon goût. Jouis encore pour moi.

Sa main passa sous l'eau et il glissa ses doigts entre mes

jambes à nouveau. Cette fois, trois doigts s'enfoncèrent en moi, son pouce fermement pressé contre mon clitoris.

—Brantley, gémis-je, m'enfonçant tandis que mon corps pulsait autour de lui et commençait à vibrer.

—Encore une fois, et puis je vais te baiser, Vee. Donne-m'en encore une.

Ses mots prononcés entre ses dents et son rythme impitoyable firent couler le désir dans mes veines. Je ne m'étais jamais sentie aussi désirée, aussi convoitée de toute ma vie. Je n'avais jamais eu un homme me supplier de jouir pour lui, et encore moins me supplier de jouir une troisième fois avant qu'il me baise.

Les mots crus étaient nouveaux, et l'homme que je chevauchais était plein de surprises. Je n'aurais jamais imaginé que Brantley Pierce serait l'homme à qui je mendierais un orgasme, mais les mots s'échappèrent de mes lèvres malgré tout. —Fais-moi jouir, Brantley. J'ai tellement hâte de te sentir en moi.

Il grogna et bougea. Il attrapa un de mes seins qui rebondissait avec sa main libre et l'amena à ses lèvres. Il mordit mon téton et je criai. Je savais que nous étions dehors et que tous ses voisins pouvaient m'entendre, mais je m'en fichais. J'étais tellement au-delà de la béatitude que je n'arrivais plus à m'en soucier.

—Baise-moi, Vee.

Ses mots sifflés furent accompagnés du retrait de sa main. Je pensais qu'il avait terminé, contrarié ou en colère que j'aie fait tant de bruit, puis il a remplacé sa main par son érection et m'a fait descendre brutalement sur lui.

Son cri étranglé s'est mêlé au mien. Il m'a étirée jusqu'aux limites de mon corps, puis encore davantage. La légère douleur mêlée aux pulsations inhabituelles de plaisir m'a presque fait basculer.

—Brantley, ai-je murmuré.

Il a levé les yeux vers moi, le désir embrumant son regard avant qu'il ne réalise que l'émotion voilait le mien. —Qu'est-ce qui ne va pas ?

Il a bougé comme s'il allait se retirer, mais j'ai serré mes cuisses autour des siennes et j'ai abaissé mon corps. —Ne t'arrête pas. S'il te plaît. Tu n'as même pas bougé et tu me fais déjà tellement de bien. Je ne voulais pas pleurer, mais c'est juste... Mon corps s'est contracté autour de lui, et il a fermé les yeux. —Merci de m'offrir ça. Je sais que c'était beaucoup demander, mais je ne me suis jamais sentie aussi bien de toute ma vie.

Il a inspiré profondément, tremblant, et a rencontré mon regard. —Crois-moi, Vee. Je ressens exactement la même chose. Tous les rapports ne sont pas comme ça. Je n'ai jamais été avec quelqu'un qui me fait ressentir ce que tu me fais ressentir.

—Merci, ai-je dit, persuadée qu'il disait simplement ce qu'il pensait que je voulais entendre.

Il a pris mon visage en coupe et a relevé mon regard vers le sien. —Je le pense vraiment. Tu ne peux pas imaginer à quel point je le pense.

J'ai dégluti péniblement et acquiescé. Brantley ne me mentait pas. Il ne l'avait jamais fait. Il n'y avait aucune raison qu'il le fasse maintenant.

—Est-ce que tu veux...? a-t-il laissé en suspens, me laissant prendre la décision. Malgré tous ses doutes qu'il n'arrivait pas à faire taire, il était enfoui en moi et me demandait encore si j'étais sûre de le vouloir.

Je me suis penchée jusqu'à ce que mes seins s'aplatissent contre sa poitrine. J'ai glissé mes mains autour de son cou. J'ai pressé mes lèvres contre son oreille et murmuré, —Prends-moi fort, Bee.

Ses mains ont agrippé mes hanches. Il s'est enfoncé en moi avec force, me pénétrant si profondément que j'ai cru m'étouffer. J'avais libéré quelque chose en lui avec mes mots, quelque chose dont j'ignorais avoir envie jusqu'à ce qu'il le fasse.

L'eau éclaboussait autour de nous, les vagues la poussant par-dessus le bord du jacuzzi, sur nos corps. Il s'enfonçait en moi avec force, utilisant l'eau pour m'aider à bouger comme il le voulait. Je me laissais aller, incapable de me contrôler alors que tout devenait la propriété de Brantley.

J'étais à lui. De toutes les façons possibles, j'étais à lui. Je n'avais jamais compris ce que cela faisait d'appartenir à quelqu'un d'autre, mais je le saisissais enfin. Je lui disais depuis toujours que je l'aimais, mais en le sentant en moi, son sexe palpitant et frottant contre toutes mes parois, je savais que ces mots étaient bien plus profonds que je ne l'avais jamais imaginé.

Brantley Pierce était mon meilleur ami. Il était mon amant. Et il était mon éternel.

Tout se resserra en moi à cette réalisation. Mon corps l'attirait plus profondément, voulant le garder en moi pour toujours.

—Vee, j'ai du mal à me retenir. Tu vas jouir encore pour moi ? Tu vas me laisser sentir ta chatte jouir sur ma queue ?

J'ai craqué quand il a murmuré ces mots crus à mon oreille. J'ai gémi et j'ai griffé son dos. Mes dents ont trouvé son épaule, et j'ai mordu fort. Mon corps s'est libéré, l'inondant alors qu'il s'enfonçait en moi et rugissait.

Son sexe a tressailli en moi, déversant tout ce qu'il avait. L'eau s'est lentement calmée tandis que nous arrêtions de bouger, nous tenant l'un l'autre dans l'obscurité de la nuit.

Brantley a niché son visage contre mon cou et a embrassé ma gorge. Il tremblait, mais ses lèvres n'ont jamais quitté ma peau, comme s'il se retenait de dire quelque chose.

—Je n'avais aucune idée, ai-je murmuré.

—Aucune idée de quoi ? a-t-il demandé, sans relever la tête.

—Je n'avais aucune idée que ça pouvait être si bon. Que si le sexe était avec quelqu'un d'incroyable, c'était tellement meilleur.

—Tu es incroyable, a-t-il murmuré.

—Toi aussi, Bee. Merci.

Il a ri doucement. —Comme je te l'ai déjà dit, je ne suis qu'un égoïste qui t'a toujours désirée. Il n'y a pas de médaille qui m'attend.

—Je pense que tu en mérites une. Meilleur donneur d'orgasmes de la ville. Ou meilleur faiseur de plaisir de l'État. Oh, peut-être meilleur partenaire de Quête de Plaisir du monde.

Il m'a serrée fort et a pressé ses lèvres contre ma clavicule. —Je suis heureux de pouvoir aider. On devrait rentrer ? Il commence à faire un peu froid.

Il est sorti sans attendre que je dise quoi que ce soit, ce qui était loin d'être agréable. Il a attrapé une serviette, s'est séché les cheveux et s'est frotté le corps, puis l'a enroulée autour de sa taille. Ce n'est qu'alors qu'il m'a regardée.

—Qu'est-ce que j'ai dit ? ai-je demandé.

Il a secoué la tête et a évité mon regard à nouveau. —Rien. Rentrons. Je ne veux pas que tu prennes froid ici.

—Je ne rentre pas tant que tu ne m'auras pas dit ce que j'ai dit. Ce qui a changé. Tout allait bien il y a une seconde, et maintenant tu es furieux.

Il a serré la mâchoire et détourné son regard. Quand il m'a regardée à nouveau, ses yeux lançaient des éclairs. —On vient d'avoir un moment incroyable, le meilleur sexe de toute ma putain de vie, et tu l'as réduit à ta quête de plaisir. C'était transactionnel. Ce n'est pas ce que c'était pour moi, Vee. Je t'ai déjà dit que ça n'était pas ça pour moi. Mais c'était le cas pour toi. Tu as pris quelque chose qui avait du sens pour moi et tu m'as fait sentir comme si tu allais laisser de l'argent sur ma table de nuit avant de partir.

—Tu es sérieux ? ai-je demandé.

Il m'a lancé un regard noir, puis a secoué la tête. —Ne t'inquiète pas, Vee. C'était sympa tant que ça a duré. Il s'est tourné pour rentrer à l'intérieur.

—N'ose même pas t'éloigner de moi, ai-je grondé. Je suis sortie du jacuzzi d'un pas lourd et me suis approchée de lui complètement nue, sans me soucier d'une serviette.

Son regard a parcouru mon corps ruisselant, mais il a fermé les yeux et pris une profonde respiration.

—On ne fait pas ça. On ne se lance pas des mots caustiques avant de s'éloigner. J'ai passé vingt-deux ans mariée à un homme qui me faisait ce genre de choses. Qui déformait tout ce que je disais, puis me faisait me sentir comme une merde.

—Je-

J'ai levé une main pour l'arrêter. —Je parle maintenant. Tu as raison. Ce que j'ai dit était... pas correct. Parce que ce n'était pas transactionnel pour moi non plus. C'était spécial. C'était sexy et magnifique et je ne me suis jamais sentie aussi bien de toute ma vie. Ce que j'ai dit était irréfléchi et faux, parce qu'être avec toi représente tellement plus que découvrir ce qui me procure du plaisir. C'était égoïste pour moi aussi. Quand nous étions au lycée, je t'aimais bien, mais j'étais trop jeune pour comprendre ce que cela pouvait signifier. Avec Dawson, je n'ai jamais remis les choses en question. Mais quand tu m'as embrassée, et quand nous sommes allés danser la semaine dernière et que tu m'as fait jouir sur mon porche, j'ai utilisé ma Quête du Plaisir comme excuse. Je ne voulais pas que tu me rejettes. Te le demander m'a fait une peur bleue parce que tu représentes tout pour moi, Brantley. Je savais que c'était franchir une ligne qu'on ne pourrait pas effacer. Je savais que ça changerait les choses entre nous.

Mais j'étais prête à prendre ce risque parce que je voulais ressentir le genre de plaisir que tu m'as donné, ne serait-ce qu'une fois. Je voulais savoir à quel point mon corps pouvait se sentir bien entre les mains d'un homme qui savait ce qu'il faisait. Un homme qui tenait à moi. Et si j'ai ruiné notre amitié pour de bon, je le regretterai à jamais, mais je porterai toujours cette nuit en moi. Je te porterai toujours en moi. Parce que je n'oublierai jamais ce que tu m'as fait ressentir.

Il a expiré lentement, faisant un pas vers moi. J'ai reculé par réflexe, mais il a tendu la main vers moi. —J'ai besoin que tu sois honnête avec moi. Toujours. Même si tu penses que je vais te rejeter. Mais je te promets ici et maintenant, je ne te rejetterai jamais, Vee. Jamais.

—Mais...

—Jamais. Maintenant, si je t'ai mise en colère et que tu veux partir, c'est d'accord. Sinon, on peut rentrer se sécher et je peux te faire mouiller à nouveau.

—Option deux, s'il te plaît, —ai-je dit sans hésitation.

—Putain, merci pour ça, —a-t-il murmuré contre mes lèvres. Il m'a attirée tout contre lui, ma poitrine nue contre la sienne. Il m'a soulevée jusqu'à ce que mes pieds ne touchent plus le sol, puis il m'a portée à l'intérieur.

Il a traversé le salon et a continué jusqu'à sa chambre. Il ne m'a pas posée avant que nous soyons dans sa salle de bain.

—Tu voulais prendre une douche ?

Il a hoché la tête. —L'eau salée du jacuzzi va laisser un film sur notre peau. Je voulais te nettoyer, puis te salir à nouveau.

L'humidité m'a envahie, et j'ai gémi. —Oui, s'il te plaît.

Il a souri et laissé tomber sa serviette, et j'ai pu bien l'observer pour la première fois. Sa queue se dressait, longue et épaisse. Sacrément épaisse. Un nid de poils blond foncé entourait son sexe. Les poils s'éclaircissaient en remontant, de son pénis vers son ventre et sa poitrine. L'ombre de sa barbe menait à des lèvres retroussées et des yeux rieurs. —Tu me reluques ?

J'ai hoché la tête. —Tu es une œuvre d'art.

Il m'attrapa les fesses et me plaqua contre lui. —Pareil, Vee. Tellement magnifique.

Sa bouche couvrit la mienne, et il nous guida sous la douche. L'eau chaude ruisselait sur nous tandis que nous nous embrassions, nous caressant et nous taquinant.

Comment avais-je pu vivre si longtemps sans cela dans ma vie ? Et comment allais-je survivre sans ?

18

BRANTLEY

Ma langue s'engourdissait. Non pas que ça allait m'arrêter. Je léchais Valentina depuis près d'une heure. Des coups de langue longs, paresseux et lents qui faisaient couler son corps de plaisir et la préparaient pour moi. De temps en temps, j'effleurais son clitoris du bout de la langue, et elle sursautait, puis je reprenais immédiatement les coups de langue qui la torturaient.

J'ai failli lui dire à quel point je l'aimais quand nous étions dehors, mais je me suis arrêté juste à temps. Elle a dit qu'elle voulait se sentir bien, alors je la faisais se sentir bien.

J'avais perdu le compte du nombre d'orgasmes qu'elle avait eus. Entre le jacuzzi et la douche, j'avais cessé de m'en préoccuper. Tout ce que je savais, c'est qu'elle me sentirait pendant des jours, et avec un peu de chance, elle en voudrait encore.

—Je te veux en moi encore une fois, murmura-t-elle.

—C'est ta façon de me demander de me dépêcher ? Je l'ai regardée par-dessus son ventre arrondi. Les vergetures brun clair sur son ventre me rendaient jaloux. C'était irrationnel, mais je voulais être l'homme qui la mettrait enceinte et fonderait une famille avec elle. Savoir que ces marques ne venaient pas de mon bébé me donnait envie de la marquer d'une autre manière.

Elle m'a souri d'un air narquois en haussant un sourcil. —Pas exactement. Sinon je dirais fais-moi jouir et baise-moi fort.

—Mais ce n'est pas ce que tu dis ?

Elle haussa les épaules. —Peut-être que je dis que ça fait du bien, et que te sentir en moi fait du bien.

J'ai souri. —Tu es donc indécise.

Elle a secoué la tête. —Oh non. J'ai définitivement décidé que tu es le maître et que je vais simplement profiter de tout le plaisir que tu me donneras ce soir.

—J'en tire autant de plaisir, ai-je avoué.

—Tu prends du plaisir à me lécher ?

J'ai hoché la tête et soufflé sur sa chair humide, regardant comme elle se contractait. —Voir ta chatte comme ça. La regarder couler pour moi. Lécher toute ta mouille. Tenir tes cuisses écartées pour pouvoir te goûter. Et puis pouvoir t'embrasser, te tenir et enfoncer ma queue profondément en toi et t'entendre crier mon nom ? Crois-moi, j'apprécie vraiment ce moment.

—Brantley, murmura-t-elle.

—Oui, ma belle ?

—Fais-moi jouir et baise-moi fort.

J'ai souri en posant à nouveau mes lèvres sur son corps. Elle coulait, et j'ai tout lapé, amenant l'humidité vers son clitoris. Elle a cambré son dos quand j'ai léché ce petit bouton durci.

Je ne m'attendais pas à ce que le sexe avec elle soit si bon. Je savais que ça allait me faire perdre la tête, mais pas que ce serait comme une expérience hors du corps. Il y avait des moments où j'avais l'impression de me regarder lui donner du plaisir, et d'autres où je me sentais tellement perdu que je ne pouvais même plus fonctionner.

À travers tout ça, il n'y avait que Valentina. La voir perdre la tête, la regarder s'abandonner, et l'entendre me murmurer des choses obscènes quand elle ne réalisait même pas qu'elle le faisait, c'était suffisant pour me faire souhaiter que cette nuit ne finisse jamais.

J'ai courbé mes doigts profondément en elle et sucé fort son clitoris. Elle était déjà gonflée et prête pour moi, mais je n'ai pas pu résister à l'envie d'inonder sa chatte encore quelques fois avant de la pénétrer. Elle a crié, ses genoux se refermant autour de mes oreilles, alors que je titillais le bout de son clitoris et enfonçais quatre doigts au plus profond d'elle.

—Brantley ! Oh, mon Dieu, Brantley ! Mon nom crié à pleins poumons alors qu'elle s'abandonnait sur mon lit allait rester comme le meilleur moment de ma vie. Sans aucun doute, pour toujours, rien ne pourrait possiblement surpasser ça.

Avant qu'elle ne redescende complètement, je me suis positionné au-dessus d'elle. J'ai attendu, voulant observer son magnifique visage lorsque je la pénétrerais. L'expression de pur bonheur sur son visage était meilleure que de voir un de mes élèves battre son propre record personnel en cross-country. Ce qui n'était pas peu dire.

—Regarde-moi, ma belle, ai-je murmuré.

Ses yeux se sont entrouverts. Elle a souri quand elle m'a vu au-dessus d'elle. Elle a tendu les bras vers moi et m'a attiré contre elle. Elle a gémi quand elle s'est goûtée sur mes lèvres, enroulant ses cuisses épaisses autour de mes hanches.

Son humidité m'a guidé en elle. Je me suis glissé doucement à l'intérieur pendant que nous nous embrassions, ce mouvement semblant intime, privé et tellement parfait. Je n'ai pas pu la regarder, mais j'ai pu la sentir alors qu'elle m'accueillait. Sa poitrine s'est cambrée, et elle a fait glisser sa langue sur la mienne. Elle a resserré ses bras autour de moi.

Je bougeais lentement des hanches. La façon dont elle me tenait ne me laissait pas beaucoup d'espace pour prendre appui, mais c'était plus comme lui faire l'amour que la baiser. Je n'avais jamais fait ça avant, même avec mes ex-copines. J'avais eu des rapports sexuels ou je les avais baisées. L'amour n'avait jamais fait partie de l'équation.

Aucune d'elles n'était Valentina.

Elle a relevé ses pieds et les a posés sur le lit à côté de mes cuisses. Son intimité s'est ouverte davantage, me donnant plus d'espace pour la pénétrer, plus d'espace pour aller plus profond. Elle a gémi à ce changement, soulevant ses hanches pour venir à la rencontre de mes mouvements.

Je me suis appuyé sur mes avant-bras et j'ai gardé mes coups courts mais profonds, ne m'éloignant jamais trop de son corps avant de plonger à nouveau. Nous nous sommes embrassés et nous avons fait l'amour, et j'ai oublié que ce qui se passait entre nous n'était pas réel.

Mon orgasme a parcouru ma colonne vertébrale et s'est installé dans mes testicules. Elle n'avait pas encore joui, mais je pouvais à peine me retenir. Ses ongles ont parcouru mon dos, comme si elle m'encourageait à continuer. Mon corps a explosé, s'est ouvert aux coutures. J'ai rompu notre baiser pour crier son nom, enfouissant mon visage dans son cou tandis que je tremblais sous la puissance de mon orgasme.

Elle m'a tenu, ses mains parcourant mon dos de haut en bas, me laissant savourer ce moment.

—Tu n'as pas joui, ai-je dit.

Elle a souri. —On a convenu que ce n'était pas transactionnel. Je voulais te regarder. Voir l'expression sur ton visage et mémoriser la sensation de te sentir jouir en moi. Quand je suis à peine consciente à cause de mon propre orgasme, j'ai l'impression de rater le tien. Je voulais le vivre avec toi.

Ses mots m'ont recousu, mais ont laissé une partie de moi avec elle. Une partie de moi avait toujours été avec elle, mais cette fois, c'était plus. Ce n'était pas juste une partie de mon cœur. Ce n'était pas quelque chose dont je pouvais me passer. Elle avait tout mon cœur. Tout mon être. C'était elle pour moi. Si je ne pouvais pas l'avoir, je ne voulais personne d'autre. J'en avais fini de penser à aller de l'avant ou de souhaiter trouver quelqu'un qui lui ressemblerait. Valentina était tout pour moi, que je le lui dise un jour ou non.

—Merci, ai-je murmuré, sachant que je ne pouvais pas expliquer exactement à quel point cela comptait pour moi.

—Tu es fatigué ? On devrait dormir un peu ?

J'ai hoché la tête. —On devrait probablement. Tu dois aller aux toilettes ?

—Je devrais. Il faut que je me brosse les dents.

—J'ai deux lavabos. À moins que ce ne soit bizarre.

—Rien n'est bizarre avec toi, Bee.

Nous nous sommes préparés pour la nuit, puis glissés sous les couvertures. Elle s'est blottie contre moi, me laissant la tenir dans mes bras pendant qu'elle s'endormait.

Je voulais rester éveillé et savourer ce moment où je la tenais dans mes bras, mais il n'a pas fallu longtemps avant que le sommeil ne m'emporte à mon tour.

JE ME SUIS RÉVEILLÉ TÔT le lendemain matin. Bien plus tôt que je ne l'aurais souhaité. Je ne savais pas à quelle heure Valentina comptait rentrer chez elle, mais je n'étais pas encore prêt à lui dire au revoir.

Je me suis glissé hors du lit et de ma chambre. J'ai traversé la maison nu, m'arrêtant dans la cuisine pour préparer le café avant de prendre une serviette et de l'enrouler autour de ma taille.

La terrasse était encore humide de la veille, et le jacuzzi avait bien quinze centimètres d'eau en moins qu'avant que nous y entrions. J'ai ramassé la nourriture que nous avions laissée dehors et les préservatifs que nous n'avions jamais pris la peine d'utiliser, puis j'ai tout rapporté à l'intérieur. Nos maillots de bain gisaient dans des flaques d'eau et étaient encore trempés, alors je les ai étalés sur les chaises pour qu'ils sèchent pendant la journée.

Une fois l'extérieur en ordre, je suis retourné à l'intérieur et j'ai versé deux tasses de café. J'y ai ajouté de la crème et du sucre avant de les rapporter dans la chambre.

Valentina dormait encore profondément quand je suis entré. Elle semblait paisible dans son sommeil, ses longs cils s'éventant sur ses joues. Elle avait des marques de barbe sur les deux seins et probablement aussi sur les cuisses.

Ma queue a tressailli. La meilleure marque qui soit.

Valentina a gémi et s'est retournée. Ses yeux ont papillonné, s'ouvrant juste assez pour voir où elle se trouvait, et elle a souri. —Bonjour.

—Tu crois ? Il me semble me souvenir que tu n'étais pas du matin.

—Il semblerait que je me réveille plus facilement quand j'ai passé toute la nuit à être ravie par un sexy professeur de physique.

J'ai ri doucement. —Je serais ravi d'améliorer tous tes matins.

Elle sourit. —Pourquoi n'es-tu pas encore au lit ?

—Je me suis dit que tu voudrais du café.

Elle se redressa rapidement. —Tu as du café ? Elle tendit les mains avidement et entoura la tasse de ses deux paumes quand je la lui donnai.

—C'est bon ? demandai-je tandis qu'elle prenait sa première gorgée.

Elle hocha la tête. —Délicieux. Même si j'avais pensé commencer ma journée avec mes lèvres autour de quelque chose d'autre qu'une tasse de café.

Je trébuchai presque et faillis me retrouver face contre terre. —Ça peut s'arranger.

Elle me lança un sourire narquois par-dessus sa tasse.

—Mais tu n'étais pas au lit quand je me suis réveillée.

Je posai mon café sur la table de nuit et m'allongeai près d'elle. —Maintenant j'y suis. De toute façon, tu n'étais pas vraiment réveillée.

Elle secoua la tête. —Non, c'est vrai. Elle posa sa tasse et grimpa sur moi, embrassant chaque partie de mon corps jusqu'à ce qu'elle enroule ses lèvres autour de ma queue.

—Putain, sifflai-je.

Elle gémit profondément dans sa gorge, la vibration se propageant directement dans mes couilles. Elle pompa avec sa main et sa bouche ensemble, m'amenant directement au bord en moins d'une minute. J'étais à quelques secondes d'exploser dans sa bouche quand je la tirai vers le haut.

Elle ne résista pas et ne protesta pas. Elle grimpa sur mes genoux et glissa sur moi tandis que je tenais ma queue en place. Dès qu'elle fut complètement assise, elle se souleva sur ses genoux et devint complètement folle.

Mes mains se posèrent sur ses hanches pour la guider. Elle gémissait et se plaignait et me baisait. Ses mains s'agrippaient à mes épaules, chaque glissement dans son corps s'accompagnant d'un resserrement de son canal.

—Touche-moi, supplia-t-elle. —S'il te plaît.

J'ai glissé ma main entre nous et j'ai remonté son humidité jusqu'à son clitoris. Elle a gémi à nouveau, son mouvement hésitant. —Allez, Vee. Ne t'arrête pas maintenant. Chevauche-moi. Prends ma queue.

Elle a continué, mes doigts titillant son clitoris et la faisant bouger plus vite. Elle haletait et claquait son corps contre le mien. Son clitoris gonflait tandis que je jouais avec.

—Brantley, a-t-elle gémi.

Je l'ai senti quand elle a prononcé mon nom. Elle a perdu le contrôle, son corps s'abandonnant tandis que l'orgasme la submergeait. Elle s'est affalée contre moi, son intimité pulsant autour de moi et exigeant que mon orgasme suive le sien.

—Putain, j'ai grogné. Ma vision s'est obscurcie. Mes oreilles bourdonnaient. Tout mon corps s'est tendu.

Puis elle s'est effondrée sur moi, son poids s'écrasant contre ma poitrine alors que toute l'exertion l'avait vidée.

Je l'ai tenue, embrassant son cou et ses épaules. Elle haletait, tremblant en prenant une profonde respiration après l'autre.

—Comment ça peut être toujours meilleur entre nous ? a-t-elle chuchoté.

J'ai embrassé sa mâchoire. —Parce que je t'aime, et que tu m'aimes.

Elle a enroulé ses bras autour de mon cou et m'a serré fort. —Oui.

Nous sommes restés allongés comme ça jusqu'à ce que je mollisse et glisse hors de son corps, et qu'elle s'endorme sur ma poitrine. Elle a doucement ronflé pendant un moment. Je l'ai simplement tenue. Il n'y avait aucun endroit au monde où j'aurais préféré être plutôt qu'ici, à ce moment précis.

Ou à n'importe quel moment.

MERCREDI APRÈS-MIDI, Kevin est entré dans ma salle de classe pour notre séance quotidienne de tutorat. J'ai pu voir instantanément que ce serait une séance difficile. Il avait été silencieux toute la semaine en cours, mais il semblait réceptif au travail que nous faisions.

—Comment se passe votre journée ? ai-je demandé. Avant tout, il était un être humain, et je voulais qu'il sache que j'en étais conscient.

—Super, dit-il d'un ton sarcastique.

—Tu veux me dire ce qui se passe ?

—Pas vraiment. Faisons simplement ça. J'en ai marre d'être le gamin stupide.

—Qui a dit que tu étais stupide ?

—Ne vous inquiétez pas. Finissons-en simplement.

—Kevin…

Il me lança un regard suffisamment dur pour me faire arrêter. Pendant une seconde. J'étais l'adulte.

—Que se passe-t-il ?

Il secoua la tête et évita mon regard.

J'avais travaillé avec suffisamment d'élèves pour reconnaître cette tactique. Comme quand les enfants se cachent sous une table et pensent que s'ils ne peuvent pas vous voir, alors vous ne pouvez pas les voir non plus. Les adolescents font ça avec l'évitement.

—Est-ce qu'il se passe quelque chose chez toi ?

Il ricana. —À la maison. Non.

—Alors dans l'équipe ? As-tu un problème avec quelqu'un de l'équipe ?

Il secoua la tête.

Cela ne laissait que l'école. —Un autre enseignant ? Un élève ?

—Laissez tomber, Coach P. Ça n'a pas d'importance. Je n'ai pas d'importance.

—Ne dis pas ça, Kevin. Tu as beaucoup d'importance. Pour moi et pour d'autres. Je sais avec certitude que tes coéquipiers aiment être avec toi. Ils t'ont tous apparemment bien accueilli.

Il haussa les épaules. —Pas tous.

—Que s'est-il passé ?

—Pourquoi ça vous intéresse ? Personne ne s'intéresse jamais à moi. Je ne suis pas important. Je suis juste un chèque. C'est tout jusqu'à mes dix-huit ans et ensuite je serai un fardeau.

—Wow, de quoi parlez-vous ?

Il me regarda droit dans les yeux et ricana. —Allez-vous vraiment prétendre que vous ne savez pas que je suis un enfant placé ? Que vous n'êtes pas gentil avec moi parce que ça vous arrange d'une façon ou d'une autre ? Je sais comment fonctionne le système. J'y suis depuis assez longtemps. Ceux qui sont gentils avec vous attendent juste l'arrivée du chèque. Et ceux qui ne le sont pas... Disons simplement qu'ils ont d'autres avantages en tête pour un gamin dont tout le monde se fout.

Kevin se leva et se dirigea vers la porte, mais je l'arrêtai avant qu'il ne sorte. —Vous ne pouvez pas dire quelque chose comme ça et partir. Êtes-vous en danger ? Est-ce que quelqu'un vous fait du mal ?

Il me repoussa. —Ça n'a pas d'importance. Personne ne fait jamais rien.

—Je ferai quelque chose, moi. Mais vous devez me dire ce qui se passe. Est-ce que la famille chez qui vous vivez vous maltraite ?

Il souffla et secoua la tête. —Non. Ils sont... gentils, je suppose. Elle travaille énormément. Lui aussi. Ils ont dit qu'ils avaient des enfants adultes.

Mon rythme cardiaque ralentit enfin tandis qu'il parlait de ses parents d'accueil. Je ne savais pas qu'il était placé en famille d'accueil, mais beaucoup de choses concernant Kevin prenaient sens avec cette information. Les enfants qui étaient ballottés d'un foyer à l'autre avaient tendance à prendre du retard dans leurs cours car il n'y avait pas beaucoup de constance dans leur éducation.

—Parlez-moi. Qu'est-ce qui vous bouleverse autant en ce moment ?

Il soupira. —Pourquoi voulez-vous savoir ?

—Parce que je m'en soucie, Kevin. Je ne vous ai pas demandé de venir ici pour du tutorat parce que vous êtes dans l'équipe de cross-country. Je vous l'ai demandé parce que je suis votre professeur et que je veux vous voir réussir. Vous n'êtes pas le seul élève avec qui je travaille régulièrement. Je ne sais pas si quelqu'un vous l'a déjà dit, mais les enseignants ne font généralement pas ce métier pour l'argent.

Cela lui arracha un petit sourire.

—Je ne savais pas que vous étiez un enfant placé. Le district ne partage pas cette information parce qu'elle n'est pas pertinente. Les enseignants sont là pour vous aider à réussir, que vous soyez ici en tant qu'enfant placé ou que vous ayez vécu ici toute votre vie. Quant à moi, je fais ce travail parce que j'aime la science, et j'aime aider les autres à aimer la science.

—Vous êtes vraiment un intello, plaisanta-t-il.

J'ai ri. —Je le suis. Totalement. Et j'en suis fier. Nous ne pouvons pas tous être bons en tout. La plupart d'entre nous ont de la chance de trouver une chose dans laquelle ils excellent. Ma spécialité, c'est l'enseignement. Ce qui est un peu de la triche car enseigner signifie que je suis plutôt doué pour écouter, comprendre ce avec quoi quelqu'un lutte et expliquer les choses de nouvelles façons.

—Je ne pense pas avoir une spécialité.

—Peut-être que vous en avez une douzaine.

Il ricana. —Ou plutôt zéro.

—J'en doute. J'ai entendu dire que vous avez invité

McJenna au bal de rentrée. C'est une fille sympa. Si elle a dit oui, vous avez dû faire quelque chose de bien.

—Ouais, eh bien, ne dites pas ça à Danny.

—Danny Bieler ?

Kevin hocha la tête. —Il m'a dit de rester loin d'elle à partir de maintenant.

—Qu'a dit McJenna ?

Kevin haussa les épaules. —Je ne lui ai pas parlé.

—Je pense que la première chose à faire, c'est de parler avec McJenna, parce que les femmes que je connais ne s'intéressent ni aux hommes qui intimident les autres, ni aux hommes qui cèdent aux intimidateurs.

Kevin se redressa un peu en entendant cela. —Vraiment ?

J'ai acquiescé d'un signe de tête. —Je ne te dis pas de le confronter, mais laisse McJenna décider elle-même avec qui elle veut passer son temps. Les femmes ne sont pas des propriétés. Elles méritent d'être respectées. Si tu l'ignores parce que Danny t'a dit de te tenir à l'écart d'elle, tu n'es pas meilleur que lui.

Kevin hocha la tête d'un air pensif. —Merci, Coach.

—Je vous en prie. Y a-t-il autre chose qui vous préoccupe ?

Kevin secoua la tête.

—Bien. Vous pensez qu'on peut travailler un peu sur la physique maintenant ?

Kevin sourit. —Oui, on peut faire ça.

19

Une liaison émotionnelle était toujours une faute. Je le savais. Je refusais d'être celui qui blesserait à nouveau Valentina, ce qui signifiait que je devais fermer mon compte Book Boyfriends Wanted.

La seule personne avec qui j'avais discuté récemment était Beau boulanger. J'appréciais nos conversations, mais après avoir passé la nuit avec Valentina, je savais que je ne poursuivrais jamais quelque chose avec Beau boulanger. Mais j'avais l'impression de lui devoir une explication.

RINGARD DE NATURE

Comment s'est passée ta semaine ?

BEAU BOULANGER

Salut. Elle était bonne. Chargée. Désolée de ne pas avoir donné de nouvelles.

RINGARD DE NATURE

Pas de quoi t'excuser. En fait, je voulais te dire que je ferme mon compte.

BEAU BOULANGER

Tu avais mentionné que tu pourrais le faire.
Est-ce que ça veut dire que les choses
avancent bien avec la femme dont tu m'as
parlé ?

RINGARD DE NATURE

Disons que j'apprécie le temps qu'on passe
ensemble, mais j'essaie de ne pas trop
m'avancer. J'espère que nous allons dans la
bonne direction, mais quoi qu'il en soit, je
suis amoureux d'elle. J'ai l'impression de ne
pas être honnête envers les personnes que je
rencontre ici, ni envers elle. Je n'ai aucun
intérêt à fréquenter quelqu'un d'autre.

BEAU BOULANGER

Marrant. Je ressens la même chose pour
quelqu'un dans ma vie.

RINGARD DE NATURE

Ah bon ?

BEAU BOULANGER

Oui. C'est un peu soudain, mais j'espère que
ça pourrait se transformer en quelque chose
de plus.

RINGARD DE NATURE

Peut-être que ça marchera. On ne sait
jamais. Peut-être qu'on aura tous les deux de
la chance et que tout s'arrangera pour nous
deux.

BEAU BOULANGER

Je croise les doigts. C'était sympa de
discuter avec toi. Peut-être qu'un jour on se
rencontrera en personne.

RINGARD DE NATURE

Peut-être que c'est déjà arrivé. Ce serait
dingue, non ?

BEAU BOULANGER

Oh, je n'y avais jamais pensé. Maintenant je vais me poser la question. Mais je ne veux pas savoir. Je préfère te voir comme un mystérieux inconnu qui, quelque part, apporte du bonheur à une femme qui ne sait pas à quel point elle est aimée.

RINGARD DE NATURE

J'aime bien cette idée. J'espère qu'un jour, elle le saura.

BEAU BOULANGER

Elle le saura. Bonne chance, Ringard de nature.

RINGARD DE NATURE

À toi aussi, Beau boulanger.

J'ai souri et fermé l'application. J'espérais qu'elle trouve le bonheur. J'espérais que tout le monde le trouve. C'est difficile de vivre sans joie. Mais Valentina m'apportait de la joie, et je voulais y mettre toutes mes chances.

J'ai maintenu l'icône jusqu'à ce qu'elle se mette à trembler, puis j'ai appuyé sur le X pour supprimer l'application. Comme ça, ma vie de rencontres en ligne était terminée.

LE LENDEMAIN, j'ai fait mon jogging matinal jusqu'au lycée, regardant le lever du soleil et réfléchissant à ma prochaine expérience avec Valentina. Autant j'appréciais le sexe, autant je voulais plus avec elle. Je voulais m'assurer qu'elle sache que je n'étais pas là uniquement pour le sexe incroyable.

Le ciel s'éclaircissait tandis que je pensais à Valentina. Je connaissais sa version adolescente et sa version parent, mais la femme était celle dont je ne m'étais jamais permis de trop m'approcher. Mais je voulais savoir ce qui la faisait se sentir bien.

En commençant mon retour, j'ai décidé de faire quelques recherches. Si elle était d'accord, je m'inviterais à dîner chez elle pour cuisiner ensemble. Je savais qu'elle aimait cuisiner, mais je savais aussi que le faire seule n'était pas aussi amusant que de partager cette tâche avec quelqu'un d'autre. Peut-être pourrions-nous dîner et regarder un film ensemble. Avec les filles, bien sûr. Elle adorait ses filles, et je ne voulais pas qu'elle pense que je voulais passer du temps avec elle uniquement en tête-à-tête.

J'ai pris une douche, me suis changé et je suis revenu au lycée avant tout le monde. Notre compétition du jour était à environ une heure de route, donc nous avions un départ matinal. À l'arrivée des jeunes, nous nous sommes rassemblés dans l'entrée de l'école pour s'assurer que tout le monde était présent.

Jana et moi avons compté les élèves et vérifié nos listes, puis nous les avons fait monter dans le bus. Nous étions tous les deux plongés dans nos téléphones pendant que les jeunes discutaient derrière nous.

Une fois arrivés, nous avons été occupés à choisir notre emplacement et à installer la tente. Quand nous avons été prêts, nous avons commencé avec les enfants par une course lente pour voir le parcours. Il serpentait à travers la zone boisée derrière l'école, et bien que le parcours reste sur le sentier, il n'était pas balisé.

Les enfants ont fait leurs étirements et se sont répartis en petits groupes pendant que Jana et moi nous assurions que les officiels avaient les listes complètes pour chaque course. Les équipes modifiées étaient là aussi, donc la journée allait être plus longue que d'habitude.

Nous avons enregistré tout le monde, et nous nous sommes assurés qu'ils avaient tous des dossards et des puces pour leurs chaussures, puis nous sommes allés encourager les élèves de cinquième et quatrième qui couraient en premier.

Alors que les filles terminaient leur course, j'ai remarqué Kevin et McJenna qui marchaient ensemble et discutaient. Il lui a souri, et elle a ri à quelque chose qu'il a dit.

J'étais content pour le gamin. Et heureux de voir qu'il avait suivi mon conseil de lui parler au lieu de fuir et de se laisser intimider par Danny.

Au début de la course des garçons modifiés, je suis retourné à notre tente pour amener notre premier groupe de filles à la ligne de départ pour l'enregistrement. En passant près de Danny, je l'ai entendu se vanter auprès de ses amis.

— C'est vraiment un connard. Il se croit génial, mais il n'est rien. C'est un vrai loser. Elle ne va pas rester avec lui longtemps.

Je me suis arrêté et j'ai fait face à Danny. — De qui parles-tu ?

— Personne, Coach. Rien d'inquiétant. La posture arrogante de Danny me montrait que je ne l'intimidais pas. Rien ne l'intimidait.

— Eh bien, j'espère que tu ne parles pas d'un de tes coéquipiers, parce que ce genre de chose peut être un motif d'exclusion de l'équipe.

— Quoi ? Pourquoi ? Je n'ai rien fait. Danny a laissé tomber ses mains le long de son corps et les a serrées en poings.

— C'est une question d'esprit sportif, Danny. Si tu critiques un coéquipier, ce n'est pas acceptable. Et si tu parles d'un concurrent, tu deviens trop personnel. Si c'est ce que je pense, tu te disputes au sujet d'une fille.

— Vous ne savez rien.

—Je sais qu'une femme devrait pouvoir choisir librement avec qui elle passe du temps. Et si tu menaces quelqu'un pour qu'il reste loin d'une autre personne, c'est toi le problème. Si

McJenna ne veut pas sortir avec toi, ce n'est pas la faute de Kevin.

Danny ricana. —Peu importe.

—Non, pas « peu importe », Danny. Veux-tu être ce type avec qui les gens restent amis parce qu'ils s'inquiètent de ce qu'il pourrait faire s'ils s'opposent à lui ?

Danny jeta un coup d'œil à ses amis, qui étaient tous mystérieusement occupés à regarder ailleurs. —Non.

—Alors ne sois pas ce type-là. Ne sois pas celui qui menace quelqu'un parce que tu aimes la même fille. As-tu la moindre idée du nombre de fois que ça va arriver dans ta vie ?

—Je...

—Si je me souviens bien, l'année dernière, tu as invité Christy à sortir après que Marco a dit qu'il l'aimait bien. Mais Marco est toujours ton ami.

Danny jeta un coup d'œil à Marco. —Désolé.

Marco haussa les épaules.

—Si tu menaces encore Kevin, ou McJenna, je n'aurai pas d'autre choix que de t'exclure de l'équipe. Je ne veux pas le faire. Je ne pense pas que tes coéquipiers veuillent que je le fasse. Mais je le ferai si tu perturbes l'ambiance.

Danny hocha la tête. —Compris, Coach P.

—Bien. Maintenant, échauffez-vous. Restez souples. Soyez prêts.

Danny et ses copains partirent en trottant. Danny gardait la tête baissée. J'espérais que quelque chose de ce que j'avais dit avait fait son chemin et qu'il n'y aurait plus de problèmes.

J'ai envoyé les filles de junior varsity à la ligne de départ pour qu'elles se préparent à leur course. J'ai prévenu les garçons de JV qu'ils seraient les suivants, puis j'ai suivi les filles jusqu'à la ligne de départ pour les regarder s'élancer.

Samantha parlait avec une de ses amies et rayonnait. Je ne

savais pas ce qui la rendait si heureuse, mais c'était bon de la voir sourire après tant de mois de tristesse.

C'était une grande course avec plus d'une centaine de filles alignées au départ. Lorsque le dernier des garçons de la course modifiée a franchi la ligne d'arrivée, l'officiel s'est placé au milieu et a fait le décompte pour les filles. Il a tiré, et elles sont toutes parties.

Jana et moi les avons regardées prendre le premier virage. Quand elles ont disparu dans les bois, nous avons vérifié l'heure et attendu que les premières filles réapparaissent.

La course s'est déroulée rapidement, toutes terminant les cinq kilomètres en moins de quarante-cinq minutes. Nous avons félicité nos coureuses à leur arrivée et noté tous leurs temps pour nos dossiers.

Les équipes JV des garçons étaient les suivantes. Suivies par l'équipe varsity des filles, puis celle des garçons. Au fur et à mesure que chaque groupe courait, nous prenions des notes et avons constaté que trois de nos jeunes en JV avaient établi de nouveaux records personnels, y compris Samantha.

Jana est allée l'annoncer à Sam, me laissant enregistrer les temps d'arrivée des garçons de l'équipe varsity. Quand Andrew a franchi la ligne d'arrivée, battant son meilleur temps, j'ai vu sur son visage qu'il le savait.

—Belle course, lui ai-je dit.

Andrew n'arrivait pas à s'arrêter de sourire. —Merci, Coach. Je viens d'établir un RP.

—Je sais. On en a eu plusieurs aujourd'hui. Sacrée course.

Andrew a hoché la tête et s'est mis de côté tandis que les autres jeunes arrivaient à la ligne d'arrivée.

À la fin, nous avions trois jeunes en JV et quatre en varsity qui avaient établi des RP. —Il faut fêter ça, a dit Jana. —C'est incroyable.

—Je suis d'accord. Ils méritent quelque chose pour avoir

travaillé si dur. Je crois que tous ont battu leurs temps moyens, donc c'était une bonne course pour tout le monde.

—Soirée pizza ?

—Ce n'est pas une mauvaise idée. Parlons-en dans le bus au retour.

—Ouais, certainement. J'ai informé les jeunes de JV. Tu veux le dire à ceux de varsity ? Je crois qu'Andrew est au courant, mais Kevin, Danny, et McJenna ne le savent peut-être pas.

J'ai réprimé un gémissement et j'ai acquiescé. —Ouais, bien sûr. Je vais leur dire.

Certains élèves partaient avec leurs parents, mais notre tente était encore animée. Kevin et McJenna discutaient d'un côté, et Danny était de l'autre, leur tournant le dos.

Je me suis d'abord approché de Danny. —Est-ce que je peux te parler ? Ainsi qu'à Kevin et McJenna ?

Danny s'est crispé. —Coach, j'ai écouté. Je n'ai rien fait.

J'ai fait un signe de tête sur le côté pour qu'il me suive, puis je suis allé chercher les deux autres. Quand Kevin a vu où je l'emmenais, il a hésité, s'écartant de quelques pas de McJenna.

—Salut, Danny, a dit McJenna. —J'ai entendu dire que tu as fait une sacrée course.

—Qui a dit ça ?

—Kevin, lui a répondu McJenna, en pointant son pouce vers Kevin. —Il a dit que tu étais génial et que tu l'avais encouragé à continuer dans cette montée à la fin.

J'ai regardé tour à tour les trois. Danny a hoché la tête, et McJenna lui a souri radieusement.

—De quoi aviez-vous besoin, Coach ? a demandé McJenna, tournant son attention vers moi.

—Je voulais vous faire savoir à tous que vous avez battu vos records personnels aujourd'hui.

—Vraiment ? a demandé McJenna.

Kevin et Danny ont tous deux relevé la tête d'un coup, les sourcils haut levés, croyant qu'ils étaient dans le pétrin pour une raison quelconque. Ils se sont regardés et ont souri.

—On dirait que quand vous travaillez en équipe, des choses incroyables peuvent se produire.

—Sans blague, a dit McJenna. —C'est génial. Je dois le dire à mon père et à Karissa. Elle est partie en courant, me laissant avec les deux garçons.

—Vous deux, vous avez le potentiel pour être amis. Vous avez clairement quelques points communs. Mais vous devez arrêter de vous battre et accepter que vous êtes meilleurs en tant que coéquipiers qu'en tant qu'ennemis.

Kevin avala sa salive et fit face à Danny. —Merci de m'avoir encouragé aujourd'hui. Je luttais contre des courbatures avant la course et cette colline a failli m'achever. Je n'aurais pas battu mon record personnel si ce n'était pas pour toi. Pas même de près.

Danny hocha la tête. —J'essayais juste de faire ce que le coach a dit. Je suis désolé d'avoir été un tel con à propos de J. J'étais jaloux.

—Je comprends. C'est une fille vraiment géniale, dit Kevin.

Danny acquiesça, et ils s'éloignèrent ensemble, parlant de combien McJenna était extraordinaire.

Ça s'est mieux passé que je ne l'espérais.

Je suis retourné à la tente et j'ai demandé à quelques jeunes de m'aider à la démonter. Nous avons rangé tout notre équipement, et j'ai vérifié la liste des enfants qui avaient été récupérés. Il n'y en avait que douze qui retournaient à l'école en bus.

Jana est venue en courant avec le sac de puces des chaussures des enfants et les a mises dans notre sac d'équipe. Elle a vérifié que nous avions tout, puis a appelé le chauffeur de bus pour qu'il revienne nous chercher.

—Je vais aller lui faire signe, dit Jana. —Il a dit que c'était très fréquenté.

J'ai hoché la tête. —Je te rejoins là-bas avec les enfants. Je veux juste m'assurer qu'il n'y a personne d'autre qui prévoit de se faire récupérer. Nous apporterons la tente si tu peux prendre le sac d'équipement.

—Compris, dit Jana, saisissant le sac et partant en direction du parking.

J'ai crié aux enfants qui traînaient de s'assurer qu'un parent les inscrive sur la feuille de sortie s'ils ne prenaient pas le bus. J'ai tenu le porte-documents en l'air, sachant que les parents ne savaient pas toujours où il se trouvait.

Une mère s'est approchée et m'a pris le porte-documents pour inscrire sa fille, puis me l'a rendu. Je l'ai levé à nouveau en attendant que Jana me confirme que le bus était prêt pour nous.

Mon téléphone a vibré, alors je l'ai sorti pour vérifier si c'était Jana, puis j'ai dit aux enfants qu'il était temps de partir. Nous avons rassemblé nos dernières affaires, en veillant à ne rien laisser derrière nous, et nous sommes dirigés vers le parking.

—Hé, Coach Pierce, dit un homme derrière moi.

Je fis une pause, ne voulant pas être impoli envers les parents de mon équipe, même si j'essayais de m'éclipser. Je me tournai pour dire bonjour et m'arrêtai net. — Dawson.

Dawson me lança un sourire narquois. — Ravi de te voir, *mon ami.*

J'acquiesçai et croisai les bras sur ma poitrine. Les élèves continuèrent d'avancer sans moi, mais je pouvais voir le bus et Jana, alors je les laissai partir. — Content que tu aies pu venir voir les filles courir. Samantha était assez contrariée la dernière fois quand tu as dit que tu serais là et que tu n'es pas venu.

— Ouais, bon, elle est comme sa mère. Elle s'émotionne

facilement. Mais j'ai entendu dire que tu étais là pour la réconforter.

Je me redressai. — J'ai fait ce que j'ai pu. Tes filles avaient besoin de toi. Tu n'étais pas là.

Dawson ricana. Il roula des yeux et rejeta ses cheveux en arrière. Ils avaient poussé depuis les mois où il avait disparu de leurs vies. Il semblait plus dur, plus crétin qu'il ne l'était auparavant. — Mon soi-disant ami m'a foutu à la porte. Où voulais-tu que j'aille ?

J'haussai les épaules. — Prendre un appartement. Ou rester à l'auberge. Quelque part où tu aurais pu être présent pour ta famille.

— J'avais un foyer. Un que je partageais avec ma femme. Tu sais, cette femme que tu as toujours rêvé d'avoir dans ton lit.

Je retins mon souffle. Je n'avais jamais dit à Dawson que j'aimais Valentina. Pas une seule fois.

— Tu croyais que je ne le savais pas ? Il renversa la tête en arrière et éclata de rire. — C'est trop drôle. Tu as toujours été trop con pour ton propre bien.

— C'est toi qui as tout gâché avec elle.

Dawson ricana. — Ouais, eh bien, c'était amusant tant que ça a duré. Te la piquer sous le nez a été facile. Tu n'as jamais été assez homme pour la réclamer. Mais mec, une fois que je l'ai eue, j'ai su que je devais la garder. Pour un petit moment, du moins. Elle était un sacré bon coup. Pour quelqu'un qui ne savait pas ce qu'elle faisait. Pas très imaginative, mais elle compensait avec cette chatte serrée. Jusqu'à ce qu'elle ait des enfants. Il frissonna. — Ensuite tout s'est détendu, et je devais me forcer pour la baiser. Je l'aurais quittée il y a des années si elle n'avait pas été si disposée à faire tout ce que je voulais pour essayer de me garder heureux. Ça et si je n'avais pas pu m'en taper d'autres quand je voyageais.

— Comment as-tu pu lui faire ça ? Comment as-tu pu la traiter comme si elle n'avait aucune importance ?

Dawson ricana. —Parce qu'elle ne l'était pas. C'était juste un défi.

—Quoi ?

—Un défi. Un pari. Le type qui habitait en face de chez moi m'a parlé d'elle quand j'ai emménagé. Il a dit qu'elle te suivait partout comme un petit chien, mais que tu étais tellement aveugle que tu pensais qu'elle était juste une amie. Je lui ai dit que je l'aurais dans mon lit avant même que tu ne comprennes ce qui se passait. Et j'ai réussi.

—Espèce d'enfoiré, —ai-je grogné. Je me suis jeté sur lui.

Il a levé les mains. —Faites attention, Coach Pierce. Vous ne voudriez pas perdre votre emploi pour avoir agressé un parent d'élève.

—Vous n'êtes pas un parent. Vous étiez un donneur de sperme. Vous ne méritez pas d'appeler ces filles les vôtres.

Dawson haussa les épaules. —Peut-être, mais elles sont à moi. Tu ne vas pas t'immiscer dans ma vie. Peu importe ce que tu fais, tu ne me remplaceras jamais comme leur père.

—Je n'ai jamais essayé.

—Des conneries, Brantley. —Dawson s'approcha. Il me siffla à l'oreille. —Tu as toujours voulu ma vie. Mes enfants. Ma femme. Je serai généreux et te laisserai avoir mon ex-femme. Elle ne vaut plus la peine qu'on se fatigue à la baiser depuis des années, alors tu ferais peut-être mieux de ne pas t'embêter, mais peut-être que tu peux réaliser un vieux fantasme d'enfance. Sache juste que ça n'en vaut vraiment pas la peine.

—Espèce de-

Dawson recula, et je me suis arrêté. Valentina était à moins d'un mètre. Des larmes coulaient sur ses joues. Elle avait clairement entendu tout ce que Dawson avait dit.

20

VALENTINA

—Valentina, dit Brantley. Il fit un pas vers moi, mais je levai la main pour l'arrêter.

—Pas maintenant, murmurai-je. C'était la seule chose que je pouvais forcer à sortir de mes lèvres.

Dawson s'éloigna en sifflotant comme s'il ne venait pas de foutre mon monde en l'air. J'étais un pari ? Quelqu'un avec qui il a couché uniquement pour emmerder Brantley. Et puis il m'a épousée, a eu des enfants avec moi et m'a trompée jusqu'à ce que je le surprenne.

Mon Dieu, quelle idiote j'ai été.

Je m'éloignai en titubant, sachant que je devais rejoindre ma voiture avant de m'effondrer. Je ne pouvais pas lui laisser voir ça. Lui permettre d'en profiter.

Ce fils de pute savait que j'étais là. Il savait que je pouvais l'entendre. Il savait ce que ses mots me feraient. Il l'a fait exprès.

Putain d'enfoiré.

—Hé, Valentina ! appela une autre voix.

Je pris une inspiration et collai un sourire sur mon visage

avant de voir Goldie qui me faisait signe. Elle se tenait à côté de ma voiture.

—Est-ce que tu... Ouah. Qu'est-ce qui s'est passé ? demanda-t-elle. Ses yeux s'écarquillèrent et me scrutèrent. Comme si elle pouvait voir quelque chose juste en regardant.

Je résistai à l'envie de gigoter. De me cacher. De me protéger. C'était Goldie, mais j'étais à vif. Vulnérable. Exposée.

—Ça va ?

Je ricanai. —Pas du tout.

—Qu'est-ce qui s'est passé ? Parle-moi.

J'ai jeté un coup d'œil autour pour m'assurer que les filles n'étaient pas proche. La dernière chose que je voulais, c'était qu'elles entendent ce que Dawson avait dit. —J'ai croisé Dawson.

—Oh, merde. Qu'est-ce qu'il a dit ? C'est la première fois depuis que tu l'as mis à la porte ?

—Oui. Et il a dit à Brantley qu'il a couché avec moi à l'université uniquement parce que le type de l'autre côté du couloir de leur résidence avait parié qu'il ne le ferait pas. Dawson a dit qu'il l'a fait seulement parce qu'il savait que Brantley m'aimait bien. J'étais un jeu pour lui.

—Oh, mon Dieu. Où est-il ? Je vais lui botter le cul. —Goldie me dépassa d'un coup d'épaule et se tint au bord du parking, scrutant la foule qui se dispersait.

—Tu sais quoi ? Il n'en vaut pas la peine. Il est sorti de ma vie pour toujours.

Goldie se retourna vers moi. Ses sourcils blonds se froncèrent au centre, son regard dubitatif. —Tu ne peux pas être d'accord avec ce qu'il a dit.

—Oh, non. Je ne suis pas d'accord avec ça. Mais je ne peux rien y changer. C'est un connard encore plus grand que je ne l'ai jamais pensé. Haley, c'était une chose, mais savoir que nous avons passé plus de vingt ans ensemble et qu'il n'a jamais tenu à moi, c'en est une autre.

—J'ai du mal à croire ça, —dit Goldie. —On n'épouse pas quelqu'un si on ne l'aime pas. On ne passe pas la moitié de sa vie avec quelqu'un pour un pari.

J'ai haussé les épaules. —Je ne sais pas. Peut-être qu'il l'a fait. Peut-être qu'il y a eu un moment où il m'aimait. Peut-être qu'il jouait sur le long terme et s'assurait que Brantley ne fasse pas partie de ma vie. Mais ça n'a plus d'importance. J'en ai fini avec Dawson. Je l'ai été depuis très longtemps. Ça fait mal... les choses qu'il a dites. Il savait que ça ferait mal, cela dit. Il voulait me blesser.

Goldie secoua la tête. —J'aurais aimé être là. J'aurais certainement rendu plus difficile pour lui de trouver quelqu'un à baiser pendant quelques jours.

J'ai pouffé. —Ça aurait été génial. Mais il n'en vaut vraiment pas la peine. Je... J'ai passé beaucoup de temps à vouloir le rendre heureux. À mettre tout de côté pour faire ce que je pensais qu'il voulait que je fasse. Maintenant, même s'il y a une chance que ce qu'il a dit soit vrai, ça me fait juste sentir comme une idiote. Je l'aimais vraiment. Je voulais une vie avec lui. Les dernières années ont été difficiles, mais j'étais prête à honorer mes vœux. On dirait qu'il ne l'a jamais fait, et je ne peux pas le changer.

—Wow. Tu as l'air très... bien en ce moment.

J'ai pris une inspiration et l'ai relâchée lentement. Bianca et Samantha se dirigeaient vers nous avec Paul. —Je dois l'être. Pour elles. Je ne veux pas qu'elles sachent ce qu'il a dit.

Goldie regarda les enfants et hocha la tête. —Je ne le ferais jamais.

—Merci.

—Hé, rends-moi service et garde cette bravoure que tu as en ce moment. Fais quelque chose qui te plaît ce soir.

—On va faire des pizzas et regarder des films ce soir. Quelque chose de tranquille après la compétition.

—Bien. Alors prends une bonne douche chaude ou un

bain après qu'elles soient couchées et assure-toi que ta journée se termine sur une bonne note.

J'ai pouffé de rire et levé les yeux au ciel. Seule Goldie pouvait chuchoter quelque chose comme ça avec nos enfants à quelques pas.

—Vous êtes prêts à rentrer à la maison ? demanda Goldie aux enfants.

—Ouais, dit Paul.

—Maman ! Tu as vu Papa ? demanda Samantha.

J'ai hoché la tête et forcé un sourire sur mon visage. Ce n'est pas parce que je le détestais que je voulais que mes filles le détestent aussi. —Oui. Je suis contente qu'il ait pu venir.

—Moi aussi. Il a dit qu'il veut nous emmener dîner ce soir. Samantha poussa un petit cri et applaudit. Elle vibrait pratiquement d'excitation.

Bianca, c'était une autre histoire. Elle avait l'air de préférer faire à peu près n'importe quoi d'autre.

—Ah bon ? Il ne m'en a pas parlé.

—Parce qu'il sait que tu diras oui si elle te le demande, cracha Bianca.

Je lui ai lancé un regard qui disait qu'elle n'avait pas besoin d'être aussi insolente. —Je dirai oui de toute façon. Je ne vais pas vous empêcher de passer du temps avec votre père.

—Et si je ne veux pas passer du temps avec lui ? —a rétorqué Bianca.

—Ne gâche pas tout, —a gémi Samantha. —Je veux voir Papa. On ne l'a pas vu depuis des mois.

—Et à qui la faute ? C'est lui qui est parti ! C'est lui qui trompait Maman ! C'est lui qui nous a ignorés et qui n'est pas venu nous voir depuis des mois, Sam ! Des mois. Pourquoi devrions-nous tout laisser tomber juste parce qu'il a daigné se montrer ?

—Parce qu'il reste ton père, —lui ai-je dit. —Écoute, je'ne

vais pas te forcer à aller dîner avec lui, mais je ne vais pas t'en empêcher non plus. Et je pense que tu te dois non seulement d'écouter ce qu'il a à dire, mais aussi de lui poser ces questions. Je n'ai pas de réponses pour toi. Je ne sais pas ce qu'il a fait ni pourquoi il n'a pas été présent. Lui, par contre, le sait. La seule façon de le découvrir, c'est de lui demander.

Bianca a donné un coup de pied dans la terre. Elle a fait la grimace et a sifflé, —D'accord.

—Youpi ! —Samantha sautait de joie. —J'ai tellement hâte. C'est si excitant.

—Tu'es délirante, —a marmonné Bianca.

—Bianca. Arrête. —J'ai lancé un regard sévère à mon aînée. Elle était visiblement en colère, mais je voyais la douleur dans ses yeux. Elle était blessée. Elle se montrait furieuse, mais ce n'était qu'un masque pour cacher la blessure causée par le désintérêt de son père.

Samantha nous a regardées tour à tour, son enthousiasme tempéré par la tension. —Je m'en fiche si tu ne veux pas y aller. Moi, je suis impatiente de voir Papa.

Paul a pris la main de Samantha et l'a tirée à quelques pas de là. Il lui a dit quelque chose que je n'ai pas pu entendre mais qui l'a fait sourire.

—Hé, Bianca ? —a dit Goldie. —Je pense que ta mère a raison. Tu devrais parler à ton père. Mais sois prête à l'écouter aussi. Ce n'est pas facile. Rien de tout ça n'est facile. Mais vous grandissez tous. Vous serez bientôt adultes. Vous devez faire vos propres choix. Notamment si vous voulez votre père dans votre vie ou non.

Bianca prit une inspiration tremblante et hocha la tête. — Merci, Mme Goldie. Tu as raison. Je pense que c'est bien pour moi d'y aller.

J'ai acquiescé et je l'ai serrée contre moi, embrassant le sommet de sa tête.

Nous avons monté le volume de la radio et chanté

pendant tout le trajet du retour. Je voulais alléger l'ambiance et célébrer l'excellente compétition. Mon téléphone a vibré plusieurs fois, mais je ne vérifie jamais mes messages quand je conduis. Les deux personnes les plus importantes étaient avec moi, et les autres pouvaient attendre.

Une fois à l'intérieur, j'ai consulté les messages que j'avais reçus pendant le trajet. Le premier venait de Brantley, qui demandait s'il pouvait passer ce soir pour dîner et regarder un film. Et pour parler. Je savais que nous en avions besoin, mais je n'étais pas sûre d'en avoir vraiment envie.

Les autres messages venaient de Dawson. Quatre en tout. Chacun envoyé à quelques minutes d'intervalle. Beurk.

> J'ai dit aux filles que je voulais les emmener dîner ce soir. Sam a dit que ce serait bien.

> C'est ta façon de me faire la tête ? Tu vas vraiment t'interposer entre moi et mes filles ?

> J'attendais mieux de toi, Valentina. Je pensais que tu te souciais de nos filles.

> Tu es tellement égoïste ! Tu vas vraiment m'empêcher de les voir. J'ai fait tout ce chemin, et tu te comportes comme une garce mesquine. Je ne te laisserai pas m'empêcher de voir mes filles.

Quel. Con.

Il ne pensait pas que je pouvais être en train de conduire ? Que je ne pouvais peut-être pas répondre à un message quand j'avais nos filles dans la voiture ?

Mon sang bouillonnait. J'avais envie de lui envoyer une réponse cinglante et de garder les filles à la maison rien que par dépit, mais je ne lui donnerais pas la satisfaction de savoir qu'il m'avait atteinte.

Je viens de rentrer de la compétition. Je conduisais et je ne vérifie pas mon téléphone. Sam m'a parlé du dîner. Elles se préparent maintenant. Tu vas venir les chercher ou je dois les déposer quelque part ?

Je serai là dans quinze minutes.

Je vais les prévenir.

J'ai levé les yeux au ciel en fermant la conversation. J'aurais dû laisser Goldie s'en prendre à lui. Il le méritait. Et même plus.

J'ai transmis le message aux filles. Sam était presque prête et souriait. Bianca avait l'air de se diriger vers son exécution.

Quand Dawson s'est garé dans l'allée, il a klaxonné. J'ai dû me faire violence pour laisser les filles sortir et partir avec lui. Il n'avait même pas la décence de venir frapper à la porte ?

Putain d'enfoiré.

J'ai verrouillé la porte derrière elles et me suis souvenue du message de Brantley. J'ai repris mon téléphone et me suis dirigée vers ma chambre. J'avais besoin d'une douche.

Dîner et film, ça me semble parfait. C'était notre plan pour ce soir, de toute façon.

C'était ?

Dawson a emmené les filles dîner.

Tu l'as laissé faire ?

C'est leur père. Je n'allais pas l'en empêcher. À quelle heure voulais-tu passer ?

Le bus n'est pas encore de retour à l'école.
Le temps que tous les parents arrivent et que
je rentre me doucher, ça prendra
probablement une heure. Peut-être plus.
C'est trop tard ?

Non. Ça me va. Entre directement quand tu
arriveras. Je vais ouvrir une bouteille de vin
dès que je sors de la douche. Je serai
peut-être à moitié soûle ou endormie quand
tu arriveras.

Tu le mérites après cette journée. À bientôt.

J'ai verrouillé mon téléphone et l'ai posé sur le comptoir. L'eau était chaude, et tandis que je tendais la main pour la tester, j'ai repensé à ce que Goldie avait dit.

Ne laisse pas Dawson gâcher ma soirée.

Ce connard m'a tout pris. De ma virginité à mon bonheur, jusqu'à ma chance d'avoir quelque chose avec Brantley. Dawson a volé trop de choses. Il m'a fait douter de qui j'étais pendant trop longtemps. J'ai commencé ma Quête du Plaisir parce que j'ai passé trop d'années sans plaisir dans ma vie.

Mais c'était terminé. Il n'allait plus me priver de plaisir.

J'ai ouvert le tiroir supérieur de mon armoire et saisi mon vibromasseur étanche. Je l'ai posé sur l'étagère de ma douche et me suis glissée sous le jet d'eau. La chaleur me faisait du bien après la fraîcheur de cette journée de mi-octobre. Même si le soleil brillait, il y avait eu une brise toute la journée, et je n'avais pas réussi à me débarrasser de cette sensation de froid. Je me suis tournée et j'ai laissé l'eau chaude marteler ma nuque, soulageant la tension provoquée par Dawson. J'ai fermé les yeux. C'était fini. Il ne me causerait plus de tension.

J'ai lavé mon corps, enveloppant mes seins de bulles savonneuses pour me taquiner. Leur glissement rendait mon intimité de plus en plus humide, me préparant.

Mon corps était tendu lorsque j'ai attrapé le vibromasseur, mais c'était une bonne tension. Celle qui anticipait et s'excitait. J'ai activé les vibrations et pris mon temps pour jouer avec sur mon corps. Au moment où je l'ai glissé entre mes cuisses, j'étais trempée.

Le vibromasseur a glissé en moi facilement, tout comme Brantley l'avait fait le week-end précédent. L'évocation de Brantley a déclenché une nouvelle vague de désir en moi. Il voulait parler, mais à cet instant, parler était bien la dernière chose que je souhaitais.

J'ai écarté largement les cuisses et enfoncé profondément le vibromasseur dans mon corps. J'ai haletté quand la stimulation externe a touché mon clitoris. —Oui.

Mes genoux ont faibli, mais je me suis accrochée à la barre d'appui pour me soutenir. Je me suis adossée aux carreaux frais. L'eau chaude coulait sur mon corps, les carreaux froids pressés contre mon dos, et les vibrations rapides centrées en moi – tout cela confondait et excitait mon corps.

—Brantley, j'ai gémi, l'imaginant là avec moi.

J'ai fait entrer et sortir le jouet, chaque poussée stimulant mon clitoris et me faisant crier. Je gémissais son nom à chaque mouvement. J'étais si proche. Mon corps s'est tendu, j'ai enfoncé le vibromasseur profondément en moi, maintenant les vibrations sur mon clitoris et crié son nom.

— Brantley ! Oh, mon Dieu, Brantley. Oui. Brantley !

— Putain de merde, dit une voix masculine.

J'ai crié. Le jouet est tombé sur le carrelage et a rebondi alors que j'atteignais l'orgasme, mon corps achevant ce qu'il avait commencé malgré la peur qui m'étreignait.

— Ne t'arrête pas, grogna-t-il.

— Brantley ?

— Tu m'as dit d'entrer avec ma clé. Je suis en avance. Je t'ai entendue crier, et j'ai cru qu'il y avait un problème. Je...

Putain. J'ai besoin de toi. Est-ce que je peux t'avoir, Vee ? Maintenant ? Je partirai si tu dis non, mais je—

— Oui, murmurai-je.

Nos regards se sont croisés tandis qu'il arrachait ses vêtements avec des mouvements saccadés et précipités. Son jean s'est coincé sur ses baskets quand il a essayé de tout enlever d'un coup, mais son regard n'a jamais quitté le mien.

Il se caressait en marchant vers moi. Me traquait, plutôt. Il a ouvert la porte de la douche et a parcouru mon corps du regard, son sexe toujours dans sa main.

— Ramasse-le, grogna-t-il.

Je me suis penchée et j'ai ramassé le vibromasseur.

— Montre-moi.

Ma respiration s'est bloquée dans ma gorge, mais je n'avais pas honte. De toutes les personnes dans ma vie avec qui partager quelque chose d'aussi intime, il était le seul que je pouvais imaginer.

J'ai écarté mes cuisses à nouveau, utilisant mes doigts pour ouvrir mes replis. Le premier contact du vibromasseur contre mes parois sensibles m'a fait haleter.

Brantley est tombé à genoux et a écarté davantage mes cuisses. — Mon Dieu, tu es magnifique. Cette chatte parfaite. Tu pensais à moi ?

— Oui, ai-je avoué. Il le savait déjà, mais l'admettre rendait la chose réelle.

—Je ne peux même pas compter le nombre de fois où j'ai pensé à ton goût ou à la sensation de ton corps pendant que je me branlais. Au moins une centaine rien que la semaine dernière, mais dans ma vie entière, c'est probablement des millions.

—Montre-moi, lui ai-je répété.

Son regard a croisé le mien. Il s'est levé, enroulant sa main autour de sa bite. —Rien n'est aussi bon que ta chatte autour de moi quand je jouis, mais te regarder te faire jouir pourrait bien être une proche seconde en termes de plaisir.

—Brantley.

—Je suis là, Vee. Toujours.

Il a enroulé un bras autour de moi, l'un soutenant mon poids tandis que l'autre caressait sa bite. Il s'est pressé contre mon côté, nous travaillant tous les deux à nous amener à l'orgasme tout en regardant l'autre.

—Brantley, ai-je gémi.

—Je te tiens, ma belle. Jouis pour moi. Ensuite, je vais te lécher et te baiser encore.

Comme toujours, ses mots crus m'ont fait perdre pied. J'ai gémi et crié, et mes genoux ont fléchi. Mais Brantley me tenait, m'empêchant de me faire mal pendant que le vibromasseur m'emportait vers l'extase.

—Sortons, a-t-il chuchoté quand j'ai finalement repris mes esprits. Le vibromasseur était éteint et posé sur l'étagère. Brantley a coupé l'eau et est sorti, m'enveloppant dans une serviette avant d'en prendre une sous le lavabo pour lui-même.

Il était toujours dur.

—Tu as joui ?

Il a secoué la tête. —Je voulais te regarder. J'aurais préféré voir de plus près, mais quelqu'un avait d'autres plans.

—Je voulais te voir.

—Quand tu veux. Mais d'abord, j'ai besoin de toi, Vee. Si tu es d'accord.

—Toujours.

Il ferma les yeux et hocha la tête, un léger sourire sur son visage. Quand il me regarda à nouveau, il y avait quelque chose dans son regard qui n'était pas là une minute auparavant, mais il pressa son corps contre le mien et m'embrassa jusqu'à ce que j'oublie complètement ce qu'il me cachait.

BRANTLEY

oujours. Elle a dit toujours. Si simple. Si facile. Si... faux.

Je savais que « toujours » ne signifiait pas la même chose pour elle que pour moi. Pas encore. Peut-être jamais. Valentina m'avait dit plus d'une fois qu'elle ne cherchait pas de relation. Elle se concentrait sur elle-même et sur les filles. Elle faisait cette stupide quête pour découvrir ce qui lui plaisait.

J'étais l'idiot qui s'était laissé avoir et qui avait cru qu'il y avait plus que du simple plaisir. Certes, c'était un sacré plaisir, mais c'était physique. Elle ne m'aimait pas. C'était juste une curiosité d'enfance satisfaite.

Nous étions assis sur le canapé, la bouteille de vin ouverte sur la table basse près de nos pieds, et nous regardions un film. Une comédie romantique guimauve qu'elle adorait et qui ne faisait que me rappeler que j'étais seul. J'étais comme la nana dans le film qui pensait qu'elle n'attirerait jamais l'attention de l'amour de sa vie.

Sauf que pour moi, Valentina me prêtait attention. Tout le temps, putain. Mais ce n'était pas suffisant.

—Tu vas bien ? demanda-t-elle, me tirant brusquement de mes pensées.

Je me redressai et hochai la tête. —Ouais. Bien sûr. Pourquoi ?

—Tu sembles tendu. Comme si quelque chose te tracassait. Est-ce que tu étais... Ça t'a contrarié de me voir... C'était mal ?

Je me jetai sur elle, la clouant au canapé, et secouai la tête. —Mon Dieu, non. C'était incroyable. Tu es censée trouver des choses qui t'apportent du plaisir. Je suis plus que ravi de partager ce plaisir avec toi, mais si tu ne peux pas t'empêcher de penser à moi, je ne vais pas te dire d'attendre.

Elle détourna le regard, comme si elle avait honte. —Je n'ai jamais... C'est seulement récemment que j'ai essayé certaines choses.

Je me reculai pour la regarder. —Essayé quel genre de choses ?

Elle haussa les épaules. —Le vibromasseur. Je t'ai dit que le sexe n'était pas quelque chose dont je tirais beaucoup de plaisir. C'est seulement depuis que Dawson et moi avons arrêté de coucher ensemble que j'ai essayé ce genre de chose. Avant...

—Tu n'as jamais à te justifier auprès de moi. Peu m'importerait si tu collectionnais ces objets depuis le lycée ou si c'était la première et unique fois que tu te touchais. Tu dois être à l'aise avec ton propre corps.

Elle sourit timidement. —J'y arrive petit à petit. C'est quand même plus amusant quand je ne suis pas seule.

Je me penchai et l'embrassai fougueusement. Je poussai mes hanches contre les siennes. —Oui, en effet, grognai-je à son oreille, léchant le contour et la faisant frissonner.

—Je ne sais pas comment tu fais ça.

—Faire quoi ?

—Me faire passer de la gêne à presque l'orgasme en quelques secondes.

—J'aime te faire jouir. Beaucoup.

Elle croisa mon regard et entoura mon cou de ses bras. —J'aime ça aussi. Beaucoup.

Elle m'attira vers elle, et nous nous embrassâmes sur le canapé comme des adolescents. C'était différent pour nous, à la fois chaste et sensuel et simple. C'était parfait. Je voulais qu'elle ressente à quel point je l'aimais parce que même si notre relation n'avait pas toujours été sincère, je ne voulais jamais qu'elle doute d'être aimée.

Après quelques minutes de baisers, et mon sexe essayant désespérément de se libérer à nouveau, je me redressai et l'attirai avec moi. J'embrassai le sommet de sa tête et la calai sous mon bras. Elle posa sa main sur ma poitrine et exhala un soupir de contentement.

Nous étions encore assis comme ça quand les filles rentrèrent d'un long dîner avec Dawson. Dès que la porte s'ouvrit, Valentina se leva d'un bond pour voir comment elles allaient, et demanda si Dawson allait venir.

—Il a dit qu'il devait partir, dit Samantha. —Mais il a promis de revenir nous voir bientôt.

—Bien, dit Valentina, mais son ton était neutre. —Vous êtes fatiguées, ou vous voulez finir le film avec nous ?

—Je dois envoyer un message à Paul, dit Samantha, se dirigeant déjà vers sa chambre.

—J'ai promis à McJenna de lui dire comment s'est passé le dîner, dit Bianca. Son léger sourire indiquait que le dîner avait été meilleur que prévu pour elle aussi.

—D'accord. Eh bien, bonne nuit alors.

—Bonne nuit, répondirent les deux filles avant de faire un câlin à Valentina, puis à moi, avant de disparaître dans leurs chambres.

Valentina prit un moment avant de revenir sur le canapé. Quand elle s'assit, elle resta à l'autre bout, loin de moi.

—Ça va ?

Elle hocha la tête. —Oui.

—Tu es sûre ? Parce que tu es vraiment loin maintenant. J'essayai de garder un ton léger, mais ça faisait mal. Dawson s'était garé dans l'allée, et Valentina s'était fermée comme une huître. Il n'était même pas entré. C'était peut-être pire parce qu'elle devait se demander ce qu'il pensait au lieu de pouvoir le lui demander.

Mais qu'est-ce que j'en savais, après tout ?

—Il est exaspérant, murmura-t-elle.

—Dawson ?

Elle hocha la tête. —Comment puis-je le regarder à nouveau après les choses qu'il a dites aujourd'hui ?

Je pris une inspiration. Je savais que nous devions en parler, mais après la façon dont j'étais arrivé, nous avions fait comme si rien ne s'était passé. —Je ne sais pas.

Elle me jeta un coup d'œil. —Tu crois que c'est vrai ?

—Qu'il l'a fait pour m'énerver et prouver qu'il le pouvait ?

—Que j'étais un pari.

L'air qui remplissait mes poumons semblait chargé d'épines plutôt que d'oxygène, d'azote et d'autres éléments. C'était comme si j'avais avalé une bouffée de fumée. Je voulais le recracher, mais il n'avait nulle part où aller.

Nous avions interprété les paroles de Dawson de façon très différente. J'avais intériorisé la partie où il savait que j'aimais Valentina et qu'il s'amusait à me la voler. Elle, elle avait entendu la partie concernant le pari qu'il avait fait avec le gars d'en face. Les deux vérités faisaient mal. Et les deux étaient probablement vraies.

—Il nous a trompés. Pendant des années. Je ne sais pas si nous avons jamais vraiment su qui il était.

—Donc, tu penses que c'est vrai.

J'ai secoué la tête et je me suis forcé à défendre l'homme qui ne le méritait pas. —Je ne sais pas quoi penser. Si c'est vrai, et qu'il t'a épousée et a eu deux enfants avec toi pour gagner un pari, c'est le pire pari qui soit. Même Dawson n'est pas aussi minable. Même Dawson ne t'aurait pas épousée s'il n'était pas tombé amoureux de toi. Peut-être que ça a commencé comme ça, mais je crois qu'il t'a aimée. Je crois qu'il aime vos filles.

Sa lèvre inférieure a tremblé. Elle a hoché la tête après un moment, puis m'a regardé. —Merci. Goldie a dit la même chose. Je navigue entre la colère, la douleur et l'indifférence en ce moment. J'aimerais vraiment ne pas m'en soucier. Je ne l'aime plus. Je ne veux pas qu'il revienne. Mais c'était dur de l'entendre dire ces choses. Et puis ses SMS.

—Quels SMS ? ai-je grogné.

Elle m'a écarté d'un roulement d'yeux. —Il se comportait juste comme un con. Il m'a envoyé un message à propos d'emmener les filles dîner pendant que je rentrais de la compétition et il s'est énervé quand je n'ai pas répondu immédiatement. Il pensait que j'essayais de l'éloigner des filles.

—Il n'aurait jamais dû revenir.

—Tu ne peux pas dire ça. Samantha lui manque. Bianca est en colère et blessée, mais elle est rentrée à la maison avec le sourire. Je ne peux pas souhaiter qu'il sorte de leurs vies.

—Tant qu'il est sorti de ta vie.

—Il l'est, a-t-elle dit avec véhémence. —Définitivement. Je ne veux pas de lui dans ma vie.

J'ai hoché la tête. —Bien.

Le film s'est terminé, mais je ne pense pas que l'un de nous l'ait vraiment regardé. Je suis resté perdu dans mes pensées, et elle dans les siennes.

—Je devrais y aller, dis-je alors que le générique défilait.

Elle hocha la tête, mais ne fit aucun geste pour se lever. —On est toujours bien, nous deux ?

Je pris sa main et la serrai. —Nous serons toujours bien, Vee. Tu es la personne la plus importante dans ma vie. Je t'aime.

Elle leva les yeux vers moi et hocha la tête. —Je t'aime, Bee.

Je me forçai à sourire. J'avais fait mon lit, et maintenant je devais y dormir seul.

Elle m'accompagna jusqu'à la porte et me donna un rapide baiser qui me prouva que les choses avaient changé. Elle pouvait dire que Dawson ne la dérangeait pas, mais c'était faux. Tout cela la dérangeait.

Ma maison était silencieuse, vide et déprimante à en crever. Je voulais repartir dès que j'y mis les pieds, mais je savais qu'être entouré d'autres personnes était une encore pire idée. Je me traînai jusqu'à la cuisine en souhaitant avoir plus de travaux de démolition à faire. Ça me ferait vraiment du bien de casser quelque chose.

Je saisis une bouteille d'eau et la bus d'un trait. La fraîcheur qui coulait dans ma gorge me rappela que je n'avais pas de quoi me plaindre. Ma vie n'avait pas empiré. J'avais un travail que j'aimais. Une maison que j'aimais. J'avais des amis, une super famille et j'étais en bonne santé. J'avais été amoureux de Valentina presque toute ma vie. Avoir eu la chance de goûter à ses lèvres, de la toucher et de l'aimer, puis devoir m'éloigner quand elle en aurait fini, allait être douloureux, mais en vérité, ce n'était pas différent de ma situation depuis le lycée.

On dit toujours qu'il vaut mieux avoir aimé et perdu que de n'avoir jamais aimé du tout. Je l'aimais. Je ne l'avais pas encore perdue. Je n'allais pas m'apitoyer sur mon sort et agir comme si elle avait disparu. Elle était toujours là. Et elle restait ma meilleure amie. C'était ça qui comptait.

JE ME SUIS TENU occupé toute la semaine pour ne pas remarquer que Valentina ne me contactait pas. J'ai travaillé sur ma cuisine, j'ai donné des cours à Kevin, et j'ai participé à la soirée entre mecs au O'Kelley's. J'avais une vie bien remplie même sans Valentina.

—J'ai entendu dire que Dawson est apparu à la compétition de cross-country le week-end dernier, dit Ian. Comment va Valentina ?

J'ai secoué la tête. —Pas terrible. Il s'est comporté comme un connard et a dit des choses qu'il n'aurait pas dû dire.

—Comme quoi ? a grogné Hudson.

—Il a dit qu'il ne s'était intéressé à elle à l'université que parce qu'il savait que je l'aimais bien. Qu'elle était le résultat d'un pari avec le type d'en face. Elle l'a entendu le dire, aussi.

—Quel enfoiré, a sifflé James.

—Tout à fait d'accord.

—Tu lui as cassé la gueule ? a demandé Knox.

—Elle ne m'a pas laissé faire.

—Tu aurais pu le faire après qu'il ait quitté la rencontre, a suggéré Knox. —Le suivre jusqu'à son hôtel ou je ne sais où.

J'ai secoué la tête.

—Il le méritait, a dit Nico.

—Il le mérite toujours, mais c'était plus important pour moi d'être là pour Valentina que de casser la gueule à Dawson.

—Tu aurais dû faire les deux, a dit Knox.

—Il dit qu'il était avec Valentina, a interprété Sebastian. —Il ne voulait pas la quitter.

Les autres hommes ont regardé tour à tour Sebastian et moi tandis que la compréhension se lisait sur leurs visages.

—Alors, ça se passe bien entre vous deux ? a demandé James. —Trinity apprécie beaucoup Valentina.

—Tout le monde aime Valentina, a dit Ian. —Qu'est-ce qu'il y a à ne pas aimer chez elle ? Elle est belle, elle sait pâtisser, et elle est intelligente.

—Assez intelligent pour garder celle-ci à distance. Comment se fait-il que vous gardiez toujours votre relation secrète ? demanda Knox.

Je secouai la tête. —Elle n'est pas intéressée par une relation.

—Vous couchez juste ensemble ? demanda Sebastian.

J'haussai les épaules.

—Tu veux plus. Ce n'était pas une question. C'était une déclaration venant d'un homme qui comprenait.

—Oui, c'est vrai. J'ai toujours voulu plus. Dawson était peut-être un connard, mais il n'avait pas tort quand il disait que je voulais Valentina à l'université.

—Attends une minute. Tu n'as jamais eu de relation sérieuse avec une autre femme parce que tu es amoureux de Valentina ? demanda Knox.

J'acquiesçai. Inutile de se cacher de la vérité.

—Merde, dit Nico. —Je pensais que j'étais mal loti. J'ai eu quelques rendez-vous après que Laura soit venue travailler pour moi, mais j'ai toujours eu l'impression d'être injuste envers les autres femmes.

—C'est exactement ce que je ressens. Je parlais avec une femme sur Book Boyfriends Wanted. Elle était géniale. Mais j'avais l'impression de tromper quelqu'un. La dernière chose que je voulais, c'était que Valentina pense que je la trompais dans son dos. Surtout quand il s'agissait juste d'une femme avec qui je discutais.

—Qu'as-tu fait ? demanda Ian.

—J'ai dit à cette femme que je fermais mon compte.

—L'as-tu fait ? demanda Knox.

J'acquiesçai. —Je n'avais pas le choix. Comme Nico l'a dit, c'était injuste envers les autres femmes. Et envers Valentina aussi, si je suis honnête. Je veux passer le reste de ma vie avec elle. Si ce n'est pas ce qu'elle veut, je m'y ferai, mais c'est ce que je veux, moi. Je veux qu'elle soit heureuse, et je pense que je peux la rendre heureuse, mais c'est son choix.

—Et si elle ne te choisit pas ? demanda Knox.

—Je reste quand même son ami.

—Tu resterais ami avec elle ? Si elle te disait qu'elle ne veut pas être avec toi, ça ne te dérangerait pas ? insista Knox.

—Ne pas me déranger ? Putain, non. Mais ce n'est pas comme si je pouvais la forcer à entrer dans une relation. Si elle ne veut pas de moi, je ne peux rien y changer.

—Comment avance sa quête ? demanda Hudson. Un sourire narquois relevait un coin de sa bouche.

Je me mordis l'intérieur de la joue pour m'empêcher de lui sourire en retour. —Bien.

Hudson ricana. —Autrement dit, vous êtes incroyablement compatibles entre les draps, vous êtes meilleurs amis, mais tu penses honnêtement qu'elle ne veut pas de toi ?

Je soupirai. J'étais d'accord avec lui jusqu'à la fin. —Notre alchimie est meilleure que tout ce que j'aurais pu imaginer. Comme une fusée, ou un lance-flammes. C'est amusant et chaud et tellement bon. Je n'ai jamais été avec une femme qui était si parfaite pour moi. J'ai toujours apprécié le sexe, mais c'est à un tout autre niveau avec elle. C'est juste différent.

—C'est ce qui arrive quand tu tombes amoureux de ta meilleure amie. Toutes les femmes avec qui j'ai été avant Blake n'étaient rien comparé au fait d'être enfin avec elle. Je l'avais attendue toute ma vie, et le sexe était simplement à un autre niveau. Mais c'est tellement plus que ça. Je devais aussi être son ami. Ce n'est pas toujours facile. Je te donne beaucoup de crédit pour avoir fait ce choix, mais quand les choses se sont terminées avec Blake, je n'étais pas sûr de pouvoir supporter d'être encore son ami. Ça me faisait mal rien que de la regarder. Ian se frotta la poitrine, un geste dont je n'étais pas sûr qu'il était même conscient.

—Vous êtes tous dingues, déclara Knox. —Le sexe est bon quand c'est du bon sexe. Quand c'est avec une femme qui est enthousiaste et consentante. Peu importe avec qui je suis, je vais toujours m'assurer qu'elle passe un sacré bon moment, et je vais apprécier de l'y amener. C'est comme ça qu'on s'assure que le sexe est bon.

Les mecs mariés sourirent et sirotèrent leurs bières. Les gars qui étaient dans des relations sérieuses firent de même. J'étais là, coincé entre les deux, parce que j'étais d'accord avec Knox, mais c'était différent avec Valentina. C'était mieux. Parce qu'il y avait plus que simplement du plaisir mutuel. Même si c'était pour ça qu'on avait commencé à coucher ensemble.

—Tu comprendras un jour, dit Sebastian à Knox.

Knox leva les yeux au ciel. —Oh, peu importe. Vous êtes nuls.

Le reste du groupe se moqua de Knox, mais il le prit avec philosophie. Il m'avait dit qu'il voulait s'installer. Avoir quelque chose de solide et de stable. Avoir ce que les autres avaient. Mais il n'allait pas rester sur la touche à attendre que l'amour lui tombe dessus. Il était là-dehors à sa recherche, testant les opportunités à chaque occasion.

Une partie de moi était jalouse de Knox. Il n'avait pas encore trouvé l'amour, mais il y était ouvert. Il avait une chance de rencontrer quelqu'un, de tomber amoureux d'elle et de construire une vie avec elle.

J'avais trouvé la personne avec qui je voulais partager ma vie. Et si elle ne ressentait pas la même chose, j'étais foutu.

—On s'est tous sentis comme ça, dit Ian. —C'est normal. Mais quand tu rencontres la bonne personne, ça te secoue tellement fort que tu as l'impression de perdre complètement la tête.

—Principalement parce que c'est le cas, ajouta James.

—Mais d'une façon qui te fait ne plus jamais vouloir retrouver la raison parce que c'est tellement bon avec cette personne qui te donne l'impression que rien ne peut jamais plus aller mal, dit Sebastian.

—Ou qui te fait sentir que même quand tout part en vrille, tu peux y faire face avec elle à tes côtés, dit Nico.

—Parce que c'est exactement ça, l'amour, dit Hudson. — L'amour, c'est s'ouvrir complètement et la laisser entrer pour recoudre tous tes morceaux avec des petits bouts d'elle-même pour qu'elle soit toujours avec toi. C'est savoir que chaque expérience est meilleure parce que tu la partages avec elle. C'est se réveiller chaque matin avec un sourire—

—Et une érection, dit James avec un sourire narquois.

—Parce qu'elle est à toi, termina Hudson comme si James ne l'avait pas interrompu. —Et ce qu'il a dit aussi. Il pointa le pouce vers James, et tout le monde éclata de rire.

—Je pense que Valentina te désire autant que tu la désires, dit Nico après un moment. —Je pense que vous êtes bien ensemble. Et on sait tous que je suis le plus intelligent ici.

J'ai ri avec lui tandis que les autres protestaient contre son affirmation.

—Indépendamment de l'exagération mal avisée de Nico concernant son intelligence, je pense qu'il a raison à propos de toi et Valentina, a dit James. Donne-lui une chance de réaliser à quel point vous êtes bien ensemble. Plusieurs d'entre nous ont fait des erreurs avant de comprendre ce que nous allions perdre si nous ne nous sortions pas la tête du cul pour arranger les choses. Et les femmes ne sont pas exemptes de la même idiotie.

—Tu parles de toi, c'est ça ? a demandé Hudson.

James lui a fait un doigt d'honneur, mais a hoché la tête.

—Tu vois ? Il admet qu'il est un idiot, a dit Nico. Quelqu'un d'autre prêt à confesser ?

—N'as-tu pas tout foutu en l'air avec Laura et ne t'es-tu pas isolé sur Doc Rock pour qu'elle ne puisse pas te trouver ? a demandé Ian. Je suis presque sûr que je lui ai prêté un bateau pour qu'elle puisse y aller.

—Tu as fui ? ai-je balbutié.

—Pas mon moment de gloire. D'accord, c'est vrai. Peut-être que nous sommes tous des idiots quand il s'agit des femmes que nous aimons. Mais ça fait partie du truc. Être un idiot et savoir qu'elle va quand même t'aimer quand tu auras compris par toi-même.

—Le plus intelligent ici, mon cul, a grogné James.

—Plus intelligent que toi, a argumenté Nico.

—Juste parce que tu as un diplôme de je-ne-sais-quoi...

J'ai ri en les laissant se disputer autour de moi parce qu'ils avaient raison. Ils avaient tous raison. Si j'allais laisser Valentina faire son choix, alors je devais lâcher prise. Mais cela ne voulait pas dire que je devais la laisser décider si elle pouvait m'aimer sans jouer un peu salement.

Et je savais qu'elle aimait jouer salement.

22

J'ai sorti le test de mon sac. Je ne partageais généralement pas les résultats avec les élèves avant de les communiquer à toute la classe, mais je savais que Kevin avait besoin de voir son test.

—Nous devons parler du test que vous avez passé mardi. J'ai corrigé la plupart d'entre eux et je vais les revoir en classe lundi, mais je voulais aborder quelques points avec vous aujourd'hui.

Kevin a acquiescé. Il s'est avachi sur sa chaise. Il a évité mon regard et a croisé les bras.

J'ai déposé le test sur le bureau devant lui, le quatre-vingt-neuf bien visible, en gras et entouré.

—Pas possible, a murmuré Kevin. Il s'est redressé et a pris le paquet agrafé. —C'est une blague ?

J'ai secoué la tête. —Non. C'est bien votre test.

—J'ai eu quatre-vingt-neuf ?

J'ai hoché la tête. —Vous devriez être vraiment fier. Vous avez travaillé dur.

Il a laissé échapper un rire et m'a souri. —Je n'ai jamais aussi bien réussi un test de science.

—Vous avez mérité cette note. Vous avez vraiment travaillé dur ce semestre.

—Grâce à vous.

J'ai secoué la tête. —Grâce à vous. Vous auriez pu m'ignorer et ne pas faire d'efforts, mais vous ne l'avez pas fait. Vous vous présentez ici chaque jour, vous travaillez dur, vous étudiez. C'est vous qui avez rendu cela possible. Avoir besoin d'un peu d'aide supplémentaire est normal. Fournir le travail nécessaire pour améliorer vos notes autant en quelques semaines seulement, c'est exceptionnel.

Ses lèvres se sont relevées tandis qu'il fixait son test. Il était évident qu'il ne croyait pas en lui, pas comme il le devrait. C'était un garçon intelligent avec un énorme potentiel, mais il n'avait pas reçu assez d'encouragements. Il avait été ignoré trop souvent par les enseignants et les familles d'accueil, peut-être même par ses propres parents. Mais il méritait sa chance.

—Merci, Monsieur Pierce. Personne n'a jamais cru en moi comme vous le faites. Vous et mes parents d'accueil actuels. Je... ça compte beaucoup pour moi.

—J'espère que cela te permettra de croire davantage en toi aussi. Tu as énormément de potentiel, Kevin. Tu peux faire tout ce que tu veux faire. Tu as des camarades de classe pour qui les choses semblent faciles, mais ce sont nos luttes qui nous définissent. Ce sont nos luttes qui font de nous ce que nous sommes. Tu as dû surmonter plus d'épreuves que certaines personnes n'en connaîtront jamais, et j'espère que cela te montre qu'il vaut mieux persévérer que d'abandonner.

Il hocha la tête. —Oui, c'est vrai. Merci. Il tourna la page de son test et vit les questions incorrectes. —Pouvez-vous m'expliquer celle-ci ?

Je regardai la question. Nous avions étudié les équations cinématiques. Ce n'était pas facile, mais il n'avait raté qu'une étape. Je m'assis au bureau à côté du sien. —Est-ce que tu comprends la question ?

—Je pense que oui. Si une voiture entre sur une bretelle d'accès à une certaine vitesse, accélère à un rythme constant, et a une distance donnée à parcourir, atteindra-t-elle la vitesse du reste du trafic lorsqu'elle s'insère ?

—Oui, parfait. C'est exactement ce que nous essayons de déterminer. Alors, qu'as-tu fait ? Je savais où il s'était trompé, mais je voulais qu'il le voie par lui-même.

Kevin étudia son travail, regarda la question, puis revint à ce qu'il avait fait. —J'ai fait... attendez une minute. Je n'ai pas tenu compte de la vitesse initiale. Je suis parti de zéro au lieu de la vitesse à laquelle la voiture roulait quand elle est entrée sur la bretelle d'accès.

—Alors, quelle serait la réponse ?

Kevin sortit sa calculatrice et recalcula les chiffres. Cela lui prit une minute, mais lorsqu'il termina son calcul, il nota la bonne réponse et écrivit *OUI* à côté. —La voiture dépasserait la vitesse du trafic lorsqu'elle s'insère, si elle maintient une accélération constante.

—Exactement.

Il sourit et tapota la page. Il secoua la tête. —Wow. C'est... c'est juste... Il me regarda. —Je savais quoi faire. J'ai presque eu un A à ce test.

—Et tu l'auras au prochain. Parce que tu sais ce qu'il faut faire. Tu comprends tout ça.

Il sourit, un regard empli de fierté. —Merci, Monsieur Pierce.

—Je t'en prie, Kevin.

La cloche sonna, et il rassembla ses affaires, laissant le test sur le bureau. —Ma mère d'accueil vient à la rencontre demain. Elle aimerait vous rencontrer, si cela ne vous dérange pas.

J'ai hoché la tête. —Bien sûr. J'ai hâte de la rencontrer.

—On se voit à l'entraînement.

—Ouais. Bon courage pour ton dernier cours.

—Merci.

Kevin est sorti la tête un peu plus haute, les épaules un peu plus droites. Le déclic s'était produit pour lui. C'était pour ça que je continuais à enseigner. Après des années d'élèves, de conflits avec l'administration, de problèmes avec les parents, je revenais toujours pour les élèves. Pour ceux qui n'abandonnaient pas et qui travaillaient dur pour réussir. Ceux qui surmontaient leurs blocages mentaux et voyaient les possibilités.

J'aimais ce que je faisais, mais travailler avec Kevin continuait à éveiller autre chose en moi. Je voyais mes élèves comme mes enfants, mais des jeunes comme Kevin avaient besoin de plus que ça. Ils avaient besoin d'une famille. D'un parent. D'un système de soutien.

Je n'avais jamais envisagé d'être famille d'accueil auparavant, mais le besoin existait. Ces enfants étaient là, quelque part. Attendant que quelqu'un croie en eux.

Ma classe suivante a commencé à entrer dans la salle, et j'ai repoussé cette idée dans un coin de mon esprit. Cela nécessiterait quelques recherches, mais plus j'y pensais, plus je voulais être là pour ces enfants qui étaient oubliés et laissés pour compte. Personne ne méritait ça.

LE CHANGEMENT chez Kevin était si évident à l'entraînement que Jana m'a demandé si je l'avais remarqué quand les jeunes sont partis.

—Il a eu un moment de déclic aujourd'hui.

Elle a rayonné. —Pas possible. C'est génial.

J'ai acquiescé. —Vraiment. C'est un bon gamin. Il n'a juste jamais eu quelqu'un qui croit en lui.

—Il a de la chance de t'avoir.

—Il nous a tous les deux. Et ses parents d'accueil, d'après ce qu'il dit. C'est juste triste qu'il ait seize ans et que ce soit seulement maintenant qu'il trouve des personnes prêtes à le soutenir.

—C'est mieux que de ne jamais trouver ce soutien. Beaucoup d'enfants passent par le système et finissent par en sortir sans personne. Une fois qu'ils atteignent dix-huit ans, c'est fini. Abandonnés et seuls.

—Je ne comprends pas comment on peut abandonner un enfant comme ça.

Jana haussa les épaules. —La plupart n'ont pas l'argent nécessaire pour élever un enfant sans aide financière. C'est surtout les enfants qui en pâtissent.

—Oui, c'est vrai. —Et c'était une raison de plus qui me donnait envie d'accueillir des enfants placés.

—À demain, Coach.

—Passe une bonne soirée. —Je fis un signe de la main tandis que Jana montait dans son véhicule et s'en allait. J'étais en sueur, fatigué et j'avais besoin de manger, mais je vibrais d'excitation.

Avant même d'y réfléchir à deux fois, je me garai devant la maison de Valentina. J'étais déjà sur le porche quand je réalisai que je ne l'avais pas prévenue à l'avance.

Tu es chez toi ?

Oui, pourquoi ?

Je voulais te voir. Juste une minute.

Les filles prennent leur douche après l'entraînement. Tu peux entrer.

Je ne veux pas perturber votre soirée.

La porte s'ouvrit une seconde plus tard. —Pourquoi est-ce que tu nous dérangerais ?

—J'ai passé une bonne journée. Quand j'ai quitté l'entraînement, mon véhicule utilitaire sport m'a conduit ici.

Elle sourit et sortit, fermant la porte derrière elle. —Eh bien, je suis contente qu'il l'ait fait. —Son regard parcourut mon corps. —Comment s'est passé l'entraînement ?

Était-ce mon imagination, ou sa voix était-elle un peu plus haletante qu'il y a une seconde ?

—L'entraînement s'est bien passé.

—C'est ça ta bonne journée ?

Elle s'approcha un peu plus.

J'ai secoué la tête. —Un de mes élèves a eu un déclic aujourd'hui. Il a lutté tout le trimestre, au point d'être en échec il y a quelques semaines. Il a obtenu un B à son dernier contrôle, et il aurait pu avoir un A. La prochaine fois, il l'aura.

—C'est bien.

Je me suis penché vers elle. —Oui. C'est ce genre de rappel que je cherche toujours, pour me convaincre de continuer à enseigner.

—Tu penses à arrêter ?

—Non. J'adore mon travail. Mais il y a des moments plus difficiles que d'autres. Les élèves, ceux qui travaillent comme lui, ils rendent tout ça valable.

Elle mordilla sa lèvre. —Tu te soucies tellement des autres. C'est vraiment agréable de te voir comme ça. De savoir que tu es si enthousiaste parce que tu as réussi à atteindre l'un de tes élèves. Tu l'as aidé à y arriver.

—Comment le sais-tu ? Je ne me souvenais pas avoir parlé à Valentina de Kevin ou des autres jeunes que je tutorais.

Elle leva les yeux vers moi. Ses cils battirent. Elle sourit. —Parce que c'est qui tu es, Brantley. Tu es le meilleur homme que je connaisse. Tu donnes tellement, et tu ne prends jamais pour toi-même.

Je me suis rapproché d'elle, assez près pour sentir la chaleur de son corps contre le mien. —Je suis ici pour prendre quelque chose pour moi-même.

Elle arqua un sourcil avec un sourire narquois. —Ah bon ? Quoi donc ?

J'ai respiré profondément son parfum et glissé mon bras autour de sa taille. Le jeu auquel nous jouions m'excitait et me donnait encore plus envie d'elle. Ces lents va-et-vient me rendaient fou de désir, dans la lumière du soleil couchant sur son porche.

J'ai attiré son corps contre le mien et penché ma tête, éliminant enfin la distance entre nous.

Ses mains ont immédiatement glissé autour de mon cou, un gémissement s'échappa de sa gorge. Elle entrouvrit ses lèvres et accueillit ma langue avec la sienne, tout aussi avide. Sa jambe s'accrocha à la mienne, s'ouvrant pour que je puisse me frotter contre elle comme après notre premier rendez-vous.

J'ai saisi ses fesses et frotté mon sexe contre son corps consentant. Elle gémissait, soupirait et haletait pour en avoir plus.

J'ai possédé sa bouche avec la mienne. Je n'étais pas venu chez elle pour le sexe. J'étais venu pour célébrer. Pour partager ma joie. J'ai hésité à lui dire que j'envisageais de devenir famille d'accueil, mais je n'étais pas sûr de ce qu'elle dirait. Sans doute que j'étais fou. L'idée était trop fragile pour que je risque de la partager avec quelqu'un et d'obtenir une réaction négative.

Elle se recula, son regard voilé luttant pour se concentrer sur moi. —Pourquoi ne restes-tu pas dîner ?

Je secouai la tête et l'embrassai doucement. —Je ne voulais pas gâcher ta soirée. Je voulais juste partager mon enthousiasme.

—Tu pourras partager encore plus d'enthousiasme avec moi plus tard.

Je souris. —Je sais. Et j'adorerais ça. Tu n'as pas idée à quel point.

—Je crois que j'en ai une idée, dit-elle en frottant ses hanches contre mon érection.

Je gémis et faillis céder. —Tu es dangereuse pour ma santé.

Elle rit doucement. —C'est bon. Si tu ne veux pas rester, je comprends.

—Tu es sûre ?

Elle haussa les épaules. —Peut-être pas, mais ce n'est pas grave non plus.

—Je sais que tu n'as pas eu beaucoup de temps avec les filles. Tu m'as dit plus tôt dans la semaine que tu attendais cette soirée avec impatience. Je ne veux pas m'immiscer là-dedans.

Elle sourit. —Tu es incroyable.

—Toi aussi, Vee. Merci d'être sortie pour que je puisse te parler de ma journée.

—Quand tu veux.

Je me penchai et l'embrassai avec force. —Et quand tu seras au lit plus tard, pense à moi quand tu glisseras ce vibro-masseur en toi. Imagine que c'est moi à la place. Je penserai à la même chose quand je serai sous ma douche et que je caresserai ma queue jusqu'à jouir.

Elle gémit et vacilla contre moi. —C'est toi qui es dangereux.

Je ris et l'embrassai à nouveau. Cette femme était une addiction. Une addiction dont je ne voulais jamais guérir. —Je veux juste m'assurer que tu n'oublies pas à quel point nous sommes bons ensemble.

—Crois-moi, je ne vais pas l'oublier.

—Bien. Je te verrai demain à la compétition ?

—Oui. Et heureusement, Dawson ne vient pas à celle-ci.

—Peu importe s'il venait. Il ne fait plus partie de ta vie.

—Tout à fait. Elle sourit. —Merci, Bee.

—Merci à toi. Je t'aime.

—Je t'aime. Passe une bonne soirée.

Je l'embrassai une fois de plus, un rapide baiser avant de céder et de rester pour le dîner. Un jour, je n'aurais plus jamais à quitter son côté.

LES COMPÉTITIONS à domicile étaient agréables, mais organiser un événement était compliqué et prenant. C'est pourquoi les seules rencontres que nous organisions étaient avec une ou deux autres écoles, pas cinquante ou plus comme les tournois auxquels nous participions presque chaque week-end.

Je secouai la tête en voyant Coach Mike, l'entraîneur de l'école hôte et un homme devenu un ami au fil des années, être appelé ailleurs une fois de plus. Il grogna en me faisant signe, se précipitant pour gérer encore une crise pour laquelle il n'avait pas le temps.

La plupart des tournois étaient gérés par une équipe, mais pour une raison quelconque, Mike était aux commandes. Il était loin d'être ravi et me demandait constamment si je connaissais des postes vacants à L'anse MacKellar pour qu'il puisse échapper à l'événement. Je n'étais pas tout à fait sûr s'il était sérieux ou non, mais quoi qu'il en soit, je ne connaissais aucun poste disponible.

Andrew vint me distraire de mes inquiétudes pour Mike, et je rejoignis à nouveau l'équipe. Les jeunes s'échauffaient et se préparaient à concourir. C'était la plus grande compétition que nous avions eue de toute l'année, et ils bouillonnaient d'excitation. Surtout Andrew, qui affrontait la concurrence la plus rude qu'il ait eue de l'année.

—Tu es prêt ? lui demandai-je.

Il hocha la tête, le visage sérieux.

—Tu vas faire un malheur.

—Je sais. Tout ce que je peux faire, c'est donner le meilleur de moi-même. Si c'est suffisant pour gagner, tant mieux. Sinon, je l'accepte. Je refuse de courir la course de quelqu'un d'autre.

Andrew était un garçon intelligent. Sage d'une manière dont peu de jeunes l'étaient. Quand il partirait à l'université, l'équipe perdrait un véritable leader. Mais j'avais le sentiment que d'autres émergeraient.

Les filles de JV se sont alignées pour la première course, et le coup de pistolet a signalé le départ. Jana et moi attendions, les encourageant lorsqu'elles passaient devant nous avant d'entamer le dernier tour et de sprinter vers la ligne d'arrivée. Les garçons de JV ont suivi, deux de nos jeunes prenant les première et deuxième places. Les filles de l'équipe première sont venues ensuite, notre coureuse la plus rapide décrochant la quatrième place.

La course des garçons de l'équipe première était tendue. L'énergie dans l'air était palpable. Andrew sautillait sur la pointe des pieds en attendant que les dernières filles terminent et que l'officiel les appelle à se mettre en ligne.

Quand le coup de feu a retenti, Andrew s'est élancé. Kevin et Paul n'étaient pas loin derrière lui. Quelques garçons d'autres écoles restaient à leur niveau jusqu'à ce qu'ils prennent tous le virage et disparaissent de notre vue.

Jana et moi avons échangé des regards inquiets, mais nous savions que nos garçons feraient de leur mieux. C'était tout ce qui nous importait.

Ils sont passés devant nous quelques minutes plus tard,

Andrew en deuxième position au classement général. Paul et Kevin couraient ensemble en septième position. Ils avaient tous l'air de pouvoir courir encore huit ou dix kilomètres.

Quand ils ont effectué leur dernier virage vers la ligne d'arrivée, Andrew n'était qu'un peu derrière le gamin en première position. Mais Andrew courait sa course, ce qui signifiait qu'il avait gardé un regain d'énergie pour le moment où il verrait la ligne d'arrivée.

Andrew a accéléré, Kevin et Paul faisant de même. Le gamin qui avait été devant Andrew pendant la majeure partie de la course n'a pas pu résister quand Andrew l'a dépassé en sprint pour prendre la première place. Kevin et Paul ont dépassé trois autres garçons dans le dernier quart de mile et ont pris les quatrième et cinquième places en franchissant la ligne d'arrivée.

Les sourires sur les visages de ces garçons m'ont presque fait monter les larmes aux yeux. Ils l'avaient fait ensemble. Ils s'étaient encouragés et motivés les uns les autres, et tous les trois avaient terminé dans le top cinq de l'une des plus grandes compétitions de la région.

Jana a ramené mon attention vers la ligne d'arrivée juste à temps pour voir un autre de nos coureurs la franchir. Nous avons acclamé bruyamment tous les enfants, mais surtout les nôtres. Ils étaient tous là, travaillant dur et faisant quelque chose que peu d'autres oseraient même tenter, et encore moins y exceller. C'était gratifiant d'en faire partie.

Quand les derniers coureurs ont franchi la ligne d'arrivée, Jana et moi avons souri. Nos garçons de l'équipe première avaient solidement verrouillé la première place. Nos autres groupes ne se classeraient probablement pas, mais nous avions une autre poignée de coureurs qui avaient battu leur record personnel lors de cette rencontre. C'était encore une excellente semaine. Une autre excellente compétition.

Il y a eu une rapide cérémonie où Coach Mike a remercié toutes les équipes pour leur participation et distribué des rubans aux enfants qui avaient terminé dans les dix premiers de chaque course. Il a annoncé les équipes gagnantes pour chaque groupe, MCHS arrivant premier pour les garçons de l'équipe première et les garçons de JV, ce qui fut une surprise pour Jana et moi.

Après avoir récupéré nos rubans, nous nous sommes tous dirigés vers la tente. Certains parents traînaient là, attendant leurs enfants pour les récupérer. J'ai aperçu Kevin en approchant, parlant à une femme que je ne reconnaissais pas. Il m'a désigné du doigt, et j'ai changé ma trajectoire pour aller leur parler.

—Coach Pierce, je suis Grace. Je voulais vous rencontrer et vous remercier.

Je lui ai souri et lui ai serré la main. —Ravi de vous rencontrer également, Grace. Kevin est un garçon formidable. Intelligent, et un véritable atout pour cette équipe.

Elle lui a adressé un large sourire. —Je n'arrête pas de le lui dire depuis qu'il s'est installé chez nous cet été. Il m'a dit vous avoir expliqué que je'suis sa famille d'accueil.

Kevin a traîné des pieds. —Je vais parler à McJenna.

J'ai souri en le regardant s'éloigner. —Il me l'a effectivement dit. Je trouve que ce que vous'faites est exceptionnel. Kevin m'a parlé de vous en termes très élogieux.

Elle a ri. —J'allais vous dire la même chose. Nous n'étions'pas sûrs de comment l'année se déroulerait. Quand il a demandé s'il pouvait faire du cross-country, nous l'avons encouragé à essayer, mais nous savons que L'anse MacKellar peut sembler très petit, surtout pour quelqu'un qui n'y a'pas passé toute sa vie.

—Je suis d'accord. Je n'étais'pas sûr quand j'ai vu son dossier, mais apprendre qu'il était en famille d'accueil a donné beaucoup de sens. Ça doit être difficile pour lui de ne pas avoir de stabilité.

—Mon mari et moi espérons pouvoir changer cela pour lui. Nos enfants sont grands, et quand Kevin est venu vivre avec nous, nous savions qu'il avait besoin de personnes qui voulaient vraiment qu'il soit là. Je'ne vais pas prétendre que ça'a toujours été facile, mais ce n'est'jamais le cas avec les adolescents.

—C'est'tout à fait vrai. Mais il'a de la chance de vous avoir.

Grace a fait un pas en avant. —Puis-je vous faire un câlin, Monsieur Pierce ? Kevin est un garçon différent depuis que vous avez pris le temps de l'aider. Depuis que vous lui avez dit ce dont il'est capable. —Des larmes brillaient sur ses cils. —Cela représente tellement pour nous.

Je me suis avancé vers elle et l'ai prise dans mes bras. Elle a soupiré contre moi, sa poitrine tremblant sous l'émotion qui émanait d'elle par vagues.

—Mon mari voulait être là aujourd'hui, mais il a dû travailler. Il espère venir à une compétition. Il'aimerait vous remercier aussi.

Elle m'a relâché et a reculé d'un pas, me regardant avec un sourire sincère. Je lui ai rendu son sourire et j'ai remarqué un mouvement du coin de l'œil.

Valentina. Qui avait l'air sur le point d'être malade.

Mon sourire a vacillé, mais je l'ai forcé à revenir en place alors que je reportais mon attention sur Grace. —J'aimerais beaucoup le rencontrer. Kevin travaille dur, aussi bien ici qu'à l'école. Beaucoup de jeunes ne sont pas prêts à faire cet effort, mais je ne doute pas que vous'l'encouragiez à la maison.

Grace laissa échapper un petit rire. —Absolument. Nous ne cessons jamais de lui dire à quel point il est capable.

—Moi aussi.

Elle sourit et me serra doucement le bras. —Je ne veux pas vous empêcher de parler aux autres parents, mais je suis si heureuse de vous rencontrer. Merci, encore une fois.

—Merci à vous, Grace. C'est un plaisir de vous rencontrer également.

Elle s'éloigna, s'approchant de Kevin et demandant où signer pour le récupérer. Elle rejoignit le groupe de parents qui faisaient la queue pour le registre pendant que je cherchais Valentina.

Elle était de l'autre côté de la tente, se mordillant la lèvre et me fixant du regard. Quand je me suis approché, elle a fait un signe de tête pour s'éloigner des enfants.

—Ça va ? Dawson est arrivé ?

Elle secoua la tête. —Non, il n'est pas là. Mais je ne vais pas bien.

—Pourquoi ? Que s'est-il passé ? Qu'est-ce qui ne va pas ?

—Cette femme ? Celle qui t'a serré dans ses bras ?

—Oui. Son fils est celui dont je t'ai parlé hier.

Valentina inspira brusquement. —Quand je l'ai vue te serrer dans ses bras, j'ai pensé... ça m'est venu à l'esprit que tu couchais avec elle.

—Non. Bien sûr que non.

—Mais c'est ce que j'ai pensé. Pas à cause de toi. Parce que je suis brisée. Parce que le dernier homme que j'ai laissé entrer dans ma vie couchait avec quelqu'un d'autre.

—Je ne suis pas Dawson, ai-je répliqué sèchement.

Elle rit sans joie et secoua la tête. —Non, tu ne l'es pas. Et je t'aime pour ça. Mais c'est pour ça que je ne peux plus continuer. Je ne peux pas te faire subir ça.

—Valentina— Je tendis la main vers elle, mais elle recula.

—Je ne peux pas, Bee. Je t'aime trop pour risquer de détruire notre amitié. Et c'est exactement ce que je ferais. Parce que même si je veux me persuader que j'en ai fini avec Dawson, il m'a blessée. Plus que je ne l'imaginais. Et je ne me pardonnerais jamais si je te faisais la même chose. Si je te détruisais. Et si je ne m'éloigne pas maintenant, je sais que c'est exactement ce qui arrivera, alors je dois y mettre fin. Je dois m'éloigner de toi. Maintenant.

Et sur ces mots, elle tourna les talons et partit.

23

VALENTINA

Je suis sortie de la deuxième rencontre d'athlétisme en deux semaines en retenant mes larmes. Mais ces larmes étaient différentes. Elles étaient pires. C'étaient des larmes d'adieu. Des larmes que je n'aurais jamais voulu verser.

Mais je savais que c'était la bonne décision. Quand j'ai vu cette femme serrer Brantley dans ses bras, mon ventre s'est noué. Tout en moi hurlait *TROMPEUR* ! Peu importait que ce soit Brantley. Et si j'avais le moindre doute sur lui, de toutes les personnes, je ne pourrais jamais avoir une relation normale à nouveau.

Si je ne pouvais même pas faire confiance à l'homme que j'aimais, je ne pourrais faire confiance à personne.

J'ai sauté dans ma voiture en souhaitant pouvoir simplement partir. Ça aurait été plus facile de ne pas avoir à regarder Brantley pendant qu'il rassemblait les enfants et les préparait pour le bus. Mais je devais attendre mes filles. Je les avais déjà signées pour le départ, heureusement, mais elles parlaient avec des amis.

J'ai profité de ces quelques minutes pour calmer mon cœur affolé et brisé. C'était ma faute, mais cela ne rendait pas la douleur moins vive. Tout ce que je lui avais dit était la vérité. Je finirais par le détruire, détruire notre amitié, et je ne pouvais pas vivre avec ça. Je devais partir maintenant. Trouver un moyen de me remettre de Brantley pour que, lorsqu'il passerait à autre chose avec quelqu'un d'autre, je puisse être son amie et être heureuse pour lui. Comme je devais l'être.

Samantha et Bianca souriaient quand elles sont arrivées à la voiture. Elles sont montées, parlant et riant de quelque chose. Je les ai ignorées pendant que je conduisais, les laissant avoir leur conversation et être des enfants. Être jeunes. Être joyeuses.

Quand nous sommes rentrées, elles se sont dépêchées d'aller se doucher et se changer. Un des enfants de l'équipe organisait une petite fête, et elles étaient excitées d'y aller.

Après les avoir déposées, j'ai envoyé un message à Goldie pour lui demander si elle pouvait les ramener. J'ai prétendu ne pas me sentir bien, ce qui n'était pas entièrement un mensonge. Elle a dit qu'elle le ferait, et j'ai fait cette chose égoïste et horrible de parent : j'ai éteint mon téléphone.

J'ai entendu les filles rentrer, et je suis sortie pour leur demander comment était la fête. Elles ont remarqué mon pyjama miteux et mes yeux bouffis et m'ont demandé ce qui s'était passé.

—Rien. Je ne me sens pas bien, c'est pourquoi j'ai demandé à Goldie de vous ramener. Je suis sûre que j'irai mieux dans quelques jours.

Elles ont hoché la tête et accepté mes mensonges. Quand elles sont allées dans leurs chambres, je suis retournée dans la mienne et j'ai pleuré jusqu'à m'endormir.

PENDANT LA SEMAINE SUIVANTE, j'ai évité tout le monde. Je me suis assurée que les filles avaient ce dont elles avaient besoin, j'allais au travail et restais à l'arrière, et je répondais aux messages pour confirmer que j'étais toujours en vie, mais sinon, je ne parlais à personne et ne sortais pas.

J'étais plus bouleversée par ma rupture avec Brantley que je ne l'avais été quand mon mariage a volé en éclats. Mais je me disais que c'était parce que non seulement je mettais fin à ma relation avec Brantley, celle qui allait au-delà de l'amitié, mais aussi parce que j'acceptais le fait que j'allais rester célibataire pour toujours.

J'ai supprimé mon compte Book Boyfriends Wanted. Je ne l'avais pas utilisé depuis ma conversation avec Ringard de nature, mais je l'ai quand même supprimé. Ça ne servait à rien de le garder puisque je n'étais pas disposée à sortir avec qui que ce soit.

Samedi, j'ai évité la compétition en prétendant encore une fois ne pas me sentir bien. Goldie m'a demandé ce qui se passait, et je lui ai dit que j'avais dû attraper quelque chose. Des mensonges. Encore des mensonges. Je détestais mentir.

Je me suis apitoyée sur mon sort pendant que les filles étaient à leur compétition, sachant que Brantley ne se montrerait pas. Pas que je m'y attendais. Il n'avait pas pris contact de toute la semaine. Je ne lui en voulais pas. J'avais gâché notre amitié, d'abord en lui demandant de m'aider dans ma Quête du Plaisir, puis en lui demandant de coucher avec moi, et enfin en tombant amoureuse de lui sans être capable de rester saine d'esprit en sa présence.

J'ai entendu la voiture dans l'allée avant que les filles ne fassent irruption par la porte. Elles étaient tout sourire jusqu'à ce qu'elles me voient. Elles ont échangé un regard inquiet, puis m'ont rejointe sur le canapé.

—Maman, qu'est-ce qui se passe ? a demandé Bianca.

—Il ne se passe rien, ai-je protesté.

—On sait que ce n'est pas vrai, a dit Samantha. Oncle Brantley est pareil toute la semaine. Il dit qu'il est malade aussi, alors soit vous avez attrapé la même chose, soit vous mentez tous les deux.

J'ai regardé mes deux filles tour à tour et j'ai fait la chose la plus difficile que j'aie jamais eu à faire. J'ai menti effrontément. —Je pense que j'ai attrapé une grippe précoce ou quelque chose comme ça. Je suis juste contente de ne pas vous l'avoir transmise.

Elles ont échangé un autre regard qui disait clairement qu'elles n'y croyaient pas. Apparemment, mes talents de menteuse n'étaient pas aussi développés que je l'espérais.

—Est-ce que tu sors avec Oncle Brantley ? a demandé Samantha.

—Non. Je ne sors pas avec lui. J'ai regardé mes filles et j'ai vu l'incrédulité dans leurs regards. —Mais je sortais avec lui, ai-je avoué.

—Je le savais, a murmuré Bianca. —Et il a rompu avec toi.

—Est-ce qu'il t'a trompée ? a demandé Samantha.

—Oncle Brantley n'a rien fait de mal, ai-je répliqué sèchement. —Ce n'est pas à cause de lui.

—Je pensais qu'il était l'un des bons. L'un de ces hommes en qui tu nous as dit de croire. Mais tu es à peine sortie de la maison depuis une semaine. Comment sommes-nous censées croire ça ?

—Oncle Brantley est un homme bien. Le meilleur. Il n'a rien fait de mal.

—Alors, tu l'as trompé ? aboya Samantha.

—Non ! Personne n'a trompé personne. J'ai simplement réalisé que je ne peux pas lui faire confiance. Ni à lui, ni à personne. Je me suis tournée vers Bianca, celle qui avait été la plus affectée par son père. —Je ne veux pas que mes peurs deviennent les vôtres. Je ne veux pas que vous me regardiez et que vous ayez des doutes. Chaque homme a le potentiel d'être quelqu'un de bien. Oncle Brantley est le meilleur que j'aie jamais connu. C'est comme ça que j'ai su que je ne pouvais faire confiance à personne. Il ne tromperait jamais. Il ne risquerait jamais quelque chose comme ça. Il est honorable, fidèle et loyal. Il est parfait. Mais je l'ai vu parler à une femme, et j'ai paniqué. J'ai supposé le pire. Il m'a expliqué, et je sais qu'il me disait la vérité, mais si je ne peux pas lui faire confiance, je ne peux pas être avec lui. Et si je ne peux pas lui faire confiance, je ne peux faire confiance à personne.

—Alors, tu as rompu avec lui ? demanda Bianca.

J'ai soupiré et hoché la tête. —Oui. Je lui ai dit la vérité. Je veux qu'il soit heureux, et s'il doit constamment se défendre, il ne sera pas heureux. Je vais ruiner sa vie.

—Oh, maman, soupira Samantha. Elle appuya sa tête contre mon épaule. J'ai embrassé le sommet de son crâne en sueur et me suis souvenue de la compétition.

—Comment s'est passée la compétition ? Désolée de l'avoir manquée. Je promets d'arrêter de me cacher.

—C'était bien, dit Bianca. Elle regarda Samantha, et je savais qu'elles me cachaient quelque chose.

—Qu'est-ce que vous ne me dites pas ?

—Bianca a battu son record personnel, dit Samantha. —Elle a été géniale, maman.

—Oh, ma chérie, je suis si fière de toi ! Et je suis tellement désolée d'avoir manqué ça. Plus jamais. Allez prendre une douche toutes les deux, et je vais commencer à préparer une pizza, et vous me raconterez tout sur la compétition.

Elles ont hoché la tête. Sam a bondi pour aller se doucher en premier. Bianca est restée un moment.

—Je suis désolée que tu sois encore blessée, maman. Si ça peut te consoler, je pense qu'Oncle Brantley est aussi triste que toi. Peut-être que cela signifie qu'il y a un moyen pour vous d'être ensemble.

—Peut-être, ma chérie, mais je ne crois pas.

Bianca m'a serrée dans ses bras, puis a dit, —Si tu devais sortir avec quelqu'un après Papa, je suis contente que ce soit Oncle Brantley. C'était un bon choix.

J'ai souri. —Je le pensais aussi.

LE DIMANCHE A ÉTÉ ÉTRANGEMENT calme chez moi. Pas d'appels, ni de messages, rien du tout. C'était agréable, mais bizarre, et j'ai été sur le qui-vive toute la journée. Peut-être que mes amis avaient compris le message, ou peut-être qu'ils avaient cru à mon histoire de maladie.

Quoi qu'il en soit, c'était bien. C'était comme ça que les choses seraient, éventuellement. Quand les filles partiraient à l'université et que je me retrouverais seule dans ma maison vide.

Quelqu'un a frappé à la porte alors que je finissais de nettoyer après le dîner. J'ai hésité à ignorer qui que ce soit. On a frappé de nouveau, et j'ai regardé mon survêtement bien usé et bien-aimé avant de décider que je me fichais de qui me verrait. Ce n'est pas comme si j'essayais d'impressionner qui que ce soit.

Goldie et Anna étaient de l'autre côté de la porte. Dès que je l'ai ouverte, elles se sont précipitées à l'intérieur et m'ont attrapée par les bras.

—Tu viens avec nous, —a annoncé Goldie.

—Houlà. Qu'est-ce qui se passe ?

—On t'enlève, —a expliqué Anna. —Mets tes chaussures et une veste si tu veux, mais tu viens avec nous.

—J'ai pas envie, —j'ai geigni de mon ton le plus capricieux.

—Tant pis pour toi, —a dit Goldie. —Tu as eu une semaine, et tu as besoin d'être entourée d'amies qui comprennent ce que tu traverses.

—Je ne traverse rien du tout. Je suis malade. —J'ai fait semblant de tousser pour l'effet, mais elles n'étaient pas dupes.

—Au revoir les filles ! a crié Goldie. —On vous la ramène dans quelques heures.

—Merci ! —ont-elles répondu d'une seule voix.

—Quoi ? Vous avez embarqué mes enfants là-dedans ? —ai-je sifflé.

Goldie secoua la tête. —Ils m'ont contactée. Ils s'inquiètent pour toi. Ils ont dit que tu as finalement admis que c'était terminé avec Brantley, même si on s'en doutait tous. Tu ne peux pas traverser cette épreuve seule.

—Je vais bien. —Je les repoussai et tins bon. Il n'y avait aucune chance qu'ils puissent me traîner hors de chez moi. Je n'étais pas petite.

—Ouais, j'ai dit la même chose. Maintenant, soit tu viens avec nous de bon gré, soit on te fera sortir de force, —dit Goldie. Il y avait dans son regard une férocité que je n'avais jamais vue auparavant. Une lueur mortellement sérieuse qui disait qu'elle adorerait avoir l'occasion de me forcer.

J'avais un peu peur d'elle.

—D'accord, —soupirai-je. Je leur lançai un regard noir et enfilai mes baskets, donnant des coups de pied et marmonnant dans ma barbe tout en les suivant jusqu'à leur véhicule.

Elles parlaient comme si rien d'étrange ne se passait pendant le trajet vers Book Boyfriends Unlimited. Je mijotais sur la banquette arrière comme une enfant têtue. Mes amies méritaient mieux, mais je n'aimais pas qu'on me confronte à mes conneries. Même si c'était justifié.

Goldie et Anna m'encadrèrent quand je sortis de la voiture, comme si elles pensaient que j'allais m'enfuir. J'y ai songé, mais ensuite je me suis rappelée qu'il y avait toujours du gâteau au club de lecture et j'ai décidé de rester. Peut-être que je pourrais avoir une part supplémentaire puisque j'avais le cœur brisé.

La conversation était déjà en cours quand nous sommes entrées, mais elles se sont toutes tues quand nous nous sommes assises. J'ai regardé autour de moi les personnes que je commençais à considérer comme des amies et j'ai détesté l'inquiétude que je lisais dans leurs yeux.

—Je vais bien, —ai-je protesté avant que l'une d'elles ne puisse dire quoi que ce soit.

—Nous savons que vous allez bien, —dit Blake. —Mais nous nous inquiétons quand même pour vous.

—Vous ne vous êtes pas cachée du monde quand vous avez divorcé. C'est pire maintenant, —dit Elise.

—Je vais bien, —ai-je répété.

—Vous le serez, mais vous ne l'êtes pas. —Melody me tendit une part de gâteau.

Je pris une inspiration et haussai les épaules. —C'est moi qui ai mis fin à notre relation. Je ne peux pas être contrariée par ça.

—Bien sûr que si, —dit Blake. —J'ai rompu avec Ian quand nous sortions ensemble, et ça m'a presque détruite. C'est dur. Que ce soit la bonne décision ou non, s'éloigner de quelqu'un qu'on aime n'est jamais facile.

—Non, ce n'est pas ça, ai-je avoué. —Mais je ne pouvais pas lui faire confiance.

—Sérieusement ? a demandé Karissa. —Il me semble être une personne très fiable. Je ne le connais pas bien, mais j'ai du mal à l'imaginer vous tromper.

—Il ne le ferait jamais. Mais c'est justement le problème.

—C'est un problème qu'il ne vous tromperait pas ? a demandé Elise, cherchant des clarifications autour de la pièce.

J'ai secoué la tête. —Le problème, c'est que je n'arrivais toujours pas à lui faire confiance, même en sachant qu'il ne me tromperait jamais. Je l'ai vu parler avec une autre femme, et ma première réaction a été de penser qu'il me trompait.

—Et après cette première réaction ? Qu'avez-vous fait ? a demandé Karissa.

—Je lui ai dit que je ne pouvais pas continuer. Que si je savais qu'il ne me tromperait jamais, et que je pensais quand même qu'il le faisait, je ruinerais sa vie et notre amitié avec mes accusations et mes soupçons.

—Je pense que tu l'as fait quand même, a dit Anna. Seule une amie pouvait livrer ce genre de vérité.

—On va surmonter ça. Il m'a dit avant qu'on commence... peu importe ce qu'on faisait, qu'il aimait bien quelqu'un. Il sortira à nouveau avec d'autres personnes et il ira bien et je serai heureuse pour lui.

—Il vous a dit qu'il aimait bien quelqu'un d'autre ? a demandé Trinity.

J'ai hoché la tête.

—Il a dit quelqu'un d'autre ou simplement quelqu'un ? a précisé Karissa.

—Quelle est la différence ? J'ai pris une bouchée de mon gâteau en souhaitant qu'elles passent toutes à autre chose.

—Parce que nous sommes sortis ensemble. Il y a plus d'un an. J'étais assez convaincue qu'il était amoureux de vous, a dit Karissa.

—Quoi ? Non. C'est impossible, ai-je protesté.

—J'étais d'accord avec elle. Je ne suis pas sortie avec lui, mais quand elle l'a mentionné, j'ai commencé à observer. Il semble vraiment avoir un faible pour vous. Depuis aussi longtemps que je le connais, a ajouté Trinity.

—J'étais mariée. Et il a dit qu'il avait le béguin pour moi quand nous étions enfants, mais plus maintenant. J'ai secoué la tête.

—A-t-il dit plus maintenant, ou est-ce vous qui l'avez dit ? a insisté Karissa.

—Écoutez, ça n'a pas d'importance. Je pense que vous avez tort, mais ça n'aurait pas d'importance de toute façon. Je ne peux pas le faire. Je ne peux pas me rapprocher de lui sans que ces peurs refassent surface. J'ai essayé. Tout cela avec Brantley a commencé quand j'ai voulu trouver des choses qui m'apportaient du plaisir. Et je l'ai fait. J'ai découvert que je préfère les couchers de soleil aux levers de soleil, mais que le calme du matin est agréable. J'adore danser, ce que je ne me suis pas permis d'apprécier depuis bien trop longtemps. J'aime passer du temps avec ma famille et mes amis, manger de bons plats et faire du bien à mon corps. J'aime les orgasmes qui me font recroqueviller les orteils et les soirées cinéma sur le canapé. Et j'aime Brantley Pierce. Mais qu'il s'agisse de lui, de Ringard de nature ou de quelqu'un d'autre, Dawson m'a volé ma capacité à faire confiance aux hommes.

—Avez-vous dit Ringard de nature ? a demandé Karissa.

J'ai acquiescé. —Nous avons été mis en relation sur votre application. Je l'aimais bien. Il semblait être un type correct. Il m'a dit qu'il était amoureux de sa meilleure amie, et qu'ils se sont mis ensemble à un moment donné. Nous avons arrêté de parler parce qu'il a fermé son compte. Il a dit que les choses se passaient bien avec elle et qu'il ne voulait pas tout gâcher. C'est un non-départ, croyez-moi, mais c'était agréable de discuter avec lui.

—Vous ne vous êtes jamais rencontrés ? a demandé Karissa.

—Non. Pourquoi est-ce important ? Je ne comprenais pas pourquoi elle s'intéressait tant à un gars de l'application.

Karissa a laissé échapper un petit rire et a secoué la tête. —J'ai été mise en relation avec lui aussi. Nous avons eu un rendez-vous. Je l'ai trouvé doux, drôle et vraiment séduisant.

Mais j'étais presque certaine qu'il était amoureux de quelqu'un d'autre.

—Je viens de vous dire qu'il a affirmé être amoureux de sa meilleure amie.

—Je le crois.

Je l'ai fixée quand elle n'a pas développé. —Qu'est-ce que tout cela signifie ?

—Ma chérie, elle est en train de te dire que Ringard de nature est Brantley, a expliqué Trinity.

J'ai reculé et secoué la tête. —Non. J'ai regardé entre elles, mais aucune ne riait. —Non. Ce n'est pas possible.

Karissa a hoché la tête. —Je te promets que Ringard de nature est Brantley Pierce. Et la meilleure amie dont il t'a dit être amoureux, c'est toi.

—Non. C'est impossible. J'ai repensé aux moments où nous avions discuté.

—Brantley est amoureux de toi. Je dirais qu'il l'est depuis très longtemps. Tu es la raison pour laquelle il n'a jamais eu de relation sérieuse avec quelqu'un d'autre. Il t'aime. Il veut être avec toi, a dit Karissa.

J'ai secoué la tête. —Ça n'a pas d'importance. Il mérite mieux. Il m'oubliera. Je... j'ai déjà tout gâché avec lui.

—Quand on aime quelqu'un, les choses finissent par s'arranger d'elles-mêmes, a dit Blake.

J'ai ri sans joie. Ma gorge était serrée. Je voulais avoir leur foi, leur confiance, mais elle avait disparu. Elle s'est évanouie le jour où Haley a frappé à ma porte. —J'ai été mariée pendant vingt-deux ans. À un homme qui m'a avoué il y a quelques semaines que j'étais le résultat d'un pari. Peut-être que les choses ont changé entre le moment où il m'a invitée à sortir et celui où nous nous sommes mariés, mais la vérité, c'est qu'il a couché avec d'autres femmes aussi souvent qu'il le pouvait pendant notre mariage. Comment puis-je regarder un autre homme sans craindre que la même chose ne se reproduise ? Comment puis-je surmonter ça ?

J'ai regardé autour de la pièce. L'une après l'autre, elles ont détourné le regard. Elles n'avaient pas de réponses pour moi. Aucune d'entre elles n'avait vécu ce que j'avais vécu. Aucune ne connaissait la douleur profonde de la trahison causée par quelque chose comme ce que j'avais traversé.

—Quand j'ai rencontré Dawson, je l'ai trouvé gentil, a dit Haley.

J'ai avalé ma salive. Je n'étais pas sûre de vouloir qu'elle raconte comment elle avait commencé à sortir avec mon mari, mais elle était la seule à parler.

—Je n'ai jamais été quelqu'un qui laisse la vie passer. Je me suis toujours jetée à l'eau à chaque occasion. Le sexe n'était qu'une activité. Nous y prenions plaisir, alors nous en avions beaucoup, a dit Haley.

—Tu penses vraiment que ça aide ? a demandé Goldie, d'un ton peu amical.

Haley a forcé un sourire en direction de Goldie. —Je te promets, il y a un but.

Goldie a levé les yeux au ciel et a fait un geste de la main pour que Haley continue.

Haley m'a regardée. —Avec le recul, je me sens stupide de ne pas avoir réalisé qu'il était marié. Mais il l'a fait exprès. Il m'a distraite avec le sexe au lieu d'avoir de vraies conversations sur qui il était. Nous ne sortions pas, et il ne passait jamais la nuit. Il y avait des semaines où je n'avais pas de nouvelles. Mais quand il était là, je me disais que tout allait bien.

Goldie s'est raclé la gorge.

Haley lui a souri à nouveau. —Dawson était malin. Il en donnait juste assez pour me tenir en haleine. Je suppose qu'il a fait la même chose avec toi. Il a joué avec toi, comme un jeu malsain. Il te laissait faire des choses pour lui et te laissait croire que tu étais la méchante. Il te blâmait pour sa propre absence. Est-ce que j'ai raison sur quelque chose ?

J'ai avalé difficilement et j'ai hoché la tête. Je détestais que ce soit une chose de plus que nous partagions.

—Je suis la traînée qui a couché avec ton mari, et je sais que tu as tous les droits de me détester, mais tu ne m'as jamais traitée ainsi. Tu es la femme la plus gentille que j'aie jamais rencontrée. Tu es belle, aimante, drôle et talentueuse. Tu aurais pu monter toutes ces femmes et toute cette ville contre moi en un jour. Au lieu de cela, tu m'as protégée. Tu as dit aux gens de ne pas me blâmer. Tu m'as laissée venir ici et avoir des amies ici. Tu as été une inspiration pour moi. Ce n'est probablement pas juste, mais c'est la vérité. Je me suis dit que je n'avais pas le droit de me plaindre de ce que Dawson a fait. Je suis sortie avec lui pendant un an. Tu as été mariée pendant des décennies. Et tu étais prête à réessayer. Tu étais prête à aimer à nouveau.

—Mais-

—Tu le mérites, Valentina. Tu mérites mieux que ce que Dawson t'a fait. Je n'imagine pas à quel point c'est effrayant pour toi en ce moment, mais tu mérites tout le bonheur qu'il t'a volé. Tu mérites un homme qui t'a aimée toute sa vie. Un homme qui t'a attendue. Un homme qui n'a jamais perdu espoir et qui t'a aimée, même quand tu aimais quelqu'un qui ne t'a jamais méritée. Pourquoi voudrais-tu t'éloigner de ça ?

J'ai haussé les épaules. Ma gorge était tellement serrée que j'avais du mal à avaler.

—Ne laisse pas Dawson te prendre quoi que ce soit d'autre. Il t'a volé vingt ans de vie avec Brantley. Ne le laisse pas te voler les décennies qu'il vous reste. Ne lui donne pas la satisfaction de savoir qu'il a ruiné quelque chose qui aurait pu changer vos deux vies. Parce qu'il ne mérite pas ce pouvoir.

Ses mots s'enfonçaient profondément en moi et prenaient racine.

—Bon sang, Haley. C'était profond, a dit Goldie.

—Je l'aime bien, a dit Elise.

—Elle a raison, a dit Karissa. Mais maintenant tu dois faire la chose difficile et reprendre le pouvoir.

—Si tu le veux. Anna a levé un sourcil, me lançant un défi.

—Bon sang. Bien sûr que je le voulais.

BRANTLEY

J'ai refermé la porte derrière les installateurs d'électroménagers et j'ai soupiré. Ma cuisine était terminée. Un peu au-dessus du budget et plusieurs semaines avant mon calendrier de trois mois. Voilà ce qui arrive quand la femme que tu aimes met fin à votre relation et que tu as besoin de te jeter corps et âme dans quelque chose pour éviter de te ridiculiser.

Mais ça valait la peine d'avoir la cuisine terminée. Ça valait la peine de savoir que je pouvais avancer dans ma vie.

Je suis retourné dans ma cuisine achevée et j'ai souri. C'était incroyable. Mieux que tout ce que j'avais espéré. Knox avait raison, pas que j'avais l'intention de le lui dire. Il avait fait d'excellentes suggestions et recommandé des entrepreneurs exceptionnels pour faire le travail que je ne pouvais pas faire moi-même.

Les placards ont été installés la semaine après que Valentina ait rompu. Les plans de travail sont arrivés après. Et il y a seulement un jour, j'ai terminé la crédence sur laquelle je travaillais depuis une semaine. Je n'ai pas eu le temps de tout remettre en place depuis la chambre d'ami avant l'arrivée des gars pour les appareils, mais ça me donnait quelque chose pour m'occuper pendant la journée.

J'ai commencé par les glacières où j'avais entreposé les maigres provisions de mon frigo et congélateur, même si aucun des deux n'était tout à fait à la bonne température. J'étais à peu près sûr que les bouteilles de bière, d'eau et le ketchup survivraient. Une fois la glacière vidée, je suis allé dans le couloir jusqu'à la chambre d'ami où toute ma vaisselle était stockée depuis quelques semaines.

La porte de ma chambre était toujours fermée depuis mon retour de la compétition il y a deux semaines. Je ne pouvais pas faire face à mon lit. Après y avoir eu Valentina, mes draps sentaient comme elle. Je voulais laver les draps, ou les brûler, mais je n'arrivais pas à le faire. Au lieu de ça, j'ai fermé la porte et j'ai dormi dans la chambre d'ami.

Pendant quelques semaines, la maison semblait juste parfaite. Comme si elle n'était pas trop grande puisque j'avais Valentina ici pour partager l'espace. Peu importait qu'elle n'ait passé qu'une seule nuit, elle était là. Elle avait rempli ma maison de toutes les choses dont j'avais toujours rêvé qu'elle la remplisse. L'amour et le bonheur.

Mais elle a tout emporté il y a deux semaines. Ça ne reviendrait pas.

Tout en remettant mes vieilles affaires dans ma nouvelle cuisine, j'avais le même débat intérieur que j'entretenais depuis que Valentina m'avait dit au revoir. La seule chose que j'avais décidée avec certitude, c'était que je voulais être famille d'accueil. Je voulais donner à des enfants qui n'avaient personne d'autre la chance d'avoir une belle vie, même s'ils ne restaient avec moi que pour une courte période.

Avoir mes propres enfants était un rêve auquel j'avais renoncé, mais c'était un moyen d'avoir des enfants sans avoir à partir de zéro. C'était bien.

La question était de savoir si je pouvais le faire à L'anse

MacKellar. Si je pouvais rester. Et je n'avais pas encore été capable de répondre à cette question.

Valentina n'avait pas récupéré les filles à l'entraînement depuis qu'elle m'avait dit que nous ne pouvions plus nous voir. Depuis que ces mensonges sur le fait que je serais sa ruine avaient franchi ses lèvres. Je savais qu'elle avait peur, mais ça me faisait mal qu'elle puisse penser que je pourrais la tromper.

Peu importe. Elle en avait fini. Elle avait dit qu'elle ne pouvait pas le faire, et elle n'était pas du genre à débattre. Elle prenait une décision et s'y tenait. C'est pourquoi je ne l'avais jamais appelée. Ça aurait été une perte de temps d'essayer de la convaincre qu'elle avait tort.

J'avais fini de ranger la vaisselle et les verres et je commençais à déplacer les ustensiles de cuisine quand quelqu'un a sonné à ma porte. Knox devait venir dîner pour célébrer la fin des travaux de la cuisine, mais je ne l'attendais pas avant une heure.

—Tu es en avance, ai-je dit en ouvrant la porte, une poêle à la main.

J'ai failli la laisser tomber sur mon orteil quand j'ai vu Valentina sur mon porche.

—Oh. Tu attends quelqu'un.

Si elle allait se présenter chez moi pour me briser le cœur une seconde fois, elle aurait au moins pu avoir l'air misérable. Au lieu de ça, elle portait un jean moulant qui épousait ses courbes et un pull vert vif qui plongeait sur sa poitrine quand elle bougeait, offrant des aperçus d'un décolleté dans lequel j'aurais voulu enfouir mon visage jusqu'à en perdre connaissance.

Ses yeux paraissaient immenses avec le maquillage qu'elle portait. Brillants et clairs, sans la moindre trace de la douleur déchirante que je ressentais depuis deux semaines.

C'était sûrement agréable d'être celle qui avait mis fin à tout ça.

—Oui, c'est vrai. Qu'est-ce que tu veux ? ai-je demandé. Je me comportais comme un connard, mais je n'avais pas la force d'être gentil.

Elle ne s'est pas laissée décourager. —Je voulais m'excuser.

—Tu es pardonnée. Merci de ton passage.

Elle a bloqué la porte avec son pied quand j'ai essayé de la fermer. J'ai soupiré et l'ai rouverte.

—Je ne peux pas faire ça, Vee. J'aimerais prétendre que je vais bien et redevenir amis, mais je n'y arrive tout simplement pas. Peut-être un jour. Peut-être quand j'aurai arrêté de rêver à la sensation que tu me procurais quand tu te défaisais dans mes bras, ou au goût que tu avais quand je t'embrassais, ou à cette impression de perfection quand j'étais en toi. Mais je n'en suis pas encore là, alors s'il te plaît, si nous avons vraiment été amis un jour, sois mon amie maintenant et dégage de ma propriété.

—Non, a-t-elle dit.

J'ai soupiré. —Très bien. Super. Bon à savoir qu'on n'est pas amis. Ça me facilitera la tâche pour quitter la ville.

—Tu pars ? haleta-t-elle.

—Tu ne veux pas de moi ! Tu n'en as jamais voulu. Je t'ai aimée presque toute ma vie, et tu ne m'as jamais donné la moindre chance. Puis finalement j'y arrive. Je peux enfin t'aimer et te faire du bien et te montrer à quel point tu es exceptionnelle, et tu t'es enfuie. C'était si facile pour toi de tout gâcher entre nous. De rejeter la faute sur Dawson pour avoir brisé ton cœur et t'avoir empêchée de me faire confiance. C'est des conneries. Alors, oui, je ne peux pas rester ici. Je ne peux pas être dans cette maison où je t'ai fait l'amour sans avoir envie de démolir les murs à coups de masse. Je ne peux pas rester dans cette ville où on s'est rencontrés, où je suis tombé amoureux de toi, et où je te vois partout. Je préfère recommencer à zéro et être le prof de sciences fou que personne ne connaît plutôt que de rester ici et te regarder vivre juste en dehors de mon monde.

—Tu peux aller être Ringard de nature ailleurs. Peut-être rencontrer quelqu'un d'autre.

—Ouais, bien sûr. J'ai lâché un rire bref. —Il n'y a jamais eu personne d'autre. Il n'y en aura jamais.

—Ringard de nature sortait avec des femmes. Il n'y a pas si longtemps, tu parlais à une nouvelle femme.

—Qu'est-ce que les rencontres en ligne ont à voir avec tout ça ? Quoi ? Karissa t'a dit mon pseudo ?

—Oui. Mais seulement parce que je l'ai mentionné.

—De quoi tu parles ?

—Tu as dit à Beau boulanger que tu étais amoureux de ta meilleure amie. Que tu fermais ton compte parce que tu voulais que les choses fonctionnent.

—Et alors ?

—Alors, maintenant tu pars ?

J'ai levé les yeux au ciel et me suis éloigné d'elle à grands pas. Ça me faisait mal de la regarder. —Je viens de te dire que je ne peux pas rester ici.

—Tu mentais quand tu as dit que tu n'avais aucun intérêt à sortir avec quelqu'un d'autre ?

Je me suis retourné brusquement vers elle. —Qu'est-ce que Karissa a fait ? Partager toutes mes conversations ? Non, je ne mentais pas. Et c'est une grave violation de ma vie privée.

—Karissa ne m'a rien partagé.

—Alors comment sais-tu ce que j'ai dit ?

—Parce que je suis Beau boulanger.

—Quoi ? J'ai fait un pas en arrière. Ce n'était pas possible.

Valentina a hoché la tête. —Je ne savais pas que tu étais Ringard de nature jusqu'à ce que je mentionne ton pseudo la semaine dernière. C'est Karissa qui me l'a dit.

J'ai ricané. —Je parie que tu t'es bien marrée, hein ? Et dire que cette stupide application était censée être magique ou je ne sais quoi. Elle n'a rien fait pour moi.

—Elle t'a mis en relation avec quelqu'un qui est tombée amoureuse de toi.

—Non, ce n'est pas vrai.

—Si, Brantley, c'est vrai. Elle s'est placée devant moi et m'a regardé avec ses grands yeux bruns, vulnérables et magnifiques.

—Qu'est-ce que tu fais, Valentina ?

—J'essaie de te dire que je t'aime.

—Ne me mens pas. Je ne peux plus en supporter davantage, j'ai soufflé. Ça faisait mal. Comme si quelqu'un m'avait donné un coup de poing dans la poitrine et cassé quelques côtes.

Elle a tendu la main et a caressé ma mâchoire. Sa peau contre la mienne était à la fois un baume et une flamme. Je me suis penché, me détestant de trouver du réconfort auprès d'elle.

—Je me suis trompée sur tellement de choses, Bee. Je me suis convaincue que je ne pouvais pas te faire confiance. Je me suis même persuadée que ce que nous faisions n'était que pour m'amuser, pour accomplir ma stupide quête. Mais je me mens à moi-même depuis bien trop longtemps.

—Qu'est-ce que ça a à voir avec moi ?

—Je suis tombée amoureuse d'un gamin maigrichon quand j'étais au lycée. Nous étions opposés en tout point, mais nous étions meilleurs amis. Quand tu m'as présentée à Dawson, tout a basculé. Je sais que tout arrive pour une raison, alors peut-être qu'on était trop jeunes à l'époque pour bien faire les choses, ou peut-être que je ne te méritais pas. Je ne sais pas pourquoi tout s'est compliqué entre nous, mais je n'ai jamais cessé d'aimer mon meilleur ami. Je n'ai jamais cessé de me demander ce qu'aurait été ma vie s'il m'avait aimée aussi.

—Je t'ai toujours aimée, ai-je murmuré.

Elle hocha la tête. —Je sais. Mais ensuite j'ai tout gâché à nouveau. J'ai laissé Dawson gagner encore une fois. Je l'ai laissé me contrôler. Au lieu de te faire confiance comme j'ai pu le faire toute ma vie, j'ai laissé la peur m'envahir. La peur de te perdre. Mais Haley'...

—Haley ?

Elle rit. —Oui, Haley. Elle m'a fait comprendre que ma peur est la raison pour laquelle je t'ai perdu. C'était une prophétie auto-réalisatrice. J'avais peur de te perdre, alors j'ai fait en sorte que ça arrive. Mais cela signifiait que Dawson avait encore du pouvoir sur moi. Il pouvait influencer ma vie. Et je ne veux pas de ça. Il n'a pas le droit de faire ça.

—Je suis heureux pour toi, Vee. Dawson est sorti de ta vie. Tu peux recommencer à zéro.

Elle s'approcha de moi. —Tu ne comprends pas. Je ne veux pas recommencer à zéro. Je ne veux pas sortir avec quelqu'un. Je ne veux pas rencontrer quelqu'un de nouveau.

Je levai les mains et jurai. —Alors qu'est-ce que tu veux, bordel ?

—Toi.

—Tu as dit que tu ne pouvais pas faire ça. Que tu devais t'éloigner.

—Je me trompais, Brantley. J'avais peur. Mon Dieu, je n'ai jamais eu aussi peur de ma vie. Te laisser entrer dans ma vie a été le plus grand acte de foi que j'aie jamais fait, et quand je t'ai vu, j'ai eu l'impression que le filet de sécurité que j'avais depuis toujours avait soudainement disparu. J'ai eu l'impression que l'homme sur qui je m'étais toujours appuyée n'était pas celui que je croyais. Mais tu n'as jamais été comme Dawson. Même dans ses meilleurs jours, il n'a jamais été la moitié de l'homme que tu es dans tes pires jours. Et j'ai oublié ça. J'ai perdu ça de vue. Tu as toujours été là pour moi. Mais ce n'est pas pour ça que je t'aime.

—Ah bon ?

Elle secoua la tête. —Je t'aime parce que tu es gentil. Et je t'aime parce que tu es intelligent. Je t'aime parce que tu es encourageant, désintéressé et généreux. Je t'aime parce que tu te soucies plus des personnes qui t'entourent que de toi-même. Parce que je t'ai demandé de m'aider à découvrir ce qui me procure du plaisir et que tu t'es jeté à corps perdu dans cette tâche. Tu m'as montré plus de plaisir en quelques semaines que je n'en ai connu de toute ma vie. Et je serais folle de jeter tout ça. Plus encore, je ne veux pas le faire.

—Tu ne veux pas ?

— Non, Bee. Mon Dieu, non. Je veux passer le reste de ma vie avec toi. Je veux savoir ce que c'est que de m'endormir dans tes bras et de me réveiller à tes côtés. Je veux préparer le dîner avec toi tous les soirs et partager un café avec toi tous les matins. Je veux planifier des voyages d'été, des visites d'universités et des vacances à la plage pour pouvoir t'admirer simplement en maillot de bain. Elle s'interrompit avec un rire et essuya une larme sur sa joue. — Je veux vieillir avec toi, Brantley. Je veux avoir un avenir avec toi. Et je sais que je te demande beaucoup. Je sais que ce n'est pas juste. J'ai jeté ce que nous avions et je te demande simplement de passer outre et d'essayer à nouveau. Je sais que je dois regagner ta confiance. Et je suis prête à le faire. Si tu veux quitter la ville, je sais que je ne peux pas t'en empêcher, mais j'espère que tu resteras et que tu envisageras de me donner une seconde chance.

Je secouai lentement la tête. — Je ne peux pas l'envisager parce que j'ai déjà décidé.

Elle laissa échapper un souffle tremblant, et je me rendis compte de comment mes paroles sonnaient.

— Je ne voulais pas dire ça comme ça. Je voulais dire que

j'ai déjà décidé que je veux aussi toutes ces choses. C'est tout ce que j'ai toujours voulu.

— Vraiment ?

J'acquiesçai. — À une exception près.

— Laquelle ?

— Je veux devenir famille d'accueil. Je veux redonner. J'ai toujours voulu être père, et je ne sais pas si je veux avoir des bébés à ce stade de ma vie, mais je veux aider les enfants qui n'ont personne d'autre. Il y en a beaucoup, et—

Elle s'avança et posa sa main sur mes lèvres. — Je pense que c'est une excellente idée.

— Vraiment ? demandai-je à travers ses doigts.

— Absolument. Et cela me fait t'aimer encore plus que tu veuilles donner de cette façon.

Je léchai sa main, faisant tournoyer ma langue autour de sa paume.

Elle haleta, ses yeux s'assombrissant.

Mais elle ne bougea pas sa main, alors je recommençai.

Elle gémit. — Tu m'as manqué. Elle retira enfin sa main.

Je me suis penché vers elle. —Tu m'as manqué aussi.

—Vraiment ?

J'ai hoché la tête et l'ai serrée contre mon corps. Je lui ai laissé sentir mon érection grandissante. —Chaque fois que je fermais les yeux, je te voyais jouir. C'était impossible de dormir. J'ai fini la cuisine pour ne pas ralentir et penser à toi.

—Tu as fini la cuisine ? —a-t-elle demandé.

J'ai hoché la tête à nouveau.

—Je peux voir ?

—Maintenant ?

Elle a souri. —Je peux attendre.

—Tant mieux. Parce que je n'en suis pas sûr. —J'ai frotté mon nez contre sa mâchoire, durcissant quand elle a gémi pour moi. J'ai mordillé sa peau et pris mon temps pour atteindre ses lèvres.

J'ai saisi ses fesses et nous ai dirigés vers le couloir. Je me suis arrêté quand elle a attrapé mes cheveux et tiré mes lèvres vers les siennes dans un baiser qui a fait monter ma tension en flèche.

Elle a gémi et tiré sur ma chemise, sa main froide quand elle l'a pressée contre mon dos. J'ai pris son visage en coupe et l'ai dévorée, plus que prêt à goûter encore à la femme que j'aimais. La femme que je n'aurais plus jamais à quitter.

Nous sommes arrivés à ma chambre et nous sommes arrêtés. Elle s'est reculée et m'a regardé, puis la porte, puis moi à nouveau. —Pourquoi la porte de ta chambre est-elle fermée ?

Je l'ai regardée dans les yeux et j'ai avoué la vérité. —Je ne pouvais pas supporter d'y entrer sans toi. Je ne pouvais pas regarder mon lit et accepter que tu étais partie.

—Je suis-

La sonnette a interrompu sa phrase. Elle m'a regardé avec une question dans les yeux.

—Tu attendais vraiment quelqu'un.

J'ai hoché la tête. Si elle devait me faire confiance, ça devait se produire maintenant.

—Je devrais attendre ici ?

—C'est comme tu veux.

—Tu veux que je parte ?

J'ai secoué la tête. —Jamais.

—Que veux-tu que je fasse ?

—Qu'est-ce que tu as envie de faire ?

La sonnette a retenti à nouveau, et Knox a frappé à la porte.

—Ton invité s'impatiente.

—Ce n'est pas grave.

—Tu ne vas pas me dire qui c'est, n'est-ce pas ? Elle a souri et a croisé les bras sur sa poitrine.

—Est-ce que ça importe ?

Elle a souri et s'est hissée sur la pointe des pieds. Elle a enroulé ses bras autour de mon cou et m'a attiré pour un baiser.

J'ai gémi et l'ai poussée contre le mur, me frottant contre elle jusqu'à ce qu'elle halète et que la sonnette retentisse à nouveau.

—Je dois dire à Knox de s'en aller, ai-je grogné en m'éloignant d'elle.

Elle a ri. —C'est Knox ?

J'ai hoché la tête et me suis dirigé d'un pas lourd vers la porte. —Je l'ai invité à dîner pour lui montrer ma cuisine terminée.

—Tu peux le laisser entrer, a-t-elle dit.

J'ai ouvert la porte brusquement.

Knox commença à forcer le passage. —Putain, enfin. Qu'est-ce que tu foutais ? Tu te branlais ? Knox s'arrêta net quand il aperçut Valentina de l'autre côté du salon. —Euh, salut, Valentina. Je ne savais pas que tu étais là.

—Salut, Knox. Comment vas-tu ?

Knox nous regarda tour à tour. Son visage devint rouge tandis qu'il reculait vers la porte d'entrée. —Je suis un peu en avance. J'ai oublié de prendre quelque chose.

—Reviens dans une heure, Knox, grognai-je en claquant la porte derrière lui.

—Fais-en deux ! cria Valentina.

—Putain de merde, je t'aime.

—Je t'aime aussi, Bee.

KNOX

Je me suis garé devant la maison de Brantley au moment même où mon téléphone vibrait dans ma poche. J'étais devenu accro à ce foutu appareil depuis que je m'étais inscrit sur cette stupide application Book Boyfriends Wanted.

J'ai hésité à ignorer mon téléphone, mais comme un chiot obéissant, je l'ai sorti de ma poche.

Ce n'était pas l'application. C'était pire. C'était mon ex qui cherchait un plan cul.

> Qu'est-ce que tu fais ce soir ? Tu veux
> passer ?

Ma queue a gonflé à l'invitation décontractée d'Ivy. On s'amusait bien. Elle était facile à vivre, et on prenait du bon temps au lit. Mais il n'y avait pas d'avenir. Nous le savions tous les deux, mais ça ne nous empêchait pas de coucher ensemble de temps en temps.

J'ai passé une main sur mon visage en grognant. Putain de merde. Je détestais que cette pensée me traverse même l'esprit. Un avenir. Mais bordel, je voulais un avenir avec quelqu'un. Une femme qui me donnerait envie de fermer le magasin plus tôt et de l'emmener dîner dans un restaurant chic. Ou pour un week-end ailleurs. Ou merde, un match de sport où on pourrait hurler contre les arbitres et encourager notre équipe.

Je n'avais jamais rencontré une femme qui me donnait envie de faire tout ça. Ivy était un moyen de passer le temps. Le sexe était génial, mais nous n'étions pas sur la même longueur d'onde.

J'ai levé les yeux vers la maison de Brantley. Je voulais ce qu'il avait trouvé avec Valentina. Ça lui a pris un temps fou, mais il a finalement obtenu la femme de ses rêves. Si je voulais la même chose, je devais arrêter de déconner et de faire la même putain de chose encore et encore. Ivy ne voulait pas fonder une famille, elle voulait juste baiser, et même si j'avais apprécié ça pendant un moment, ce n'était pas ce que je voulais pour toujours.

Ou pour maintenant.

Désolé. J'ai des projets.

Et après tes projets ? Je serai chez moi toute la nuit. Ou je peux te rejoindre quelque part.

Ce n'est pas une bonne idée.

Ce soir ou pour toujours ?

J'ai soupiré. Je savais que j'allais devoir avoir cette conversation avec elle à un moment donné. Ce n'est pas parce que nous avions convenu que nous voulions des choses différentes et que ça ne fonctionnerait pas sur le long terme que j'avais été doué pour la repousser quand elle me contactait. Je ne l'avais pas été. Pas du tout.

Mais bon sang, si je voulais trouver l'éternité, je devais arrêter d'accepter le temporaire.

> Probablement jamais. Nous savons tous les
> deux que ça ne mène nulle part.

J'ai attendu sa réponse, mais elle n'est pas venue. Mon estomac s'est noué. Je détestais être le méchant. Peu importait qu'elle sache que j'avais raison. J'étais le connard qui lui disait d'aller se faire foutre.

J'ai jeté mon téléphone sur la console et je suis entré. S'il n'était pas dans ma poche, je ne serais pas tenté de le regarder toutes les cinq secondes.

La maison était animée, avec toutes les lumières allumées et de la musique et des rires si forts que j'étais sûr que personne n'entendrait mon coup à la porte. C'était mieux qu'il y a quelques semaines quand je m'étais présenté pour dîner et qu'on m'avait renvoyé pour que Brantley et Valentina puissent se réconcilier.

Quand personne n'est venu à la porte, j'ai essayé la poignée. Tous les véhicules à l'extérieur m'indiquaient que je pouvais entrer en toute sécurité, mais je l'ai quand même fait avec une certaine prudence.

— Hé, Knox ! a crié Brantley quand il m'a vu jeter un coup d'œil à l'intérieur.

J'ai regardé autour de moi et je suis complètement entré dans la maison. J'ai fait un signe de la main aux personnes dans le salon et je me suis dirigé vers la cuisine où se trouvait Brantley.

— Merci d'être venu.

— Je devais m'assurer que tu traitais bien ma cuisine, ai-je plaisanté. Quand Brantley a commencé à rénover sa maison, je savais que la cuisine serait la toile vierge parfaite. Les années qu'il a mis à céder et à le faire m'ont donné tout le temps nécessaire pour trouver des idées. C'était comme la salle de jeux de M. Rockaway, la salle des plantes de Mme Florence et la suite principale de Mme Mallory. J'avais des idées pour eux tous, et plus encore, s'ils venaient un jour chercher des options.

— Ta cuisine ? Brantley a ricané. — Je ne me souviens pas que tu aies payé pour tout ça.

J'ai frappé son bras, sachant qu'il appréciait l'aide même s'il ne l'admettrait pas. — L'endroit a vraiment fière allure.

— C'est vrai. Tu pourrais avoir un emploi dans le design.

— Non. J'aime le travail que j'ai.

Brantley me donna une tape dans le dos et me mit une bière dans la main. —Compris. Allez. Prends un verre. Valentina a préparé une tonne de desserts pour nous, et Ramsey'est dehors en train de griller avec un de ses amis. Il y a des enfants qui courent dans le jardin. C'est une fête.

—Une fête pour quoi, exactement ? Brantley m'avait dit de venir, mais ne m'avait jamais dit de quoi il s'agissait.

—La fin de la saison de cross-country. Les choses qui s'arrangent enfin avec Vee. Ma cuisine qui est terminée. Je voulais juste réunir des gens avant que le temps nous garde tous à l'intérieur pour l'hiver.

—Ça 'arrive.

Brantley acquiesça. —Et vite, en plus. Mais pour ce soir, on ne pense pas à Thanksgiving qui arrive dans deux semaines, et on s'amuse.

—Ça me va.

Quelqu'un l'appela par son nom, et il m'indiqua la terrasse avant de se diriger vers le salon.

Je sortis et vis Ramsey qui parlait à Derek Bailey. —Si tu cuisines aussi bien que tu répares les voitures, je suis content d'être venu ici.

Derek rit et me serra la main, m'attirant pour une tape dans le dos. —Comment vas-tu ? Je ne savais pas que tu connaissais cette bande.

Je fis un signe de tête et saluai Ramsey. —Effectivement.

Ils me laissent m'incruster à leurs soirées bière du jeudi chez O'Kelley. Je ne t'y ai jamais vu.

Derek secoua la tête. —J'ai un fils de dix ans. Ce n'est pas toujours facile de s'échapper le soir.

—Ah, je comprends. Je ne savais pas que tu étais marié.

—Divorcé.

—Ça explique encore mieux pourquoi tu ne peux pas t'échapper, dis-je.

Derek acquiesça. —Je n'échangerais pas mon gamin, mais la partie divorce est pénible. Et toi ? Un de ceux-là est à toi ? Il fit un geste vers les enfants qui couraient dans le jardin de Brantley.

J'ai secoué la tête. —Non. Toujours célibataire.

—J'essayais justement de convaincre Derek de s'inscrire à Book Boyfriends Wanted, a dit Ramsey.

J'ai pouffé et secoué la tête. —Ne fais pas ça. Tu vas devenir accro à ce truc. J'ai laissé mon téléphone dans le camion pour ne pas devenir fou avec toutes les notifications.

—Ça me semble être un bon problème, a dit Ramsey. —Si tu reçois autant de matchs, tu devrais en chanter les louanges, pas le dénigrer.

—Je ne le dénigre pas. Je donne juste un avertissement.

—J'en déduis que tu ne trouves personne qui vaille la peine de rester, a dit Derek.

J'ai haussé les épaules. —J'en ai rencontré quelques-unes avec qui je suis sorti plus d'une fois, mais personne n'est restée. Il paraît que c'est une question de chiffres.

Ramsey s'est étranglé. —Ne laisse aucune femme t'entendre dire ça.

—Nous ne pouvons pas tous finir avec notre amour de lycée. Ou même en avoir eu un. Je ne dis pas que je suis comme Brantley et que j'ai déjà choisi la bonne, mais je suis ouvert aux possibilités.

—Donc, tu cherches à te poser ? a demandé Derek.

J'ai haussé les épaules. —Je cherche à ne pas perdre mon temps. Si la bonne femme se présente, je vais prendre plaisir à apprendre à la connaître, mais en attendant, je vais profiter des rencontres. La phrase est sortie facilement de ma bouche, même si elle était amère. Je la répétais depuis des années. Mais dire à d'autres hommes qu'on voulait une famille n'était pas toujours bien reçu. Même par des hommes qui avaient des familles.

—C'est comme ça que je me sens aussi. Mon mariage s'est terminé pour une raison. Je n'ai pas besoin d'une femme dans ma vie, mais si la bonne se présentait, je serais idiot de la repousser. Derek a retourné les hamburgers tout en parlant.

—Exactement, ai-je dit, faisant comme si nous étions pareils. —Ce qui est difficile pour moi, c'est que je suis assez âgé pour savoir ce que je veux dans une relation. Ça réduit les possibilités et ça signifie que je termine vite les choses quand je sais que ça ne marchera pas. Je pense que je fais deux ou trois rendez-vous par semaine.

—Sérieusement ? a demandé Derek. —Je n'ai pas le temps pour ça.

J'ai siroté ma bière en évitant leurs regards. Mes oreilles brûlaient de leur désapprobation et de leur jugement. Je savais que je sortais avec beaucoup de femmes. J'étais déjà sorti avec plusieurs femmes en une seule soirée. Mais je voulais fonder une famille, alors je devais faire de la recherche de la femme idéale une priorité. Quand je la trouverais, j'aurais déjà ce temps dans ma journée à passer avec elle.

—Je ne suis peut-être pas fait pour les rencontres en ligne, dit Derek. Pas si je dois faire tout ça.

J'ai secoué la tête. —Je n'essayais pas de t'en dissuader.

Derek a balayé mon inquiétude d'un geste. —Non, ce n'est pas ça.

—Tout le monde ne sort pas avec autant de filles en une

semaine. On n'est pas tous des étalons comme ce gars-là qui décroche autant de rencards en une semaine. Ramsey a fait un signe de tête vers moi que j'ai interprété comme approbateur.

J'ai ri pour minimiser son compliment. —Je me mets juste en situation.

—Où rencontres-tu autant de femmes ? a demandé Derek.

—Je suis sur plusieurs applis de rencontres, j'ai des amis. Je suis un gars sympa. Je parle aux gens.

Derek a ricané. —Est-ce que « sympa » est un code pour quelque chose ?

—C'est définitivement différent quand tu as un enfant à considérer. Pas que j'ai fréquenté qui que ce soit quand Mel et moi étions séparés, mais j'avais toujours à l'esprit que peu importe combien j'appréciais une femme, si elle et Amber ne s'entendaient pas, ça ne marcherait pas, a dit Ramsey.

—Ouais, je comprends, a approuvé Derek. Si Jude n'aimait pas une femme, ce serait terminé. Ça doit être sympa d'être célibataire sans enfants.

J'ai hoché la tête en faisant semblant que ses paroles ne me dérangeaient pas. Il ne comprenait pas à quel point c'était frustrant qu'on me dise que ma vie était meilleure sans enfants, ou sans femme. Ils n'étaient pas méchants à ce sujet, mais c'était pénible de toujours avoir l'impression de jouer à un jeu dont personne ne m'avait expliqué les règles. Je voulais des enfants. Je voulais une épouse. Je voulais plus.

Je n'avais simplement pas eu de chance dans ce domaine jusqu'à présent.

Mais ça allait venir. J'allais faire quelques changements. Et j'allais trouver quelqu'un qui voulait les mêmes choses que moi.

Pour toujours, pas juste pour maintenant.

MERCI D'AVOIR LU l'histoire de Valentina et Brantley ! Les amis qui deviennent amants est mon thème préféré, et en ajoutant un héros au langage cru et une héroïne qui a besoin d'être encouragée pour se rappeler à quel point elle est formidable, j'ai vraiment pris plaisir à écrire ce livre. J'espère que vous aussi !

Le prochain livre de la série raconte l'histoire de Knox et Haley. Une aventure d'un soir, c'est tout ce que ça devait être. Ils étaient d'accord. C'est tout ce que chacun d'eux recherchait à ce moment-là. Mais quand elle se glisse sur un siège en face de lui le lendemain soir, il sait qu'elle n'a pas tout dit. Après tout, lui non plus. Précommandez **Son Inconnue aux Courbes Généreuses** aujourd'hui !

VOUS VOULEZ en savoir plus sur Valentina et Brantley ? Il a cette grande maison rénovée pour lui tout seul, et la sienne renferme plus de mauvais souvenirs que de bons. Il est tout à fait logique que sa nouvelle cuisine soit utilisée ! L'épilogue bonus est uniquement disponible pour les abonnés. Inscrivez-vous maintenant !

À PROPOS DE L'AUTEUR

Auteure à succès classée au *USA TODAY*, Mary E Thompson a passé la majeure partie de son enfance à souhaiter avoir quelques courbes en moins. Elle se cachait dans les pages des livres parce que ses personnages préférés ne se souciaient jamais de sa taille de vêtements. Aujourd'hui, Mary non plus, et elle écrit des histoires qui célèbrent les femmes comme elle. Des femmes réelles qui ont des courbes, poursuivent leurs rêves et trouvent l'amour, parce que nous devrions tous être heureux, quelle que soit notre taille.

Mary passe son temps hors écriture avec son mari et ses deux enfants, à regarder trop de télévision, à encourager l'équipe de football de sa ville natale (Allez les Bills !) et à cacher du chocolat à sa famille.

Inscrivez-vous maintenant à la newsletter de Mary. Les abonnés reçoivent des ebooks gratuits et d'autres choses amusantes, comme du contenu exclusif réservé aux membres et des concours, et sont les premiers à connaître les nouvelles parutions et les promotions !